KB048753

나의 미친 페미니스트 여자친구

나의 미친 페미니스트 여자친구

민지형

장편소설

나비클럽

나의

전남친들에게

차례

프롤로그

"오빠, 무슨 생각 해요?"

마주앉은 썸녀의 목소리에 퍼뜩 정신이 들었다.

"응? 아니야."

나는 아무렇지 않게 씩 웃었다.

8월의 평범한 토요일, 최근에 소개팅을 한 여자와 세 번째 만나는 자리였다.

그녀는 상냥하고 착했다. 쌍꺼풀이 진 눈도, 하얀 피부도 마음에 들었다. 그런 여자를 앞에 두고도, 내 머릿속에 자꾸만 떠오르는 것은 언젠가의 공항 풍경이었다.

유리창을 통해 들어오던 햇빛과 웅웅거리는 안내방송, 바퀴들이 끌리는 소리와 웃고 떠드는 소리 속에서 말없이 서 있던

한 여자의 실루엣.

4년 전에는 나도 여자친구가 있었다.

그녀는 졸업학기에 재수강했던 프랑스어 수업에서, 유일하게 나와 같은 처지의 동갑내기였다. 취업준비를 한답시고 토익이다 자격증이다 매일 바쁘게 지내던 나와는 달리, 그녀는 한가하게 영화제나 다니고 연극무대의 스태프로 일하며 지냈다.

좀 별나다 싶은 그녀에 대한 호기심은 관심이 됐고, 금세 호감으로 바뀌었다. 과제를 챙겨주고 시험공부를 같이 하자는 핑계로 불러내며 열심히 쫓아다닌 끝에 우리는 연인이 되었고, 그 이후론 매일같이 붙어다녔다.

취업준비생의 거대한 불안과 신경증을 그녀는 대수롭지 않은 것처럼 품어주었다. 그녀는 가슴을 뛰게 하면서도, 마음은 편안하게 해주는 사람이었다. 태어나서 처음으로 느껴보는 감정이었다. 아무런 의심도 없이 나는 그녀가 내 운명의 여자라고 믿었다.

2014년 8월, 우리는 일주년 기념일을 맞이할 예정이었다. 다만 그로부터 딱 일주일이 모자란 그날, 내가 미국으로 출국하게 된 것이 문제였다. 일 년 동안, 열여섯 시간의 시차가 나는 곳에서 서로 떨어져 지내게 된 것이다.

결코 쉬운 결정은 아니었다. 하지만 졸업까지 유예하면서 막막한 취업준비의 늪에 빠져 있던 나였기에 그 인턴십 자리를 놓칠 수는 없었다. 가족, 친구들, 선후배, 교수님까지 모든 사람들의 의견도 일치했다. 유일하게 반대한 사람이 바로 그녀였다. 출국일이 정해지고 나서는 매일이 눈물바다였다.

그리고 내가 출국하던 날, 몸은 멀어져도 마음은 멀어지지 말자고, 우린 분명히 잘해낼 수 있을 거라고 굳게 약속하고 키스를 주고받아야 했던 그날, 그녀는 뛰어와 내 품에 안기는 대신 문자 메시지 한 통을 보냈다.

몇 년이 지나도록 토씨 하나 빼먹지 않고 기억하는 그 메시지의 내용은 다음과 같았다.

승준아, 나 많이 생각해 봤는데...

도저히 못 하겠어.

너랑 떨어져 있을 자신이 없어.

미안해...

보고 싶은데 공항에서 웃으면서 배웅할 자신이 없네.

우리 헤어지자.

그 메시지를 읽고 또 읽고서 눈물범벅이 된 얼굴로 그녀에게 수십 번 전화를 걸어봤지만 받지 않았다. 인턴이고 뭐고 다 때려치우고 그녀에게 달려가고 싶었다. 어쩌면 그녀도 바로 그걸 원하는 게 아닐까? 그러는 동안에도 시간은 계속 흘러갔다.

하지만 삼십 분 뒤, 나는 결국 출국 게이트로 향했다. 그녀에 대한 마음은 당연히 진심이었지만, 그 메시지가 준 상처와 배신감이 너무 컸다. 어떻게 헤어지자는 말을 할 수가 있어? 그게 너무 미웠다.

여권과 탑승권을 들고서 게이트 입구에 줄을 섰을 때, 나는 불과 한 시간쯤 전에 기대하고 있던 것과는 천지 차이로 달라진 내 처지를 믿을 수 없었다. 미국에 가서 새로운 생활에 적응해야 한다는 게 너무 괴롭고 힘들게 느껴졌다. 다시 눈물이 날 것 같아 무의식중에 고개를 옆으로 돌렸다.

그때 흐려진 내 시야에 눈에 익은 실루엣이 보였다. 멀리서 이쪽을 보고 선, 검은 스키니진에 검은 후드티를 입고 소매로 얼굴을 반쯤 가린 채 눈물을 닦는, 그녀의 모습이었다. 마침 검사대 직원이 내 손에 들려 있던 여권과 탑승권을 가져갔다. 나는 미친 사람처럼 그걸 다시 빼앗아 들고 줄을 벗어나서 그녀가 보였던 방향으로 달려갔다.

그런데 찾을 수가 없었다. 뭔가에 홀린 듯이 같은 곳을 몇 번이나 빙빙 돌아봤지만 헛수고였다. 비행기 탑승 마감 시간이 지나고 안내방송에서 내 이름이 흘러나올 때까지 찾아 헤맸지만, 결국 그녀는 없었다.

믿을 수도 없었고 인정하기도 싫었지만 헛것을 본 거라고 생각하는 수밖에 없었다. 그녀를 보고자 했던 마음이 너무 간절한 나머지 내가 만들어낸 가짜였던 거라고. 하지만 그 '헛것'이 너무나 또렷했기 때문에 그것이 나에게는 그녀의 마지막 모습이 되었다. 그 후로 우리는 한 번도 만나지 못했다.

열 몇 시간의 비행 끝에 낯선 도시에 도착했을 때, 나는 기내에서 마신 싸구려 와인의 숙취에 머리를 감싸쥐고 끙끙대고 있었다. 그리고 그 술이 다 깰 즈음엔, 나는 묘하게 이전과는 다른 사람이 되어 있었다.

미국에 있는 일 년 동안 한국 사람, 일본 사람, 미국 사람 가리지 않고 여자들을 만났다. 이전에는 미처 몰랐던 재능을 발견한 느낌이었다. 사랑인지 아닌지 그런 건 별로 중요하지 않았다. 어차피 그렇게 메시지 한 통으로 끝나버릴 것을. 다시는 여자 때문에 울고 싶지 않았고, 그럴 일도 없었다.

이미 사 년이나 지난, 이제 다 잊었다고 생각한 그날을 왜 갑자기 떠올리게 된 건지 모를 일이었다. 이젠 다 극복했는데, 나 되게 잘 지내는데. 아까 창밖으로 지나간 공항 리무진 버스 때문이었을까? 캐리어를 끌고 지나간 관광객들 때문일까?

"오빠, 전시 보는 거 좋아해요? 제 친구가 그러는데, 예술의 전당에서 되게 재밌는 전시한대요. 다음주에 끝난다던데…."

"아, 그래? 전시 좋죠! 어떤 전시?"

내가 자꾸 딴생각하는 걸 눈치챘는지 마주 앉은 여자가 귀여운 말투와 표정으로 내 주의를 끌기 위해 애썼다. 이 얘기는 다음주에 또 만나잔 얘기지. 소개팅 후에 세 번째 만난 사이라면 이제 슬슬 관계를 정립할지 말지 결정해야 한다. 그게 이 게임에 임하는 플레이어 간의 암묵적인 약속이니까.

그녀는 나보다 네 살 어린 평범한 회사원이다. 긴 생머리에 예쁘장하고 몸매도 제법 볼륨감이 있다. 애교도 있고 여러모로 여성스럽다. 관심사나 취미가 겹치는 것은 아니었다. 사실 그녀의 관심사가 뭔지 아직 잘 모르겠다. 하지만 잘 웃어주고 맞장구도 잘 쳐주니까 대화가 어렵지는 않았다. 중산층 집안에서 사랑을 많이 받고 자란 것 같다. 은근슬쩍 끼부리는 모습을 보면 섹스도 나쁘지 않을 것 같고, 내조도 잘해줄 것 같고, 애들도 그럭저럭 키울 것 같고, 정말이지 결혼 상대로는 나쁘지 않다.

최근 몇 년간 무수히 많은 데이트와 소개팅을 했고 대부분의 여자들이 나쁘지 않았다. 잘 꾸미고, 여성스럽고, 상냥하고…. 주변의 친구들이 어찌저찌 다들 장가를 가는 건 아마 이런 여자들 덕분일 거라는 생각도 든다. 정말, 나쁘지 않은 여자가 수두룩하다.

그런데 이상하게도 나는 그 정도로는 만남을 지속하기가 힘들었다. 그녀들 대부분이 결혼을 원했고, 집에서도 빨리 장가 가라는 압박이 심해진 지 오래였다. 심지어 나도 결혼을 하고 싶은 마음은 있었다. 사실 서른쯤 되면 이미 결혼해서 애도 있을 줄 알았다.

괜찮은 여자는 많고, 대체로 나를 좋아해 주니까, 이제 내가 마음만 먹으면 될 텐데, 막상 행동으로 옮기려니 잘 되지가 않았다. 지금 눈앞에 있는 여자와도, 앞으로 어떻게 해야 할지를 생각하면 막막했다. 저렇게 기대감이 가득한 눈빛을 보내오는 것을 보면 더더욱.

그녀가 친구에게 들었다는, 어쩌면 인터넷에서 필사적으로 찾아봤을지도 모를 프랑스 작가의 전시에 대한 이야기를 들으며 나는 멍하니 생각에 빠졌다.

이번엔 또 어떻게 해야 할까?

1. 어쩌다 마주친 그대

"친구가 근처에 있다고 해서, 저는 친구 만나고 갈게요."

그동안은 데이트가 끝나면 내가 집 근처까지 바래다줬는데, 오늘은 그녀가 먼저 선수를 쳤다. 몇 시간에 걸쳐 밥을 먹고 차를 마시는 동안 나는 세 번째 데이트에서 하기 마련인 '관계 정립'에 대한 이야기를 끝내 하지 않았다. 그럼에도 여자의 얼굴은 언제나처럼 평온했지만, 잠시 후에 친구를 만나 내 욕을 실컷 하려는 건지는 모를 일이었다.

"조심히 들어가세요."

웃으면서 발랄하게 멀어지는 그녀의 예의바름에 오히려 가슴이 답답해져서 조금 걷기로 했다. 나라고 마음이 마냥 편한 것은 아니었다. 그놈의 관계 정립, 사실 안 했다기보다는 못

한 것에 가까웠다. 그냥 입이 안 떨어졌다. 그런데도 원망을 받아야 하는 건 내 몫이겠지. 왜 이런 얘기는 항상 남자가 해야 할까? 그런 억울함이 들기도 했다.

친구들을 불러내 술이나 한잔할까 하다가 이내 포기했다. 녀석들 대부분이 유부남이라 주말 저녁에 불러내는 것은 이제 불가능했다.

그냥 이 여자는 좀 아닌 건가? 또 다른 여자를 소개받아야 하나? 그러다 '이게 도대체 몇 번째지?' 하는 생각이 들자 나도 모르게 한숨이 나왔다. 자기소개를 하고, 차를 마시고, 어색한 존댓말로 이것저것 물어보고…. 정말 지겨웠다.

걷다 보니 어느새 보신각 앞 사거리였다. 이제 막 해가 지려는 듯 하늘이 너울너울 붉어지고 있었다. 주말의 종로는 사람이 많았고, 이 일대가 늘 그렇듯 뭔가를 강력하게 주장하는 목소리들이 확성기를 통해 쩌렁쩌렁 울려댔다. 태극기 집회인가? 어쨌든 시끄러운 곳엔 가까이 가고 싶지 않아서 적당히 이쯤에서 돌아가자고 생각했다.

"여성은 아기 공장이 아니다!"

"아니다! 아니다!"

그런데 의외로 귓가에 꽂히는 것은 생각했던 것보다 훨씬 앳된 여자들의 목소리였다.

"애 엄마는 처벌인데 애 아빠는 어디 갔냐!"
"독박가사 독박육아 하다못해 독박처벌!"
"남자나 처벌하라!"

구호들이 낯설다 못해 좀 신기한 생각이 들었다. 호기심에 고개를 빼고 건너편을 쳐다봤더니, 경찰들의 대열과 그 앞에 모여 앉은 사람들이 보였다. 그리고 여기저기 걸려 있는 현수막의 문구들.

'임신중단 전면 합법화!'
'내가 바로 생명이다!'

저 여자들이 혹시 말로만 듣던 '메갈'인가?

인터넷에서 댓글로 치고받고 싸우는 것만큼 쓸모없는 에너지 낭비도 없다. 그래도 구경만 하는 건 재밌으니까 종종 보곤 하는데, 하루에 두어 번씩 들어가 보는 모교의 대학 커뮤니티에서도 제일 댓글이 많이 달리는 이슈는 언제나 이런 거였다.

남녀차별, 역차별, 성범죄, 페미니즘….

게시판에서 벌어지는 진흙탕 싸움을 구경하다 보면 진짜 좀 머리가 이상한 것 같은, 남자가 너무 싫어서 돌아버린 것 같은 배배 꼬인 여자들이 있긴 한 것 같았다. 말끝마다 그놈의 '한남' 타령은…. 한국에서 태어난 남자라는 이유만으로 이렇게 욕을 먹을 수가 있다니. 도대체 내가 뭘 잘못했나? 나는 성폭행은커녕 여자를 때린 적도 없다. 데이트 비용은 거의 내가 내고, 집에도 잘 데려다준다. 근데 왜 나까지 싸잡아서 욕해? 왜 나까지 잠재적 범죄자 취급해?

솔직히 메갈은 그냥 '여자 일베'라고 생각한다. 내 또래 남자들은 다 비슷할 거다. 아니, 남자뿐 아니라 생각이 똑바로 박힌 여자들도 그럴 거다. 그녀들의 주장엔 논리는 없고 감정뿐이니까. 권리만 주장하면서 의무는 안 하려고 하니까. 차별하지 말라면서 보호는 받으려고 하니까. 남자들도 살기 힘든데, 별로 손에 쥔 것도 없는데 뭘 자꾸 내놓으라고 하니까. 그게 생떼가 아니면 뭐란 말인가?

요즘은 '메갈' 만날까봐 무서워서 연애 못 한다는 글도 가끔 보였다. 그런데 막상 내 주변의 여자들, 같이 일하는 여자들, 데이트를 했던 여자들 중에는 '메갈'이 없었다. 대체 그런 여자들은 어디에 있는 걸까? 댓글에서 본 것처럼 다들 '쿵쾅이'여서 집에만 있는 건가? 오늘 만난 썸녀만 해도 그렇다. 애교 있고 조신한 말투에 여성스러운 태도까지, 메갈하곤 백만광

년 정도 멀어 보이는데. 소개팅에 나오는 여자들은 다 그런 여자뿐인데.

그러니까 이건 소문으로만 듣고 한 번도 보지 못했던 것을 드디어 목격한 순간이었고, 그런 점에서 순수한 의미의 호기심이 들었다. 대체 어떤 여자들이 '메갈'인 걸까?

그때 마침 신호가 바뀌었다. 나는 호기심을 이기지 못하고 인파에 섞여 보신각 쪽으로 건널목을 건넜다. 종각역 먹자골목에 볼일이 있는 사람처럼, 시선을 딴 곳에 둔 채 한 걸음, 두 걸음 조심스럽게.

그리고 가까이 와 보고서야 알았다. 이 자리에 모인 여자들은 모두 모자에 마스크를 쓰고 위아래로 검은 옷을 입고 있어서 누가 누군지 전혀 알 수가 없다는 사실을. 그나마 알 수 있었던 것은 머리가 짧은 사람이 압도적으로 많다는 것, 인터넷에 떠도는 루머와는 달리 체격이 다양했다는 것 정도. 그 이상 보이는 건 없었다.

별 소득 없이, 큰 감흥도 없이 나는 종각역 출구 앞에서 다시 뒤를 돌아 보신각 쪽을 돌아봤다. 이제 정말 집에 가야겠다고 생각했다. 아무래도 오늘 만난 여자는 느낌이 안 오는데, 후배가 말한 소개팅 어플이나 깔아볼까. 그런 생각을 하며 발걸음을 옮기려는데 마침 집회 무리 속에서 나오던 검은 옷, 검은 마스크, 검은 모자 차림의 '메갈녀'와 눈이 마주쳤다. 하지만 눈이 마주쳤다곤 해도 정말 눈밖에 보이지 않았기 때문에 나는 별 느낌 없이 고개를 돌리고 방금 건너온 횡단보도 앞에 다시 섰다.

문제는 그다음 순간이었다. 어느새 내 옆에 와서 선 그 검은 '메갈녀'가 내 얼굴을 뚫어져라 쳐다보는 것이었다. 이건 무슨 상황이지? 그렇다고 얼굴을 돌려 나도 같이 쳐다보기에는 뭔가 좀 무서운 감이 있었다. 나는 마스크고 모자고 아무것도 없는 무방비 상태라는 것부터가 일단 불리하지 않은가. 물론 그 여자는 내 어깨 정도 오는 키에 체격도 작은 편이었으니 설마 무슨 일이 있진 않겠지만, 그래도 좀 소름 끼치는 건 사실이었다. 괜히 이상한 여자들 있는 데를 기웃거려서는. 이 여자 뭐지? 내가 뭘 어쨌다고 이래?

건널목에 서서 신호등이 초록색으로 바뀌기까지, 기껏해야 일이 분이었을 시간이 이렇게 길게 느껴진 건 태어나서 처음이었다. 얼굴을 다 가려서 누군지 알 수 없는 사람에게 나만 일방적으로 노출되고 있다는 것이 불쾌하고도 무서웠다. 빨리 이 상황을 벗어나고 싶은 생각뿐이었다.

여자는 이제 대놓고 옆에 찰싹 붙어 서서 빤히 내 얼굴을 올려다보고 있었다. "저기요, 저한테 왜 이러세요"라고 말하고 싶었지만, 선뜻 목소리가 나오지 않았다. 그럴 때가 있지 않은가, 사실은 이게 함정이라서 일단 입을 떼는 순간 상대의 마수에 걸려버릴 것만 같은 불길한 느낌. 이유가 뭔지는 모르겠지만 상식적인 대화가 안 통할 것 같으니까, 뭔지 모를 싸한 느낌이 드니까, 애초에 빌미를 주지 말고 그냥 피해버리는 게 좋겠다고 생각했다.

드디어, 신호가 바뀌었다.

나는 마치 백 미터 달리기의 스타트라인에 서 있었던 것처럼 신호가 바뀌는 동시에 뛰다시피 해서 순식간에 횡단보도를 건넜다. 반대편 건널목에 다다랐을 즈음 등 뒤로 초록등의 숫자가 바뀌며 점멸할 때 나는 삐리리 소리가 들려왔다. 그제야 비로소 마음이 놓여 살짝 뒤를 돌아보았다. 안심하고 싶었다. 미친 여자들의 구호 소리도, 시커먼 옷과 마스크도 없는 원래의 내 삶으로 돌아왔다는 확신이 필요했다.

그러나 뒤를 돌아본 순간, 그 시커먼 여자가 문자 그대로 나를 향해 '달려오는' 모습이 보였다. 나는 본능적인 두려움을 느끼고 깔끔한 옷차림과 고급 소가죽 구두와는 어울리지 않게, 팔다리를 허우적거리면서 무작정 달리기 시작했다. 차를 어디에 주차했지, 같은 생각은 할 겨를도 없었다.

기를 쓰고 달리는 와중에도 나는 마주 걸어오는 사람들의 표정에서 의아함과 호기심을 읽을 수 있었다. 그들은 나를 본

다음에 자연스럽게 내 뒤쪽으로 시선을 옮겨갔고, 이유를 알 수는 없으나 다들 '호오'와 '오와'에 가까운 기묘한 감탄사를 내뱉었다. 궁금했지만 무서워서 차마 뒤쪽을 돌아볼 엄두가 나지 않았다.

종로의 대로변을 따라 달리다 보니 신호등이 너무 많았다. 건널목 앞에 멈춰 섰다간 금세 잡혀버릴 것 같아서 신호등이 없는 골목 쪽으로 몸을 돌렸다. 일층이 아케이드처럼 개방된 건물이 보여서 갑자기 아이디어가 떠올랐다. 남자 화장실에 들어가면 되지 않을까? 갑자기 숨바꼭질하던 유년기로 돌아간 기분이었지만, 도심 한복판에서 우스꽝스러운 추격전을 계속하는 것보다는 나을 것 같았다.

건물로 뛰어 들어가 화장실을 찾는데 '남자 화장실은 2층'이라는 야속한 문구가 눈에 들어왔다. 최근 운동 부족인지라 체력에도 슬슬 한계치가 온 나는 숨을 헐떡이며 계단을 올라갔다. 계단 끝에 이르렀을 때쯤엔 셔츠는 이미 땀범벅이었고, 진짜로 화장실 볼일이 다급해진 상태였다. 우당탕 뛴 끝에 겨우 남자 화장실을 발견하고서 손잡이를 잡아 돌리려는데, 바로 그 순간 턱 하고 자그마한 손이 내 어깨에 올라왔다. 흐어어억! 나는 놀라서 소리를 내질렀다.

"왜, 왜 이러세요, 진짜!"

내 뒤에 바짝 붙어 선 여자와 눈이 마주쳤다. 그러자 마스크로 다 가린 얼굴에 둥둥 떠 있던 동그란 눈이 갑자기 반달 모양이 되었다. 그 눈웃음에 내 공포는 더욱 극에 달했다.

웃어?

"야, 김승준. 오랜만이다?"

그 순간 미친, 검은 여자가 왼쪽 귀로 손을 가져가더니 자기 얼굴을 가리고 있던 마스크를 벗었다. 나는 헉, 하고 숨을 삼켰다.

그녀였다!

사 년 전에 공항에서 일방적인 이별을 통보했던 그녀. 내 연애 역사상 최대치의 치명적인 상처와 잊을 수 없는 아픔을 안겨줬던 그녀.

내가 가장 사랑했던 여자. 사실상의 첫사랑.

그녀가 '메갈'이 되어 나타난 것이다.

2. 차라리 나타나지 말지 그랬어

"뭘 그렇게 도망을 가고 그래? 무슨 죄 지었어?"

"야! 그럼 진작 말을 하지. 왜 무섭게 빤히 쳐다보고 막 쫓아오고 그래?!"

"첨엔 너 닮은 사람인 줄 알았지. 근데 보다 보니까 맞는 거 같더라고. 그래서 말 걸어보려고 했더니 갑자기 니가 막 도망가던데?"

지극히 논리적인 말이라 반박할 수가 없었다. 허탈하고, 황당하고, 뭐라 형언할 수 없는 기분이 몰려왔다. 살다 보면 한 번쯤은 그녀와 마주칠 수도 있을 거라고 생각은 했지만, 그게 이런 식일 줄은 몰랐다. 그것도 이런 모습으로.

어쩐지 이상하다고 생각했다. 다 잊었다고 생각한 사 년 전 일이 왜 갑자기 떠오르나 싶었다. 창밖으로 시커먼 옷을 입은 여자들이 지나가는 모습을 보면서 무의식중에 생각이 이어진 걸지도 모르겠다. 사 년 전 그날 공항에서 마지막으로 본, 아니 봤다고 믿었던 그녀도 위아래로 시커먼 옷을 입고 있었으니까.

이 모든 일이 너무 갑작스럽고 충격적이어서, 마스크를 벗고 헤실헤실 웃으며 "야, 너 땜에 뛰었더니 배고파. 치킨 사줘"라고 들러붙는 그녀의 뻔뻔함 정도는 오히려 아무렇지도 않았다.

근데 우리가 이렇게 웃으면서 아는 척할 만한 사이인가? 나는 가끔 니 생각하면 가슴이 미어지고 그랬는데 너는 참…. 속으로 오만 가지 생각을 하면서도 발걸음은 이 근방에서 유명한 치킨집으로 그녀를 안내하고 있었다.

그리고 어느새 우리는 마주보고 앉았다.

"아유, 덥다."

그녀가 모자를 벗자 턱선에 똑 떨어지는 단발머리가 눈에 들어왔다. 나와 만났던 무렵에는 어깨 아래까지 내려오는 긴 머리였는데. 이제 조금씩 눈에 들어오기 시작하는 오밀조밀한 이목구비는 예전 그대로였다. 곧 서른이니 좀 성숙해진 느낌이 없지 않았지만 예전의 그 앳된 모습도 남아 있었다. 화장기 하나 없는 얼굴이라 더 그런 것 같았다. 사실 그녀는 예전에도 화장을 화려하게 하는 스타일은 아니었다. 피부가 좋아서 그럴 필요가 없었을 수도 있고. 화장 잘하는 친구에게 배웠다는 딱 한 가지 패턴의 눈 화장밖에 할 줄 몰랐는데, 내 눈에는 그것만으로도 충분히 예뻤다.

"와, 이렇게 볼 줄은 정말 몰랐네. 야, 넌 나 만났는데 반갑지도 않냐?"

내가 잠시 숨을 고르는 사이, 어색한지 계속 혼잣말을 중얼거리던 그녀가 물었다.

"바, 반갑지…."

물론 반갑다는 말 한마디로 표현할 수 있는 감정은 아니었지만 말이다.

"어떻게 지냈어? 얼마만이지?"

"한 사 년? 어떻게 지내긴. 그냥 회사 다니지 뭐…."

"벌써 사 년이나 됐어? 우와…."

그녀가 신기하다는 듯 손가락을 이렇게 저렇게 접어보며 감탄했다. 내가 물었다.

"너는? 무슨 일 해?"

"아, 난 책 편집해."

"출판사 다니는 거야?"

“응, 근데 요즘 퇴사하고 독립할까 싶어서 고민 중이야.”

“그렇구나. 나도 회사 진짜 그만두고 싶은데.”

그러고 보면 그녀와 한창 사귀던 취준생 시절에는 어디든 입사하고 싶은 생각뿐이었는데. 사람 마음이 이렇게나 간사하다.

“너 원래 출판 일 하고 싶어했잖아. 잘됐네.”

“그치. 근데 막상 해보니까 마냥 좋지만은 않네. 너는, 미국은 어땠어? 좋았어?”

정말 오랜만에 만난 친구처럼 가볍게 얘기를 주고받다 보니 잠시 잊었던 감정이 ‘미국’이라는 단어와 함께 다시 뭉클 솟아났다. 그간 친구들과 술 한잔 기울일 때마다 그 얘길 얼마나 했는지 모른다. 그 이별로 인해 내가 얼마나 슬펐는지, 비참했는지, 상처받았는지. 미국에 도착했던 첫날 밤, 낯설고 좁은 방에서 얼마나 사무치게 외로웠는지. 근데 그 얘길, 이렇게 당사자와 하게 될 줄은 몰랐다.

“…뭐 그냥.”

“그냥?”

“별로… 얘기 안 하고 싶다.”

“왜?”

왜냐니…?

아무렇지 않은 듯한 그녀의 반문에 나는 그만 이성의 끈을 살짝 놓아버렸다.

“니가 어떻게 그걸 나한테 물어보냐?”

그런데 그녀의 반응이 또 적반하장이었다. 오히려 눈을 동그랗게 뜨고 정말 모르겠다는 듯이 되묻는 것이었다.

“내가 왜? 왜 물어보면 안 되는데?”

“그렇게, 어? 일방적으로 문자 한 통 보내서 차버리고. 정말 어떻게 그럴 수가 있냐. 너?”

“…….”

“내가 너 땜에 얼마나 힘들었는데, 얼마나 상처받았는데, 갑자기 이렇게 나타나서 막, 아무렇지도 않게…. 지금 너 나랑 무슨 동창회 해?!”

말을 하다 보니 설움이 복받치다 못해 눈물이 찔끔 나왔다. 와, 진짜 오늘 무슨 날인가? 때아닌 뭡박질을 하질 않나. 이젠 직장인 맛집으로 유명한 치킨집에서 울고 앉아 있네. 한심하고 비참하다는 생각이 들어서 나는 얼른 손으로 눈물을 훔쳐 닦아냈다.

내가 그러는 걸 아무 말 없이 보고 있던 그녀가 별안간 버럭 소리를 질렀다.

“그러니까 누가 가랬어?!”

“……?”

순식간에 그녀의 눈동자 가득 눈물이 고이더니, 곧 흘러넘

치기 시작했다.

“니가 간댔잖아! 그렇게 가지 말랬는데! 너만 상처받은 줄 알아? 내 마음은 어땠는지 니가 아냐고!”

어느새 그녀가 양손으로 얼굴을 감싸고 엉엉 울고 있었다. 너무 놀란 나머지 내 눈물은 쏙 들어갔다.

“저기….”

나는 당황해서 어쩔 줄 모르다가 심하게 떨리는 그녀의 어깨에 살짝 손을 댔다.

“건드리지 마!”

그녀는 뾰족하게 말하며 몸을 뒤로 뺐고, 그렇게 한참을 더 울었다. 우는 그녀를 보면서 나는 그저 멍하니 앉아 있을 수밖에 없었다. 그녀가 나쁜 여자고 매정한 여자인 건데. 헤어지자고 일방적으로 통보한 것도 모자라 내가 미국행 비행기 안에 있는 열서너 시간 동안 SNS랑 메신저까지 모두 차단해 버린 사람이 누군데?

알고 보면 바람피운 거 아니겠냐고, 내가 미국 가는 게 정해지자마자 다른 남자 만든 거 아니냐고 그녀를 욕하던 친구들의 말을 들으면서 나는 딱히 부정하지도 않았었다. 그렇게라도 생각하지 않으면 견딜 수 없었으니까.

그런데 지금 그녀가 울고 있다. 그녀 마음은 어땠는지 난 정말 까맣게 몰랐다.

그녀가 어깨를 들썩이며 울고 있는 모습을 보며 종업원이 쭈뼛쭈뼛 다가와 맥주와 치킨을 테이블 위에 놓았다. 그러니까 우리는 주문한 음식이 채 나오기도 전에 소리치고 울고 난리를 친 거였다.

어처구니가 없기도 하고, 진이 다 빠져서 우리는 아무 말 없이 묵묵히 치킨을 먹었다. 그녀가 맥주잔을 들길래 나도 얼른 잔을 들어서 건배를 했다. 시원한 생맥주가 입속으로 빨려 들어갔고, 순식간에 잔이 비워졌다. 숨을 좀 돌리고 나니 뒤늦게 그녀 앞의 내 몰골이 신경 쓰였다. 아까 뛸 때 땀 엄청 흘려서 꼬질꼬질해졌을 텐데…. 하지만 어쩌겠는가. 어차피 오늘은 멋있게 보이긴 그른 것 같았다.

바삭한 튀김옷에 감탄하며 닭고기를 씹다가 내가 무심코 말했다.

"너랑 그렇게 헤어지고 나서 나 이제 여자 못 믿는다?"

"웃기고 있네."

"진짠데? 그러고 나서 제대로 된 연애 못 했어. 미국에서도, 한국 돌아와서도."

그녀가 대충 고개를 끄덕이는 시늉을 하더니 대꾸했다.

"나야말로 남자를 못 믿는다. 꼭 너 때문은 아니겠지만."

"왜?"

"하도 미친놈들을 많이 만나서."

"어떤 미친놈?"

"뭐 그냥…."

"니가 왜 그런 놈들을 만나? 뭐가 아쉬워서!"

내 입장에 적절했는진 모르겠지만, 갑자기 발끈 화가 나서 나오는 대로 말을 뱉었다. 그러자 언제 울었나 싶을 정도로 야무지게 치킨을 뜯던 그녀가 침을 튀겨가며 언성을 높였다.

"야, 미친놈이 미친놈이라고 이마에 써 붙이고 다녀? 내가 어떻게 알고 피해! 나 이제 남자 안 만날 거야. 한남들 지긋지긋해."

헐.

나도 모르게 웃음이 터졌다.

"와, 대박! 너 지금 한남이라 그랬어?"

"그래."

"나 실제로 한남이라는 말 쓰는 사람 처음 봐."

"넌 인터넷도 안 하냐?"

"그니까, 이렇게 소리 내서 말하는 걸 처음 본다고!"

나는 정말 신기해서 한 말인데, 어쩐지 그녀는 한심하다는 듯한 표정으로 말했다.

"니 주변도 알 만하다."

그녀의 표정이야 어쨌든 나는 갑자기 재미있는 생각이 들었다.

"야, 그럼 나도 한남이야?"

"지금 니가 어떤지 내가 어떻게 알아?"

"음, 그럼 사 년 전 생각해 보면?"

내 질문에 그녀가 어이없다는 표정을 짓더니, 이내 진지하게 미간을 좁히며 생각하기 시작했다. 이게 뭐라고, 나는 왜 또 떨리는 건지. 아무튼 잠깐 숨을 죽이고 기다렸더니 그녀가 답을 내린 듯 입을 열었다.

"한남 끼는 좀 있었지."

"푸하하하! 말도 안 되는 소리 하고 있어. 나처럼 착하고 다정한 남자친구가 어딨다고 그래?"

"그래, 그러니까 니가 끼가 있었다는 거야."

그녀의 말에 나는 다시 한 번 웃음이 터졌다. 아주 재미있는 농담이라고 생각했다. 그녀도 날 보면서 웃고 있긴 했는데, 묘하게 체념한 듯한 느낌이었다.

나는 실실 웃으며 그녀의 말들을 곱씹어보았다. 그러자 뒤늦게 퍼즐이 맞춰졌다.

"그럼 너 혹시 그동안 그 미친놈들한테 당한 일 때문에 아까 그런 메갈 시위 나가고 그런 거야? 막 데이트 폭력 당하고 그랬어? 이런 씨… 어떤 새끼야?"

나는 나름 심각했는데, 이번에는 그녀가 웃음을 터뜨렸다.

"와, 난 실제로 메갈이라는 말 쓰는 남자 처음 본다."

"나보고 인터넷 안 하냐며?"

"너 아까 그게 무슨 시위인 줄은 알고 그런 소리 하냐?"

"어… 임… 신?"

"아휴, 됐다! 어디 가서 그런 빻은 말 하고 다니지 마, 너."

그녀의 말투는 엄청나게 퉁명스러웠는데 이상하게 나는 또 웃음이 나왔다. 그녀의 입을 거쳐 나온 말이라 그런지 좀 귀엽게 들렸다.

"야, 뭐했다고? 빻아? 너 출판사 다니는 사람이 그런 말 써도 되냐?"

"하, 근데 이것만큼 착 달라붙는 말이 없단 말이지."

"근데 그런 거 아니면, 그런 시위를 왜 나가? 너 사 년 전엔 이런 거에 별로 관심 없었잖아?"

"그랬나?"

확실히 예전의 그녀는 운동가와는 어느 정도 거리가 있었다. 뉴스나 다큐멘터리보다는 소설이나 극영화에 훨씬 관심이 많기도 했다. 세상은 세상, 나는 나, 그런 느낌이었달까.

그녀가 고개를 절레절레 흔들더니 말했다.

"아, 세상이 나를 페미니스트로 만드는데 어떡해?"

"페미니스트? 와, 대박."

"이것도 처음이야?"

"응."

내가 고개를 끄덕이자 그녀가 또 피식 웃었다. 그러더니 갑자기 허공을 보면서 아련한 목소리로 말했다.

"우리가 지금 알았으면 못 사귀었겠다. 그때니까, 사 년 전이니까 사귄 거지."

"그런가? 그렇겠지…?"

이번엔 내가 히죽 웃으며 고개를 끄덕였다.

그래, 아무리 그녀라고 해도 말로만 듣던 '메갈', 아니 페미니스트랑 어떻게 사귀겠는가. 여성스럽고 착하고, 그야말로 '괜찮은 여자'들이 얼마나 많은데 굳이 뭐하러….

그 순간 우리 둘 사이에 어색한 침묵이 흘렀다. 나는 다시 치킨에 손을 뻗어서 내가 제일 좋아하는 날개 부위를 하나 베어 물었다. 그런데 어쩐지 맛이 아까만 못한 것 같았다.

"아무튼 이렇게 만난 것도 인연이네. 반갑다, 야."

어색함을 풀려는 듯 그녀가 호탕하게 말했고, 우리는 다시 한 번 잔을 부딪쳤다. 딩, 하고 둔탁한 소리가 났다.

그리고…

정신이 들어 눈을 뜨자 낯선 천장이 보였다. 얼른 몸을 일으켰더니 놀랍게도 나체로 엎드려 자고 있는 그녀가 내 옆에 있었다. 모텔이었다. 이게 대체 어떻게 된 거지? 나는 일어나 앉아서 지끈거리는 머리를 감싸 쥐고 어젯밤의 일들을 기억해 내려 애썼다.

“야, 이차 가자! 가서 딱 소주 한 잔만 더하자!”
“삼차, 삼차 가자. 여기 빠 진짜 좋은 데 있거든?”

그랬다. “지금 동창회 하는 거냐”고 쏘아붙인 주제에, 오랜만에 만난 그녀가 ‘메갈’이 된 게 좀 이상하긴 했지만, 간만에 그녀와 함께하는 술자리가 너무 재미있어서 이차, 삼차 더 가자고 계속 졸라댔다.

“내가 너 진짜 얼마나 좋아했는지 알아?”
“내가 더 좋아했거든?”
“아니거든, 나거든?”
“나 진짜 많이 울었거든, 그때?”
“내가 더 많이 울었거든?”
“그렇게 좋아하던 여친한테 차이고 미국에 혼자 뚝 떨어지는 기분을 니가 알아?”
“나 안 보고 싶었어?”
“말하기 싫어.”
“왜애, 말해봐. 응? 말해보라니까!”

필름이 끊길 때까지 주고받았던 말들은 온통 뒤죽박죽에 유치찬란이었다. 그런 싸움 같지 않은 말싸움을 한참 하다가, 다시 또 울고불고 사 년 전 얘기를 한참 하다가, 새벽 세 시쯤 됐을 때 이제 집에 가자며 일어섰고, 내가 계산을 하는 동안 그녀가 화장실에 다녀왔고… 둘이 같이 밖으로 나왔다.

"너는 어떻게 가? 택시 불러줘?"

"응? 으응…."

술집 앞은 인적이 드문 골목길이었다. 다리가 풀려 비틀거리던 서로의 눈이 마주친 순간, 우리는 누가 먼저랄 것도 없이 강력한 자석에 끌리듯 서로의 입술을 향해 달려들었다. 그랬다. 평생 이 순간만 기다렸다는 듯 미친 사람들처럼 키스를 했고, 그게 너무 좋았고, 내 팔을 꼭 붙잡는 그녀 역시 그런 것 같았고, 그래서 너무나 자연스럽게 여기로 왔고…. 혹시나 하는 생각에 이불을 들춰 보니, 의무를 다하고 축 늘어진 콘돔이 나뒹굴고 있었다.

"으으음…."

옆에서 그녀가 옅은 신음소리를 냈다. 실오라기 하나 걸치지 않은 그녀를 보니 사 년 전의 모습과 그때의 마음이 선명하게 되살아났다. 역시 어제의 그 이상하고도 우연한 만남이 이렇게까지 되어버린 건, 그녀도 나도 서로에 대한 미련이랄까,

마음이 아직 남아 있기 때문은 아닐까. '괜찮은' 여자들은 차고 넘치게 만나봤다. 그녀는 그런 여자들보다 조건이 더 좋은 것도 아니고 심지어는 검은 옷을 입고 이상한 집회에 다닌다. 그게 엄청 마이너스지. 하지만 결정적인 건, 그녀가 그녀라는 사실이다. 그건 어떤 스펙으로도 대체할 수 없는 것이다. 오직 세상에 하나밖에 없는 사람이니까.

어떤 여자 앞에서도 평정심을 유지하던 나를 뛰게 하고 울게 하고 이렇게 충동적으로 만드는 사람은 그녀뿐이다. 여전히 섹스도, 아주 좋았(던 것 같)고.

연애와 데이트의 매너리즘에 빠져 있던 내 앞에 그녀가 다시 나타난 건, 어쩌면 정말 운명일지도 모른다. 이렇게 나와 같이 밤을 보낸 걸 보면 그녀의 마음도 다르지 않을 것이다. 나도 모르게 마음이 조금씩 들뜨기 시작했다. 곤히 잠든 그녀가 어찌나 사랑스러워 보이는지.

"아이씨, 속 쓰려…."

그때 그녀가 몸을 홱 뒤집으면서 혼잣말을 했다. 그녀의 탄력 있는 가슴이 보기 좋게 흔들렸다. 눈곱이 잔뜩 낀 찌푸린 얼굴이지만 그래도 귀여웠다.

"잘 잤어, 이쁜아?"

나는 장난스럽게 말하며 그녀 옆에 엎드려 얼굴을 내려다봤다. 이것 참 로맨틱한 아침이 아닌가!

"으웩, 뭐라냐 지금?"

하지만 그녀의 입에서 튀어나온 첫마디는 이랬다. 심지어 턱을 괴고 있던 내 팔을 쳐서 쓰러트리기까지 했다.

"야!"

'가오'가 상한 내가 항의했지만 그녀는 아랑곳하지 않고 털털하게 일어나 속옷부터 하나씩 주워 입기 시작했다.

"아우, 피곤해. 해장국이나 먹고 집에 가자. 바쁘면 그냥 가고."

뭐, 해장국이요? 지금 이게 무슨….

"뭐야, 지금 이거 무슨 상황이야?"

"뭐, 왜?"

또, 또 저 아무것도 모른다는 표정. 예전에도 그녀의 저 표정 때문에 열 받은 게 한두 번이 아니었다.

"우리, 같이 잤잖아?"

"근데?"

"사 년 전에 그렇게 서로 좋아하다 헤어졌던 사이가 다시 만나서 이렇게 됐으면…."

"됐으면?"

이게 진짜! 나는 결국 버럭 소리를 질렀다.

"야!"

"왜 화를 내고 그래? 말하고자 하는 게 뭐야!"

내가 침대 위에서 횡설수설하는 동안 어느새 그녀는 위아래로 시커먼 옷을 다 챙겨 입었다. 다시 어제 날 공포에 떨게 했던 그 모습이 된 거다.

"나랑 감정 있어서 잔 거 아니었어? 나랑 다시 만나려고 그런 거 아니었냐고!"

"어제 다 끝난 얘기 아냐? 그때니까 만났지, 우리 이젠 못 사귀어. 안 맞잖아, 서로."

그녀가 짐짓 이성적인 목소리로 말했다.

하, 뭐지, 이 더러운 기분은? 저런 건 원래 내 역할이었는데 말이다. 모텔에서 아침에 여자들이 "이제부터 우리 사귀는 거냐"고 물으면, "천천히 알아가자", "우리 사이를 틀에 맞추는 거 별로잖아" 하면서 어물쩍 넘어가는 그런 거.

"좋아하면 됐지, 그게 뭐가 중요해! 너도 나 좋아하잖아!"

그러나 오늘의 나는 생떼를 쓰는 어린애처럼 빽빽거리며 그녀에게 매달릴 뿐이었다. 젠장. 그녀는 헛웃음을 지으며 혀를 찼다.

"어휴, 서른 먹고 너도 참. 빨리 옷이나 입어! 안 그럼 나 먼저 나간다?"

나는 어쩔 수 없이 발을 쾅쾅 구르며 침대에서 내려와 여기저기 떨어져 있는 옷가지들을 주워 입기 시작했다. 어제 땀을 흘려서 그런지 엄청 찝찝했다. 기분은 더 찝찝했고.

"그럼 너, 나랑 왜 잤어? 왜!"

나는 바지 속에 한쪽 발을 집어넣으면서도 계속 징징댔다. 그녀 앞에서, 이제 와서 폼 잡는 건 애초부터 그른 일이었으니까. 그녀는 귀찮거나, 곤란하거나 그 둘 사이 어디쯤인 것 같은 표정으로 일관하더니 어쩔 수 없다는 듯 대답했다.

"나도 몰라! 오랜만에 만나서 술 마시니까 옛날 기분도 나고…. 너무 오래 안 해서 꼴렸나보지! 너도 좋았잖아. 그랬으면 된 거잖아, 어?"

꼴려? 꼴렸다고?

그녀의 고상한 단어 선택에 현기증이 날 지경이었다.

"해장국이나 먹자, 응? 내가 사줄게."

그녀가 좀 미안해하는 것도 같은 오묘한 표정을 지으면서 내 팔에 들러붙었다. 그 표정조차 너무 거슬렸지만, 결국 잠시 뒤 나는 그녀와 함께 24시간 순댓국집에 마주 앉아 있었다.

"아, 맛있겠다."

팔팔 끓는 국물에서 풍겨오는 고소한 냄새에 감탄하며 그녀가 새우젓과 양념을 신나게 풀었다. 그 모습조차 미워 보여서 나는 아무 말도 하지 않았다.

후루룩, 후루룩.

우리는 말없이 국물과 순대 부속과 밥을 먹었다. 뜨끈한 국물에 속이 좀 풀리는 것 같았지만, 마음은 여전히 풀리지 않았다. 약속대로 계산은 그녀가 했다.

밥을 먹고 나왔는데 놀랍게도 그녀가 담배를 꺼내 입에 물었다. "너 담배 피웠어?"라고 물었더니 "어제도 몇 번 나가서 피웠는데"라며 대수롭지 않게 대답했다. 술에 취해서 까맣게 잊어버린 모양이었다. 나는 금연 중이었지만 그녀가 담배를 피우는 모습이 너무 맛있어 보여서, 답답한 마음에 도움이 될까 하고 한 개비를 빼앗았다.

일요일 아침의 번화가는 조용하고 스산했다. 모텔에 해장국이라니, 이런 것도 오랜만이었다. 이젠 더 이상 재밌지도 않았다. 솔직히 소모적일 뿐이었다.

이제 그만 정착하고 싶은데. Love of my life, 내 인생의 여자를 찾으면. 그리고 그게 너일지도 모른다고 생각했는데.

"그래서, 진짜 나랑 안 만날 거야?"

구질구질한 게 확실하지만, 그래도 그녀에게 한 번 더 물었다. 그녀가 웃으며 대답했다.

"나 메갈이라고. 너 메갈 싫어하잖아, 이 한남아."

맥이 탁 풀리는 대답이었다.

"너 원래 그런 애 아니었잖아!"

내가 다시 짜증을 내며 빽빽거리자 그녀가 담배를 쪽쪽 빨아 마저 피운 다음에 발로 비벼 껐다.

"나 이제 그런 애야. 잘 지내!"

"야!"

어젯밤부터 오늘 아침까지, 그 긴 시간 동안 웃고 떠들고 심지어 키스하고 섹스까지 했으면서 전화번호도 알려주지 않은 채로 그녀는 가버렸다. 그 뒷모습만 황망하게 보다가 나는 다 피운 꽁초를 바닥에 버리고 쾅쾅 밟아버렸다. 역시 담배 같은 건 기분 전환에 하나도 도움이 안 된다.

3. 기왕에 나타났으면

그렇게 주말이 끝나버렸고, 일주일 내내 기분이 좋지 않았다. 회사에서 하도 짜증을 부려서 팀장에게 눈총을 받을 정도였다.

예술의전당에 전시 보러 가자고 했던 그 '괜찮은 여자'에게는, 결국 연락하지 않았다. 그러자 그녀 쪽에서도 연락이 없었다. 이렇게 끝인 거였다, 언제나처럼. 그래도 최근 몇 주간 서로 살갑게 일상을 공유하던 사이였는데, 이렇게 간단히 끝나버린다는 게 좀 이상하고, 역시 지겨웠다.

하지만 한편으론 다행스러운 일이기도 했다. 내 신경은 온통 다시 만난 그녀에게 쏠려 있었으니까. 하지만 전화번호도 사는 곳도 몰랐으므로 그녀가 대체 어디에서 무얼 하는지 알

길이 없었고, 그 신경을 어느 방향으로 쏘아야 할지도 알 수 없었다. 이런 답답한 기분이 드는 게 너무 오랜만이었다. 누군가를 원하는데 깨끗하게 거절당했고, 더 이상 닿을 방법이 내게는 없다니.

그래서 그녀가 날 거절한 논리적인 이유, 그녀가 '메갈'이라는 사실을 계속 생각했다. 나 역시 메갈과 사귈 수는 없다고 생각하지 않았던가. 그 생각에 집중하자고 스스로를 타일렀다. 회사에서건 집에서건 틈이 날 때마다 인터넷을 켜서 '한남소추', '6.9cm', '느개비' 그런 글들을 계속해서 읽었다. 그러면 진짜 좀 정나미가 떨어지는 것 같고 기분이 더러워졌다.

하지만 그것도 잠시, 자려고 눕거나 지하철에서 멍할 때면 다시 사 년 전 그녀의 모습들이 떠오르고, 지난번 봤을 때 그녀가 흘렸던 눈물과 미친 듯이 불꽃이 튀었던 키스와 섹스가 떠올랐다. 그날 밤에 뛰었던 심장 박동과, 잠들어 있던 그녀를 보면서 머릿속에 미래를 그리던 때의 확신들이 떠오르는 것이었다.

사 년 전의 그녀는 안 그랬는데, 갑자기 무슨 일이 있었던 걸까. 이상한 남자친구들을 만난 것 때문에 상처받아서 그렇게 된 거라면, 내가 그 상처를 낫게 해줄 수도 있지 않을까?

일주일 내내 혼자서 무럭무럭 솟아나는 생각들을 키웠다 지웠다 하면서, 그나마 내가 납득할 수 있는, 납득하고 싶은 결론에 겨우 도달했다. 하지만 그게 가능하긴 한 건지, 어떻게 할 수 있는 건지는 여전히 알 수 없었다.

그런 와중에 고등학교 친구들 모임이 있었다. 솔직히 이런 기분으로는 가고 싶지 않은 자리였다. 나와 함께 유일하게 미혼으로 남아 있던 녀석이 드디어 결혼을 결정했다고 자랑하는 날이었기 때문이다.

이 녀석들은 정말 운명의 여자를 만났다는 생각으로 결혼하는 걸까? 나는 왜 그런 여자를 만날 수 없는 건가? 내가 얘들보다 모자란 게 뭐가 있다고? 그런 와중에 전 여친은 왜 그렇게 이상해져서, 왜 날 거부해서, 왜 자꾸 생각이 나는 건가?

"건배!"

잔을 내려놓기가 무섭게 오늘의 주인공인 결혼 예정자 기현이 자기 얘기를 쏟아내기 시작했다. 어떻게 프러포즈를 했는지, 식장은 얼마나 드라마틱하게 구했는지, 집은 어딜 알아보고 있는지, 제주도 셀프 웨딩 촬영은 어떻게 할 건지…. 별로 관심이 안 생겨서 그나마 나와 관련이 있는 정보만 걸러서 들었다. 녀석이 그토록 극적으로 잡았다는 식장은 양재역 앞에 있는 웨딩홀이었다. 아, 거기. 남의 결혼식 보러 가는 것만 벌써 세 번째였다. 절로 한숨이 나왔다.

그러나 내 기분 따위 알 리 없는 기혼자들은 자기네들끼리 공감대를 형성하면서 얘기를 주도하기 시작했다. 다들 결혼한 지 얼마 되지도 않았으면서 결혼이란 이런 거네 저런 거네 얘기하는 게 솔직히 좀 우습기도 했다. 잔뜩 신난 기현의 모습은 또 왜 이렇게 아니꼬운지. 결혼 준비하면서 그렇게들 많이 싸우고 깨지기도 한다는데, 하는 못된 생각마저 들었다. 아무튼 나는 할 얘기가 없어서 그냥 듣고만 있었다.

"야, 씹선비. 넌 요즘 어때?"

그렇게 멍을 때리고 있는 게 이상해 보인 건지 불쌍해 보인 건지 옆에 있던 태우가 말을 건넸다. 놈이 저렇게 치고 들어오면 보통 "내가 왜 씹선비냐, 이 개새끼야!"라고 받아치는 게 우리의 대화 패턴이었다.

"안 그래도 나 너네한테 진짜 궁금한 게 있는데…."

그러나 내가 의외의 대꾸를 하자 친구들은 당황한 듯 시선을 교환했다. 그러더니 이내 태연한 척하며 '이 형님이 한 수 가르쳐주마' 하는 표정으로 나를 향해 고개를 까딱거렸다.

"혹시… 너희 와이프나 여자친구는 메갈 이런 거 아니지?"

갑자기 정적이 흐르고, 서로 묘하게 눈치만 보는 것이 느껴졌다. 한참 조용하던 분위기를 결국 새신랑 예정자인 기현이 먼저 깼다.

"그럼, 당연하지. 메갈 그거 완전 정신병이잖아! 말도 안 되지. 우리 지수는 그런 거 전혀 없는데."

"맞아, 정상적이고 예쁜 애들은 그런 생각 안 할걸? 못생기고 피해의식 심한 애들만 그런 거에 빠지는 거야. 사랑을 못 받아서."

"요즘 어린 여자애들 나대면서 큰소리치는 거 보면 진짜…. 지금 같은 때에 연애했으면 어땠겠나 싶고 무섭다. 이십 대 남자애들 불쌍해."

"우리 학교 총여학생회도 없어졌다던데, 당연한 거야. 이제 남녀평등 시대잖아. 페미니즘은 무슨, 다 자기들 꿀 빨고 싶어서 생떼 쓰는 거지."

"그래, 우리 엄마가 와이프한테 얼마나 잘해주는데. 요즘엔 오히려 시댁들이 며느리 눈치 본다잖아."

좀 전의 침묵을 만회하려는 듯 친구들은 앞다투어 말들을 쏟아냈다.

"근데 너네 진짜 메갈 본 적 있어? 인터넷에서 말고 진짜…."

내 질문에 친구들은 다시 당황하며 서로 눈빛을 교환했다. 그러더니 내 바로 맞은편에 앉아 있던 동연이 이제야 뭔지 알겠다는 듯 말했다.

"야, 뭐야. 너 혹시 요즘 메갈 만나냐?"

"헐, 대박 사건! 씹선비 여친 메갈?"

"안 그래도 요새 인터넷에 그런 글들 있더라고! 썸녀가 메갈이었다, 짝사랑녀가 메갈이었다….”

“야, 빨리 때려치워라. 뭐가 아쉬워서 그런 애를 만나?”

“근데… 니네가 모르는 걸 수도 있지 않을까?”

친구들의 아우성을 듣다 문득 머릿속에 떠오른 생각을 내뱉었다. 나도 그녀가 그렇게 될 줄은 정말 몰랐으니까.

다시 한 번 시간이 멈춘 것 같은 침묵이 흘렀다.

“야, 그걸 어떻게 몰라!”

친구놈들이 아까보다 훨씬 더 큰 소리로, 훨씬 더 빠르게 말을 쏟아내기 시작했다. 아무래도 내가 폭탄을 던진 모양이었다.

“저 새끼 저거 미쳤네, 미쳤어.”

“와이프가 이상한 카페나 커뮤니티 들어가나 안 들어가나 내가 다 보고 있다고!”

“트위터 같은 거 하지 말라고 얼마나 얘기하는데!”

“그런 비슷한 얘기만 할라 쳐도 다 막아!”

“친구 중에 그런 끼 있는 애들 있으면 놀지 말라고 하고!”

이상하게 열을 올리는 친구들의 기세에 놀라면서도, 나는 일단 내가 알고 싶은 것에 대해 물었다.

“그러면 메갈이 안 돼?”

“그럼! 남자가 정신 똑바로 차리고 있으면 그렇게는 안 되지.”

"여자친구랑 엄청 싸워가면서 그런 생각 못 하게 고쳤다는 사람도 있더라."

"근데 뭐하러 그렇게 사서 고생을 해? 안 그런 여자도 많을 텐데."

"야, 그 여자 이뻐?"

"이쁘니까 저러겠지."

"이쁜 애가 어쩌다 그렇게 됐냐."

친구들이 제멋대로 떠드는 얘기가 귓가에서 윙윙거렸다. 그리고 머릿속에서는, 내가 듣고 싶었던 얘기들만 그럴듯하게 편집되고 있었다. 사랑을 못 받아서, 남자가 정신 똑바로 차리면, 고쳤다는 사람도 있다더라….

"야, 말 좀 해봐! 그 여자 어디서 만난 누군데?"

내가 멍하니 있자 답답했는지 기현이 버럭 소리를 지르듯 말했다. 나는 침을 한 번 꿀꺽 삼키고 친구들의 얼굴을 쳐다보았다. 워낙 오랜 세월을 함께 보낸 친구들이다. 그러니까 '사년 전 공항, 전 여친'이라고 하면 모를 수가 없다. 다들 한동안 그 얘기 진짜 지겹게 들었으니까.

"있어, 어쩌다 우연히 만난 사람."

하지만 입이 떨어지지 않아서, 나는 그냥 얼버무렸다. 내 인생 최고의 '쌍년'이자 친구들 사이에서 공인된 나쁜 년인 그녀가 다시 등장한 것도 쇼킹한데, 거기다 메갈이 됐다면? 근데 내가 또 고민하고 있다면? 이것들이 날 얼마나 바보 팔푼이로 보겠는가? 지금은 아무래도 때가 아니었다. 이 문제가 해결되면, 그때 솔직하게 말해도 되겠지. 사실은 사 년 전에 바람이니 뭐니 그런 게 아니라 나와 떨어져 지내는 게 너무 힘들어서 그랬다고. 그러니까 '너무 사랑해서' 이별 통보를 했고, 서로 오랫동안 그리워하다가 시간이 흘러 운명적으로 다시 만나게 됐다고. 이런 아름다운 스토리로 짜잔, 멋지게 알리리라.

"우연히 어떻게 누굴 만났는데!"

쉽게 납득이 되지 않는 듯 친구들 몇몇이 집요하게 파고들었지만, 나는 적당히 무시하면서 입을 꾹 다물고 앞에 놓인 맥주를 비장하게 들이켰다.

역시 아직 포기하기엔 이르다. 내가 너를 좋아하고, 너도 나를 좋아하는데. 메갈이라는 게 문제라면, 그 문제를 제거할 수도 있는 거잖아. 과거에는 없었던 문제니까 더 쉬울 것이다. 나는 그런 생각을 마음속에 다져 넣으며 친구들이 무슨 얘기를 하면서 웃고 떠들든 말든 묵묵히 앉아 있다가 집으로 돌아왔다.

띠로리리. 도어록의 익숙한 기계음을 들으며 집안으로 들어섰다. 어머니가 혼자 거실에 앉아 텔레비전을 보고 계셨다. 아버지는 주무시는 모양이었다. 이미 자정이 넘은 시간인데, 일부러 기다리신 건가 싶어 조금 죄송했다.

"오늘은 어데 갔다오노?"

"아, 기현이 결혼한대서. 아시죠, 고등학교 동창 기현이?"

"알다마다. 기현이도 장가가나…."

한숨 섞인 감탄사의 뉘앙스가 심상치 않아서 나는 아무런 대꾸도 하지 않고 방으로 들어와 버렸다.

부모님이 내 결혼을 기다리고 계신 걸 알기에 종종 스트레스가 된다. 심지어 나는 외동아들이었다. 그러니 기대하시는 것 자체는 이해한다. 솔직히 나도 기대하고 있으니까. 그러나 당장은 어떤 결과를 보여드릴 수 없다는 게 문제다. 공부처럼 혼자 열심히 한다고 되는 일도 아니잖은가.

그런 와중에 그녀를 생각하니 머리가 아파왔다. 하지만 그만큼 열의가 더 생기기도 했다. 어쩌면 늘 심드렁하던 내가 정말로 꼭 잡고 싶은 사람을 만난 것일지도 모르니까. 그래서 지금의 이 노력이 결혼으로 이어지는 인연의 시작일지도 모르니까. 근데 걔 담배도 피우던데 어떡하지.

아무튼 지금은 현실적으로 그녀와 어떻게 다시 만날 수 있을지를 생각해야 했다. 그래야 다시 뭘 하든지 말든지 할 테니까. 회사 이름도 못 들었고 옛날 동네는 어렴풋이 기억나지만 지금 사는 동네가 어딘지도 모르겠고…. 생각난 김에 페이스북에 그녀의 이름을 몇 번 입력해 봤지만 허사였다. 너무 흔한 이름이었다. 사실 이 짓은 몇 년 전부터 심심하면 한 번씩 해봤는데, 매번 소득이 없었다. 막막해져서 한숨이 나오려는데 머릿속을 번뜩 스치는 생각이 있었다. 바로 인터넷에 검색을 해보니 시도는 해볼 수 있을 것 같았다. 좀 무모하다는 생각이 들기도 했지만, 그것밖에는 방법이 없어 보였다.

그래서, 밑져야 본전이라는 생각으로.

나는 그녀를 만나기 위해 주말에 다시 보신각 앞을 찾았다. 내가 지금의 그녀에 대해 갖고 있는 단서라고는 지난주 토요일에 보신각 집회 장소에 있었다는 사실뿐이었다. 혹시나 그녀가 이번 주에도 참석한다면, 거기에 또 가는 것이 그녀를 만날 수 있는 유일한 방법인 셈이었다. 그나마 확률적으로 시도해 볼 만한.

다시 그 검은 여자들이 우글거리는 곳에 가는 것이 무섭고 싫지만 어쩌겠는가. 호랑이를 잡으려면 호랑이 굴로 가는 수밖에. 이 말이 이렇게 와닿는 날이 올 줄이야.

토요일 오후, 나는 마음을 굳게 먹고서 종각역에서 내렸다. 보신각 방면으로 계단을 오르자니 벌써부터 카랑카랑한 목소리들이 들렸다.

"임신중단 전면 합법화!"

"세포가 인간이냐!"

"위헌 결정 내놓아라. 내가 바로 생명이다!"

처음에는 '임신중단'이 무슨 말인가 했는데, 낙태 얘기인 것 같았다. 나는 사실 낙태에 대해서는 거의 생각해 본 적이 없었다. 기껏해야 고등학교 때 토론대회에서 그야말로 '탁상공론'을 해본 게 다였다. 그런데 매주 집회를 할 정도라니, 엄청 심각한 문제인 것 같았다. 근데 태아는 생명의 가능성이 있는 그런 존재니까 엄연히 따지면 살인 아닌가? 역시 낙태는 좀 무섭고 소름끼치는 일이긴 했다. 그냥 콘돔 쓰면 되는 거 아니었나?

뭐 어쨌거나, 오늘 이곳에 온 목적은 오직 그녀를 만나는 것이었으므로 나는 경찰통제선 너머 무리를 지어 앉아 있는 사람들을 열심히 살폈다. 하지만 지난주와 마찬가지로 대부분 검은색 모자에 마스크를 하고 있어서 그녀를 찾기가 쉽지는 않을 것 같았다. 하지만 달리 방법이 없으니 운에 한 번 기대보기로 했다. 저번처럼 그녀가 먼저 나를 찾아줄 수도 있지 않은가. 어쩐지 그녀를 만나고 나서는 줄곧 운명론자가 된 것 같은 기분이었지만, 우리는 보통 인연이 아니니까 시험해 볼 만하다고 생각했다.

그렇게 기웃거리고 있는데, 남자 경찰이 다가왔다.

"저기, 선생님. 여기서 집회 참가자들을 보고 계시면 안 됩니다. 얼른 지나가세요."

"저, 친구를 찾고 있는데요."

"네?"

"만나기로 했는데, 제가 지금 휴대폰 배터리가 다 돼서요. 친구가 여기 있을 거라고 했거든요. 조금만 더 찾아보면 안 될까요?"

나는 최대한 선량한 표정을 지으며 조금 불쌍한 투로 말했다.

"그, 그래도 곤란한데요."

경찰은 정말 곤란하다는 듯이 이마를 긁적이기 시작했다. 하지만 나는 솔직히 대수롭지 않은 일이라고 생각했기 때문에 상황을 모면하기 위해 사람 좋은 웃음을 쥐어짜면서 비켜서려 했다. 하지만 다음 순간, 그 경찰이 왜 그렇게 곤란해했는지를 비로소 알 수 있었다. 검은 옷에 '스태프' 명찰을 목에 건 여자 세 명이 득달같이 달려오고 있었던 것이다.

그 모습에 지난주의 기시감이 들면서 심장이 철렁 내려앉았다. 게다가 이번엔 세 명이 아닌가. 속으론 당장이라도 도망가고 싶었지만 태연한 척을 하느라 발가락 끝까지 힘을 주고서 서 있었다.

"왜 빨리 안 쫓아주세요?"

처음엔 내가 아니라 경찰에게 따지길래 다행이다 싶었는데, 곧장 나에게도 화살이 날아왔다.

"아저씨, 왜 거기 서서 계속 보고 있는 거예요?"

"혹시 몰카 숨기고 있는 거 아니에요? 확인해 주세요!"

"예에? 몰카요?"

그냥 길에 서 있기만 했는데 왜 몰카 얘기가 나와? 당황한 나머지 나의 동공이 심하게 흔들렸다. 옆에 서 있던 경찰이 얼른 설명을 해줬다.

"아, 집회 참가자분들 얼굴을 몰래 찍어서 유튜브나 커뮤니티 같은 곳에 막 올리는 사람들이 있어서요."

"네에? 저는 진짜 그런 거 아니에요. 저는 여자친구… 그러니까, 여자사람 친구도 지금 여기 있어서 찾으러 온 거예요."

나는 진심을 담아 간곡하게 말했지만 여자들은 여전히 미심쩍다는 눈빛을 보냈다. 아니, 솔직히 무섭게 쏘아봤다. 가운데 선 여자가 단호한 목소리로 말했다.

"참가자분들이 불편해해서 안 돼요. 전화로 연락하시든지 하세요."

"아, 진짜 금방 찾고 갈게요. 진짜 몰카 없어요. 확인해 보셔도 돼요."

그 무서운 눈빛들을 마주볼 자신이 없어서 나는 경찰을 향해 소심하게 중얼거렸다. 그러자 바로 기차 화통 삶아 먹은 것 같은 소리가 터져나왔다.

"아, 안 된다니까요!"

"왜 말귀를 못 알아들어요?"

"지금 여기 계신 분들한테 아저씨가 얼마나 위협적인지 모르죠?"

덕분에 큰 소리로 구호를 연호하는 와중에도 참가자들의 시선이 이쪽으로 쏠릴 정도였다. 그뿐만 아니라 지나가던 사람들까지도 나를 흘끗흘끗 쳐다봤다. 여기서 그녀와의 구구절절한 사연을 다 얘기할 수도 없고. '대체 내가 뭘 그렇게 잘못했냐!' 하는 내적 외침이 맴돌았지만 꿀꺽하고 침만 삼켰다.

무엇보다 이렇게 면전에 대고 화내는 여자를 보는 것이 처음이었다. 좀 무섭기도 했지만, 한편으론 확 성질을 내고 싶을 정도로 울컥했다. 그때 경찰이 끼어들었다.

"선생님, 비켜주시죠. 어쩔 수가 없네요."

아, 너무 하네, 진짜.

나는 지푸라기라도 잡는 심정으로 잠시나마 거기서 보이는 참가자들을 휘휘 둘러보았다. 하지만 멀리 있는 사람들은 도저히 구별할 수 없었고, 그나마 가까운 곳에는 그녀처럼 보이는 사람이 없었다. 결국 이렇게 엇갈리고 마는 건가. 역시 메갈들은 너무 예민하다니까. 좀, 이상해. 몰카는 무슨 몰카. 어처구니가 없어서…. 찍으라고 해도 안 찍는다고!

"알겠습니다. 근데 제가 진짜 꼭 좀 찾아야 되는 사람이라서 그랬어요. 너무 간절했다고요."

그대로 돌아서면 좋았을 텐데 그 와중에 나는 또 한마디를 덧붙이고 말았다. 그러자 바로 앞에 선 여자가 말했다.

"우리도 정말 간절해요."

내가 잠시 할 말을 잃고 서 있는데, 그 뒤로 여자들의 구호가 들렸다.

"마이 바디! 마이 초이스!"

"마이 바디! 마이 초이스!"

내 몸, 내 선택. 나는 그 말의 의미를 무의식중에 곱씹어보았다. 그녀가 여기에 있다면, 아니 최소한 지난주에는 여기 있었을 테니까, 주말 오후에 시내 한복판에 검은 옷을 입고 모여서 그런 구호를 외치는 마음에 대해 생각해 봤다. 그건 좀 이상한 느낌이었다. 간절함이라니. '꿀 빨려고' 하는 게 페미니즘이라고 하지 않았나? 좀 안 어울리는 조합 아닌가. 하지만 이곳의 열기 속에 있자니, 스태프 여자의 진지한 목소리를 듣자니 뭔가 그럴듯하게 들리는 것이었다.

"가시죠, 선생님."

그때 경찰이 재차 내 등을 떠밀었다. 갑자기 정신이 번쩍 들었다. 아, 그래, 물론 간절하게 미쳤을 수도 있는 거지. 태극기 집회 사람들도 얼마나 간절한데. 나는 세 명의 여자와 경찰을 향해 가볍게 묵례를 하고 몸을 돌렸다. 이 정도면 시도는 해본 거니까. 좀 씁쓸하고도 한편으로는 후련한, 이상한 기분이었다. 어디로 가야 할지는 모르겠지만 일단 바쁘게 걸어서 종각역 출구로 다시 들어갔다.

결혼이고 뭐고 그냥 다 때려치울까. 화려한 싱글라이프 즐기면 되지 뭐. 친구놈들 애 키우랴 와이프 눈치 보랴 힘들 때 나는 혼자 여유 즐기고 여행 다니고. 어? 게임도 실컷 하면서 새로운 게임기 나올 때마다 사고, 바이크 같은 것도 타고. 그러다 보면 혹시 알아? 내 중년미에 반해서 넘어오는 어린 여자가 있을지도 모르는 거고….

"어?"

절망과 희망이 참으로 적절한 비율로 두서없이 이어지다 나름 해피엔딩을 향해 가고 있을 때, 내 시야에 뭔가 익숙한 것이 나타났다. 그녀였다. 지난주처럼 까만 옷을 입고, 이제 막 까만 마스크를 한쪽 귀에 꽂으려고 팔을 올린, 그녀였다. 보아하니 지금 막 도착해서 집회에 가려는 모양이었다. 이걸 바라고 오긴 했지만, 정말 이렇게 될 줄이야. 온몸에 소름이 쫙 돋

왔다. 그녀는 뭘 보는 건지 휴대폰에 눈을 고정시키고 걷느라 나를 아직 발견하지 못한 채였다. 아주 잠깐, 고민이 됐다.

"어, 뭐야?"

그러나 결국, 나는 그녀에게 다가갔다. 모르겠다, 그냥 기분이 시키는 대로 했다. 어렸을 때부터 '어차피 후회할 거라면 안 하는 것보다는 하고 후회하자'는 진취적인 삶의 자세를 가져온 것이 이유일지도 모르겠다. 아, 정말 모르겠다. 어쨌거나 나는 우선 그녀가 들고 있는 휴대폰을 빼앗아서 내 번호로 전화를 걸었다.

"뭐하는 거야!"

"번호 땄다."

"뭐? 왜 니 맘대로…"

"됐고! 나랑 얘기 좀 해. 너 찾느라고 내가 진짜 고생고생을…."

"뭔 소리 하는 거야? 나 집회 가야 돼!"

"내가 대신 갔다 왔어. 그러니까 일단 좀 따라와봐!"

"뭐래? 이것 좀 놓고 말해!"

그녀는 손을 빼며 완강하게 저항했지만, 나는 아무런 대꾸도 하지 않고 그녀의 손목을 잡아끌며 역 위로 올라왔다. 로맨스 드라마의 박력 넘치는 주인공이 된 것 같아서 조금 우쭐했다. 지난주에 이 근방을 모양빠지게 뛰어다니던 나를 본 사람들한테 지금의 이 모습을 보여주고 싶을 정도였다.

"아이씨, 이거 안 놔!"

하지만 그 기분도 잠시, 끌려오던 그녀가 말 그대로 괴성을 지르기 시작했다. 깜짝 놀란 나는 반사적으로 냉큼 손을 놓았다.

"이게 진짜! 나 지금 진짜 기분 나쁘고 불쾌하거든? 그니까 너랑 얘기하기 싫어! 알았어?"

그러더니 뒤를 돌아서 성큼성큼 가버렸다. 헐!

"야! 그래도 일단 얘기 좀 들어보고 가! 야!"

나는 또다시 모양빠지게 그녀의 뒤를 쫓아야만 했다. 등에서는 진땀이 흘렀고, 마음속에선 만감이 교차했다.

하, 진짜 미치겠네. 얘 진짜, 어떡해야 돼?

4. 메갈의 도리와 백만 원

"난 아이스 아메리카노."

목 놓아 그녀를 부르며 끈질기게 쫓아간 끝에, 겨우겨우 붙잡아 사정한 끝에 간신히 그녀와 함께 카페로 들어올 수 있었다. 그녀는 유리문을 열고 들어서자마자 나한테 커피를 맡겨놓은 사람처럼 자기 주문만 외치고서 자리를 잡고 앉았다. 내가 음료를 들고 가서 건너편에 앉았더니 이번에는 모자를 벗으면서 이마로 흘러내리는 단발머리를 한 번에 꽉 쓸어 올렸다.

"도대체 할 말이 뭔데?"

드러난 이목구비는 여전히 오종종하게 귀여웠지만, 분위기나 말투는 '슬램덩크'의 불량아 시절 정대만을 보는 느낌이었다. 예전의 그녀에게도 이런 얼굴이 있었던가? 가끔 좀 즉흥적이긴 했지만 이렇게 터프하진 않았던 것 같은데…. 정말 당황스럽기 그지없었다.

나는 크게 숨을 들이마신 뒤 랩을 하듯 빠르게 말했다.

"니가 번호도 안 주고 가서 내가 너 찾느라고 진짜…. 그 보신각 집회 앞에서 얼쩡거리다가 경찰이랑 무서운 언니들한테 둘러싸여서 엄청…."

"용건만."

"사귀자."

"나 간다. 연락하지 마."

그녀는 내 말이 끝나기가 무섭게 자리에서 벌떡 일어났다. 나는 얼른 그녀의 팔을 살짝, 아주 살짝 붙잡았다. 또 화내면 무서우니까.

"알았어. 그럼 뭐 하나만 물어볼게. 제발!"

간절하게, 일부러 조금 큰 소리로 말했다. 사람들의 시선이 쏠리는 것이 부담스러웠는지 그녀가 결국 한숨을 쉬며 자리에 앉았다.

"빨리 말해. 또 이상한 소리 하면 갈 거야."

나는 진지한 목소리로 준비했던 질문을 했다.

"메갈이란 무엇이고 한남이란 무엇이냐."

"뭐?"

"니가 그것 때문에 우리가 못 만나는 거라며. 그러니까 좀 확실하게 짚고 넘어가려 그런다. 그거라도 말해주고 가. 미련 안 남게."

그녀가 어이없다는 표정으로 나를 쳐다봤다. 나는 좀처럼 물러나지 않겠다는 표정으로 맞섰다. 그녀가 잠시 각을 재는 듯했다. 이걸 그냥 대충 말해주고 빨리 이 자리를 떠나는 게 나은 건지… 대충 그런 걸 계산하는 듯한 표정이었다. 그러더니 마음을 결정한 듯 입을 열었다.

"사람들이 말하는 메갈은, 듣기 싫은 소리 하는 여자들이지. 그냥 그동안 살았던 것처럼 사는 게 편한데, 자꾸 이러쿵저러쿵 이건 불편하다느니 잘못됐다느니 큰 소리로 따지고 설치고 나대는 여자들."

무척이나 단호한 목소리였다. 발음도 어찌나 또박또박한지, 비장한 느낌까지 들었다.

"야, 나 그런 거 완전 괜찮아!"

잠시 그녀의 말에 압도되어 있던 나는 얼른 정신을 차리고 맞장구를 쳤다. 그러나 그녀는 흔들림 없는 말투로 계속 말을 이어갔다.

"그리고 한남은, 여자들이 맞고 강간당하고 죽는 동안에도 내 기분이 나쁘니까 그런 얘기 하지 마라, 남자를 싸잡아 일반화시키지 마라, 여자들은 군대도 안 가면서 말이 많다, 무고죄나 강화해라, 요즘엔 역차별이 더 문제다, 그런 소리 하는 남자들이고."

"야, 내가 그런다고 생각해? 내가? 나 안 그래!"

이렇게 말하면서도 속으로는 조금 찔렸다. 그녀는 잠시 무표정하게 나를 빤히 쳐다보더니 깊은 한숨을 쉬었다. 그러더니 혼잣말처럼 말했다.

"나 너랑 싸우면서 스트레스 받고 싶지 않아."

"싸우긴 왜 싸워! 내가 너보고 메갈 그만하라고 하면 그만할 거야? 그럴 생각도 없다, 야."

계속해서 양심에 찔렸지만, 나는 시침을 뚝 떼고 해야 하는 말들을 했다. 그녀가 내 얼굴을 보더니 피식 웃었다. 묘하게 슬퍼 보인달까, 조금 씁쓸해 보이는 웃음이었다.

"우린 그냥 옛날에 그 좋았던 기억으로 남는 게 더 나아. 이 바보 멍청아."

그러더니 또다시 일어나려고 엉덩이를 들썩거렸다. 거참, 성격 급하네. 하지만 이 말에서는 쉽게 반박할 수 없는 무게가 느껴졌다. 그녀도 나름대로 생각을 해본 것 같아서 더 그랬다.

나는 무심코 물었다.

"너 말이야, 그 메갈 하는 이유가 뭐야? 그렇게 설치고 나대는 이유가 뭐냐고. 이 날씨 좋은 주말에 시커먼 옷 입고 집회 나와서 그렇게 목이 터져라 소리 지르고."

"뭐긴."

"세상을 바꾸고 싶은 거잖아? 언젠간 바뀔 거라고 생각하는 거잖아? 그러니까 그렇게 애를 쓰는 거잖아?"

"……."

"그럼 한남도 바뀔 수 있어야 말이 되잖아! 세상도 바뀔 거라고 믿는데 남자 한 명을 못 바꾸겠냐고, 응? 그치? 바꾸고 싶지? 바꿔야 되는 거야! 그게 진정한 메갈의 도리라고!"

말을 하면서도 마음속으로 유레카를 외쳤다. 이건 정말 반박 불가능한 완벽한 논리라고 생각했다. 그러나 그녀는 고개를 절레절레 흔들었다. 그것도 아주 세차게.

"어휴, 아무리 그래도 한남은…."

"야!"

"아니 그리고 지들이 알아서 나아지든가 말든가 하는 거지, 그게 왜 내 도리냐? 웃기고 있어 진짜."

철벽도 이런 철벽이 없었다. 아, 나도 이제 논리적인 설득은 포기다.

"그런 게 어딨어! 한 번만 다시 생각해 봐. 나 진짜 너랑 다시 만나서 너무 좋단 말이야, 응? 너도 나 반가웠잖아."

예전에 그녀가 좋아했던 눈 치켜뜨기와 애교 말투를 구사하며 나는 다시 살짝 그녀의 팔에 들러붙었다. 옛날엔 이러면 귀여워해 줬는데, 지금은 그저 매서운 눈으로 쏘아보면서 떼어낼 뿐이었다. 그러더니 기가 막히다는 듯 말했다.

"너 진짜 고집 끝내준다. 하긴 내가 그렇게 울면서 말리는데 끝까지 고집부리면서 미국 갈 때부터 알아봤지."

"그거야…."

"근데 나도 한 고집 하거든."

그치. 그래서 "나 진짜 원거리는 못 하겠어"라고 울면서 말리던 때의 그 말을 출국날 그대로 실천한 거지. 대단하다, 너나 나나. 근데 무슨 말을 하려고?

"무슨 말을 해도 들을 것 같지도 않고. 그래, 좋아. 듣다 보니 나도 약간 도전정신이 생기긴 하네. 그 대신 조건이 있어."

일단 그녀 입에서 나온 "그래, 좋아"라는 말에 귀가 번쩍 뜨였으므로 입꼬리가 절로 귀에 걸렸다.

"뭔데? 뭐든지 말만 해!"

그녀가 갑자기 다정하게 웃으며 내 옆머리를 매만지더니 귀 뒤에 꽂아주면서 가까이 붙었다. 그때 이미 조금 불길했다.

"사귀다가… 니가 먼저 지쳐서 나가떨어지면… 나한테 백만 원을 주는 거야."

"뭐?"

하, 진짜 사람 돌게 만드네. 아직 시작도 안 했는데 이 말 한마디에 벌써 나가떨어질 판이었다. 내 낯빛이 눈에 띄게 흐려진 걸 눈치챘는지 그녀가 버럭 소리를 질렀다.

"뭐야, 그럴 거면 때려치고!"

"야, 아무리 그래도 그렇지, 무슨 백만 원을…."

말도 안 되는 소리에 황당했지만, 한편으론 "내가 이겼지?"라고 말하는 듯한 그녀의 우쭐한 얼굴 앞에서 다시 또 솟아나는 이 오기와 승부욕을 어찌할꼬.

"알았어, 해!"

"……?"

"하자고. 오늘부터 일일! 오케이?"

내가 이러려고 사귀자고 했나? 하지만 여기까지 와버린 거 어쩔 수가 없었다. 그녀를 다시 만난 이후로는 어째 내가 생각했던 상식이라는 것들이 죄다 무너져 내리는 느낌이었다.

"그래! 나중에 딴소리하기 없기다. 계약서 써 지금!"

"그래, 써! 뭐든 써! 다 써줄 테니까."

"야, 잘됐네. 나중에 너한테 돈 받으면 여성단체에 기부해야겠다. 어디다 할지 미리 생각해 놔야지."

"응, 알았어. 그럼 이제 우리 사귀는 거다?"

"니가 얼마나 버틸지 기대된다, 진짜!"

"자, 이제 데이트하러 가자!"

우리는 서로 지지 않으려고 유치한 말싸움을 하면서 카페에서 나왔고, 진짜로 그날부터 다시 사귀게 됐다. 일단 계약서상에 그렇게 됐다. 다시 생각해도 세상에서 제일 멋없고 안 로맨틱한 고백이었다.

그래서인지, 그날 밤 자려고 누웠을 때 만감이 교차했다. 어떻게든 그녀와 다시 시작하겠다는 목적은 이뤘는데, 생각해보면 오히려 그녀의 목적에 포섭된 건 아닌가 하는 의심도 들었다. 이거 혹시 여성단체 기부금 벌려고 나 이용하는 거 아냐?

"메갈 하지 말라는 말은 안 한다"고 했지만, 내 생각엔 변함이 없었다. 결국엔 안 하게 만들 거라는 자신도 조금 있었다. 다시 옛날처럼 연애를 하면서 사랑을 듬뿍 줄 거고, 그러면 그녀가 조금씩 예전의 모습으로 돌아올 거고, 메갈이니 한남이니 그래서 우리는 사귀면 안 된다느니 그런 생각을 버리고, 나와 결혼이라는 사랑의 결실을 이루게 될 테니까.

그 길이 좀 험난해 보이기는 했지만, 어쨌거나 첫걸음을 떼지 않았는가. 걱정도 되고 겁도 났지만, 한편으론 '어떻게든 되겠지'라는 긍정적인 마음이 들었다. 금방 다시 돌아올 거다. 왜냐하면 그게 그녀의 원래 모습이니까. 지금이, 잠깐 이상해진 거니까.

나는 새삼 각오를 다지면서 그녀와의 메신저 창을 열어보았다. 오늘 막 번호를 알게 됐으니 아직은 나눈 대화가 거의 없었다. 앞으로 어떤 얘기들을 하게 될까? 설마 내가 진짜 백만 원을 내게 될까…? 그 생각을 하니까 다시 머리가 아파져서, 좀 전에 집에 들어갔다는 연락 이후로 아무런 말이 없는 그녀에게 메시지를 보냈다.

씻고 왔어?

벌써 자?

보고 싶다, 내 여친♥

큭큭, 내가 쓰고도 우스워서 웃음이 나왔다. 자꾸 툭툭대며 삐딱하게 구는 그녀를 괴롭히려고 일부러 닭살 돋게 쓰긴 했지만, 생각해 보면 이전에도 그녀와 사귀던 무렵에는 내 안에 있는 줄 몰랐던 애교들이 튀어나오곤 했다. 그 이별을 겪고 나서는 오랫동안 무미건조하게 쿨한 척하며 지냈다. 상처 때문이었는지, 그 여자들을 그만큼 좋아하지 않았던 건지, 그냥 이기고 싶었던 건지 지금은 잘 모르겠지만.

어쩌면 벌써 잠들었을지도 모른다고 생각했는데, 생각보다 빠르게 글자 옆에 붙은 1이 없어졌다. 두근두근, 어떤 답이 올지 궁금하고 떨렸다. 이런 기분은 정말 오랜만이었다.

응, 졸려.

잔다.

아이고, 무미건조해! 예전의 그녀는 귀여운 그림이나 만화 같은 것도 잘 그리고, 재밌는 이모티콘이나 웃긴 사진 같은 것도 엄청 보내주고 그랬는데. 혹시 쿨한 척하던 시절의 내가 이런 식으로 말했던가? 그 생각이 드니까 기분이 묘해졌다.

너도 잘 자.

그래도 잠깐의 텀을 두고서 도착한 그다음 메시지에는 나도 모르게 웃음이 나왔다. 혹시 써놓고서 보낼까 말까 고민하다가 보낸 건가? 그 모습을 상상하니까 좀 귀엽기도 했다. 거봐, 너도 나 좋아하면서. 의외로 평범할지도 모른다. 그냥 잘 지낼 수 있을지도 모른다. 고작 네 글자인 그녀의 그 메시지가 참 대단한 힘을 발휘했다.

나 여자친구 생겼다!

사 년 전 공항에서 느꼈던 절망감이나 낯선 타국의 밤에 홀로 뼈저리게 느꼈던 외로움을 생각하면 꿈만 같은 일이었다. 그 행복을 만끽하며 나는 천천히 잠에 빠져들었다.

5. 시작은 했는데

그녀가 다니는 출판사는 마포구 합정역 근처에 있었다. 강남에 있는 우리 회사에서도, 경기도에 있는 우리 집에서도 꽤 거리가 멀었다. 연애 초반답게 평일에 언제 한 번 차를 가지고 출근해서 그녀를 데리러 가야겠다는 생각은 계속하고 있었다. 얼굴도 보고 저녁도 같이 먹으면 좋을 것 같았다. 그런데 나도 이제 나이가 든 탓인지 막상 움직이는 것이 쉽지는 않았다. 오늘은 좀 늦게 끝날 것 같아, 오늘은 좀 피곤해. 매일이 이런 식이었다. 그리고 사실 그 동네 차도 너무 많이 막히잖아.

그러던 와중에 반갑게도 그녀가 강남으로 저자와 미팅을 하러 온다고 했다. 미팅 끝나고 바로 퇴근해도 될 것 같다고 해서 저녁에 만나기로 했다. 조금 눈치가 보이기는 했지만 여섯 시가 되자마자 황급히 짐을 챙겨 회사를 빠져나왔다. 그런데 그녀에게 메시지가 왔다.

미안, 조금 늦을 거 같아.

금방 갈게.

미팅이라는 게 길어지기도 하는 법이니 그럴 수도 있지. 대수롭지 않게 생각하며 약속 장소인 역 앞에 서서 휴대폰으로 유튜브도 보고 커뮤니티 글도 보면서 시간을 때웠다.

어느덧 십 분, 이십 분… 생각보다 많이 늦어져 슬슬 궁금해지려던 차에 스윽 하고 뒤에서 그녀가 나타났다. 조금 지친 얼굴이었다.

"늦어서 미안."

"아냐. 일은 잘 끝났어?"

평일에 일 끝나고 만나는 건 처음인데, 그녀는 어김없이 맨투맨 티셔츠에 청바지 차림이었다. 집회 패션과 색깔만 조금 달랐다. 출판사라서 복장도 자유로운 편인가? 남친은 회사에서 막 퇴근해서 정장 차림인데, 나하고도 드레스 코드 좀 맞춰주면 안 되니?

"어디 들어가서 얘기하자."

내가 그런 생각을 하거나 말거나, 대답하는 그녀의 표정은

영 어두웠다.

회사 근처의 분위기 좋은 곳들을 열심히 찾아두었는데, 그녀가 발길 닿는 대로 들어간 곳은 고깃집이었다.

"여기 소주 한 병이요."

그러더니 묻지도 않고 소주부터 시켰다. 나는 맥주를 마시고 싶었지만 그녀가 내뿜는 다크포스에 잠자코 있었다. 종업원이 빠릿빠릿하게 불판과 고기를 세팅하고, 소주병과 잔도 가져다주었다. 그녀는 늠름하게 '뽁' 소리를 내며 소주병을 따더니 쪼르륵 잔 두 개를 채웠다. 좀 급한 감이 있었지만 '짠' 하고 건배에 응했더니 그녀가 손목을 꺾으면서 시원하게 원샷했다.

"나 진짜 회사 그만둘까봐. 팀장하고 또 싸웠어."

오, 이런 거라면 나름 익숙한 내용이었다. 나 역시 평소에 자주 하는 말이기도 했다. 물론 내 경우엔 싸운다기보다 혼나는 것에 가깝지만.

"왜?"

"미팅 끝나고 잠깐 따로 보자더니 복장이 그게 뭐냐고, 아무리 그래도 저자랑 만나는 자린데 좀 단정하고 여성스럽게 입으라는 거야."

"아…."

단정하고 여성스러운 게 좋긴 하지. 저도 그렇게 생각합니다, 팀장님. 나는 속마음이 들킬까 헛기침을 하며 입을 다물고 고기를 굽기 시작했다. 치익, 치익… 듣기만 해도 절로 기분이 좋아지는 소리가 났다. 그러나 그녀는 볼멘소리로 말을 이어갔다.

"아니, 요즘 때가 어느 땐데 그런 소릴 해? 더 대박인 게 뭔 줄 알아? 이 티셔츠도 외부일정 있는 날은 가급적이면 입지 말라는 거야. 기가 막혀서."

그제야 그녀가 입고 있는 티셔츠의 구절이 눈에 들어왔다. 가슴 한가운데에 빨간색으로 크게 쓰여 있는 글자를 잘 보니 '페미니즘'이었다. 그 앞뒤로는 영어로 뭐라 쓰여 있었는데, 미국 인턴도 다녀온 내가 직해하자면, '페미니즘은 완벽한 민주주의'라는 뜻이었다. 참나, 그럴 거면 그냥 민주주의 하면 되지, 왜 페미니즘 하는데?

"음, 너무 민감한 주제다 보니까 그런 거 아냐?"

"민감은 무슨? 미국이었으면 이거 소송감이야!"

아아, 보통 사람들이 페미니스트를 어떻게 생각하는지 그녀는 정말 모르는 것일까? 하지만 그런 얘기를 했다간 가뜩이나 흥분한 그녀를 더욱 불타오르게 할 것이 뻔했다.

"그래도 우리 회사보단 낫지. 남자 정장도 얼마나 불편한데. 그 정도면 그래도 너희 회사는 자유로운 편인 것 같은데…."

내가 고기에 시선을 고정한 채로 웅얼거리자 그녀가 날카로운 목소리로 말을 끊었다.

"일만 잘하면 되지 옷이 무슨 상관이냐? 편한 게 최고지. 근데 팀장은 맨날 진짜 타이트한 옷만 입더라. 안 불편한가?"

"아, 팀장님이 여자야?"

"응."

아, 그렇구나. 직급이 팀장이라 왠지 남자일 줄 알았고, 옷을 여성스럽게 입으라고 했다길래 역시 남자일 줄 알았다. 그럼 그렇게까지 기분 나빠할 일도 아니지 않나?

"암튼 팀장이니까 그 정도 말은 할 수 있을 거 같은데…."

그녀는 눈을 동그랗게 뜨며 반박했다.

"다른 남자 동기들한테는 생전 그런 말 안 한단 말이야."

그거야, 너는 여자니까 그렇지. 당연한 걸 왜 너만 모르니.

나는 잠자코 그녀의 앞 접시에 맛있게 구워진 고기를 올려주었다.

"먹어. 먹으면서 얘기해, 배고플 텐데."

'기분이 저기압일 때는 고기 앞으로 가라'는 명언도 있듯이, 그녀가 고기라도 먹으면서 마음을 좀 풀기 바랐다. 솔직히 뭐라고 맞장구를 쳐야 할지도 알 수 없었다.

나는 그녀의 눈치를 보다가 조심스럽게 말을 꺼냈다.

"근데 팀장님도 여자분이시라며. 그동안 일해보니 그런 게 도움이 됐던 거 아냐? 팀장님 예뻐서? 그런가본데?"

내 딴에는 냉철하게 상황을 파악해서 한 말이었다. 그러나 그녀는 기가 막히다는 듯이 나를 째려봤다.

"진짜 싫다."

말이 좋아 째려본 거지 거의 경멸하는 눈빛이었다. 나는 당황했다.

"아니, 그렇잖아. 여자들이 회사에서 그런 식으로 여성성 어필하면서 일하는 거… 사실 흔한 일 아냐?"

"아, 어필이요? 좋게 말해서 어필이지. 지금 그 얘기, 여자들은 치마 걷어서 직장에서 성공한다, 뭐 이런 얘기랑 비슷한 거네? 그게 얼마나 여성혐오적인 줄 알아?"

아, 역시 아무 말도 안 하는 게 나을 뻔했다. 그녀의 목소리가 너무 무서워서 바짝 쫄았다.

"야, 내가 언제 또 그렇게 말했냐? 아무튼 나는 너무 나쁘게만 생각하지 말라구…."

그러나 그녀는 듣기 싫다는 듯 소주잔을 다시 한 번 홱 꺾었다.

"그래서, 니가 하고 싶은 말이 뭔데?"

"회사에 다닌다는 건 사회생활을 한다는 거잖아. 상사가 하는 말이니까 일단 뭐 좀 공감이 안 되더라도 어느 정도는…."

"아, 됐어! 잘 알지도 못하면서! 너나 팀장이나 똑같아!"

테이블마다 사람들로 꽉 차서 실내가 무척 시끄러웠는데도, 그 순간의 그녀의 목소리가 너무나 컸기 때문에 바로 옆 테이블에 있는 사람들이 우리 쪽을 힐끔거렸다. 나는 얼른 목소리를 낮추면서 말했다.

"야, 왜 나한테 화를 내고 그래! 여성스러운 옷 입으라고 내가 그랬냐?"

속으로 그런 생각을 하긴 했지만, 말은 안 했잖아 내가.

"아씨, 그 개새끼 때문에 더 그래."

갑자기 그녀의 얼굴이 확 일그러졌다. 내가 놀라서 물었다.

"뭐? 무슨 새끼?"

그러자 그녀가 평소답지 않게 조금 망설이더니 대답했다.

"오늘 미팅한 작가 말이야! 베스트셀러 저자면 다야?"

그 말에 호기심이 생겨 "베스트셀러, 어떤 거?"라고 물었더니, 그녀가 불만스러운 표정으로 책 제목 몇 개를 주르륵 내뱉었다. 오, 책이랑 담쌓은 나도 들어본 적이 있는 제목이었다. 그럼 진짜 유명한 건데?

"그 사람이 우리 회사 먹여 살리고 있긴 하지. 냈다 하면 베스트셀러니까. 그러다 보니까 북콘서트니 강연회니 행사도 많이 했는데, 막내 때 내가 주로 혼자 갔거든. 근데 그 새끼가 자꾸 나한테 치근덕대는 거야."

"뭐?!"

이번에는 뜻밖에 내 목소리가 커졌다.

"뒤풀이 있으면 꼭 억지로 끌고 가고 술 먹이고, 끝나면 책 얘기 하면서 둘이 한 잔 더 하자고 하고. 어쩔 수 없이 따라가면 일 얘기는 하나도 안 하고 이상한 소리만 하고…."

"무슨 얘기?"

"진짜 예쁘다, 본인도 예쁜 거 아냐, 남자친구 있냐, 은근 몸매가 좋은 것 같다…."

헐.

"그 사람 결혼 안 했어?"

"몰라. 이혼했을걸? 그게 뭔 상관이야. 머리 쓰다듬고, 스치는 척 허벅지 만지고, 어깨에 손 올리고, 손잡고, 내가 진짜 그때…."

"뭐?"

이런 개새끼가! 나는 당장 휴대폰을 들고 포털사이트에서 그 대단한 베스트셀러의 제목을 입력해 보았다. 저자 이름을 클릭했더니, 허여멀건한 얼굴에 안경을 낀 중년 남자의 얼굴 사진이 여러 장 나왔다. 근사한 곳에서 지적인 표정으로 찍은 인터뷰 사진이나 강단에서 카리스마 있게 강의하고 있는 모습들이 대부분이다. 그러고 보니 무슨 교양 프로그램에 출연한 것도 얼핏 본 것 같았다. 기분이 급속도로 더러워졌다.

"언제부터 그런 거야?"

"입사하고 완전 막내 때부터 그랬으니까 벌써 몇 년 됐지. 얼마 전에 드디어 남자 후배 한 명 들어와서 이제 혼자 볼 일은 잘 없는데, 그래도 미팅할 때마다 너무 불편하고 기분 엿 같애."

"헐. 그럼 그 사람 입장에선 니가 여지를 준다고 생각한 거 아냐?"

"뭐?"

"싫었으면 아예 따라오질 않겠지 하고…."

"내 잘못이라는 거야, 지금?"

그녀가 아까보다 더 큰 소리를 내며 자리에서 벌떡 일어났다. 이번엔 더 먼 곳에 있는 사람들의 시선까지도 날아왔다. 나는 정신이 번쩍 들어서 얼른 그녀의 팔을 붙잡고 끌어내렸다.

"그게 아니라… 미안해. 일단 앉아봐, 응?"

하지만 그 정도의 말로 그녀의 화는 풀리지 않았고, 결국 자리에 앉은 것도 선 것도 아닌 엉거주춤한 자세가 됐다. 곧 그녀의 분노어린 일장연설이 시작됐다. 퇴근길 직장인들로 붐비는 갈매기살집에서 말이다. 옆 테이블 사람들이 아무것도 듣지 않기만을 간절히 바랐다.

"아까 내가 한 말 못 들었어? 그 인간이 회사 먹여 살린다니까! 막내가 그런 사람 말을 어떻게 거절해? '이 기획 완전 핫한 건데, 오늘 안 들어주면 다른 데 갖고 갈 거야', 그래서 내가 '저 말고 팀장님한테 얘기하세요', 하면 '얘기하기 전에 상의하려고 그러지', 이 지랄 하는데 '됐습니다. 딴 데 가져가세요' 그럴까?"

불꽃 연기까지 곁들인 그녀의 반박에 나는 할 말이 없었다.

"아니 그렇게 말해놓고서, 막상 가면 일 얘기는 하나도 안 한다고?"

"그렇다니까! 뜬금없이 지가 옛날에 유럽 여행 갔을 때 원나잇을 백 번 했다는 둥, 사주가 원래 한 여자한테 정착을 못할 팔자라는 둥…. 내가 알 게 뭐냐고! 자기는 입 작은 여자랑 속궁합이 좋다느니, 체위가 어쩌구저쩌구… 아씨, 짜증나."

"미친, 완전 또라이 새끼 아냐?"

"근데 따라가질 말아야 된다고?"

"내가 상황을 잘 몰랐네. 미안해."

뭐 그런 쓰레기 같은 놈이 다 있어? 그나마 화가 좀 사그라들었는지 그녀가 다시 의자에 앉았다.

"한두 번도 아니고 만날 때마다 그딴 식이니까. 너무 짜증나서 그 새끼 때문에라도 여자 같은 옷은 안 입게 되더라. 화장도 안 하게 되고, 바지 입고 머리도 짧게 자르고, 일부러 안경 끼고 나가는 날도 있고."

"그렇구나."

아, 이 나쁜 새끼가 여러모로 민폐를 끼치네.

"근데 팀장은 아무것도 모르면서 외부 미팅할 때라도 여성스럽게 입으라 그러고. 아, 답답해."

"그 정도면 얘기해야 되는 거 아냐?"

"생각했었지. 그런데 막상 말하려니까 팀장이나 회사 사람들 다 그 인간 편들 것 같아서. 증거가 있는 것도 아니고. 그 사람이 교묘하게 선을 진짜 잘 타거든. 사람들이 뭐 그 정도 갖고 유난이냐, 니가 이상한 거 아니냐, 이런 식으로 나오면 나 진짜 상처받을 것 같아."

"하긴, 쉬운 일은 아니겠다. 하물며 상대가…."

그녀가 고개를 끄덕였다.

"그니까, 보통 용기로는 못 해. 아, 생각할수록 짜증나네. 개새끼…."

"개새끼 맞네. 그 새끼 또 그러면 나 불러. 내가 반 죽여 놓을 테니까. 아니다, 앞으로 또 그 새끼 행사 있으면 내가 반차 내고서라도 따라갈게. 늙은 놈이 이쁜 건 알아가지고."

그녀가 대답 대신 짧게 한숨을 내쉬었다. 영 입맛이 없는지, 앞 접시에 쌓아준 고기는 그대로 남아서 식어가고 있었다.

"안 먹혀?"

"응."

"그럼 일찍 들어가자, 오늘은."

"그래."

"그 얘기 들으니까 괜히 불안해서 안 되겠어. 오늘 집에 데려다줄게."

"됐어, 내가 뭐 애도 아니고."

"아니, 데려다줄래."

그녀는 계속 손을 내저었지만, 나 역시 절대 물러날 생각이 없다는 표정으로 맞섰다. 그런 내 얼굴을 잠시 보더니, 결국 그녀가 체념한 듯 고개를 끄덕였다. 잠시 뒤 나는 그녀와 함께 강남에서 9호선 급행으로 몇 정거장 떨어진 역에 내렸다. 처음으로 가보는 동네였다. 이사했나? 좁은 골목길을 굽이굽이 걷다가 그녀가 오래된 다세대 주택 앞에 멈춰 섰다.

"여기가 우리 집이야."

"어, 그렇구나…."

그렇게 대답은 하면서도 바로 집에 들여보내기엔 아쉬운 마음이 들었다. 나는 그녀의 손을 잡으며 똑바로 마주 섰다. 단발머리에 맨투맨 티셔츠, 청바지를 입고 있는 모습이 새삼 눈에 들어왔다. 실은 내심 그녀의 이런 모습에 아쉬움과 불만이 있던 참이었다. 이전에 머리가 길었던 여성스러운 모습을 알고 있으니 망정이지, 이 모습 그대로 처음 만났으면 내가 그녀를 과연 좋아했을까 하는 생각이 불쑥불쑥 들곤 했다. 그런데 그런 일이 있었다니, 갑자기 그녀가 조금 안쓰러웠다.

"에휴, 얼마나 기분 나빴을까. 니가 너무 이뻐서 그래."

그런 말을 하면서 나는 그녀를 꼭 안아주려 했다. 그런데 그녀가 나를 팔로 밀어내고 버티면서 말했다.

"아니, 그런 게 아니고. 일하다 보면 여자들은 대부분 다 겪는 일이야. 응?"

"응, 그래. 알았어, 알았어."

그 내용이 뭐든 간에 나는 버티려는 그녀를 달래어 품에 꼭 안았다. 내 귓가에 '후우' 하고 내쉬는 한숨에서 그녀의 피로가 느껴졌다. 잠시 그렇게 안고 있다가 팔을 풀고, 나는 그녀의 이마에 입을 맞췄다.

"앞으로 절대 그런 일 없게 내가 지켜줄게."

그게 남자친구의 당연한 의무라고도 생각했다. 내 여자친구는 내가 지켜야지. 그러나 그녀의 얼굴은 놀랍도록 무표정했다. 그녀가 또 한숨을 쉬었다.

"그래, 마음만 받을게."

"왜?"

영문을 모르겠다는 표정으로 그녀를 쳐다봤지만, 그녀는 별다른 대답을 하지 않았다. 잠시 침묵이 흘렀다. 그녀가 시계를 들여다보더니 말했다.

"잠깐 들어왔다 갈래?"

"응?"

"아, 말 안 했나? 나 혼자 살아."

협. 그녀의 그 말 한마디에, 나쁜 놈이고 개새끼고 뭐고 순식간에 머릿속에서 싹 사라졌다.

모든 남자들이 사귀고 싶어한다는 자취하는 여자친구.

그녀가 자취를 하고 있다는 건 미처 몰랐던 사실이지만, 드디어 이 연애의 좋은 점 하나가 발견된 기분이었다. 나는 설렘을 숨기며 그녀를 따라 건물로 들어갔다. 그녀의 방은 일층에 있었다. 깨끗한 건물은 아니었지만 친구들이 살았던 오피스텔이나 원룸보다는 공간이 넓었다. 방도 두 개나 있었다.

약간 작은 방이 침실이었고, 그 옆방에는 책장, 옷장 같은 짐들이 빼곡하게 들어차 있었다. 벽에는 영화의 포스터나 달력, 사진 같은 것이 붙어 있었는데, 그 중에는 우리가 옛날에 같이 봤던 영화 포스터도 있었다. 그걸 발견하자 마음이 좀 찡해졌다. 책상, 화장대 등 틈이 있는 곳에는 오직 귀엽기 때문에 존재하는 조그마한 피규어나 여행 기념품으로 보이는 것들이 잔뜩 놓여 있었다. 아무리 겉모습이 터프해졌어도 아기자기한 걸 좋아하는 취향은 여전한 모양이었다.

우리는 거실 겸 부엌에 해당하는 곳의 테이블에 마주 앉았다. 그녀가 차를 타주었다.

"언제부터 혼자 살았어?"

최소한 내가 기억하는 사 년 전에는 가족들이랑 살고 있었으니까. 정확히는 엄마랑 언니랑.

"나왔다 들어갔다 했는데, 이번에 나온 지는 일 년 정도 됐어. 이제 다시 안 들어가려고."

"왜?"

"우리 집 요즘 조카 때문에 정신없어. 뭐 나이도 있고, 나와 살 때도 됐지. 너도 좀 나와라. 어머니 고생시키지 말고."

"난 돈 모아서 장가가야지."

"흐응, 그래."

그녀가 묘한 콧소리를 내면서 관심 없다는 듯 찻잔만 만지작거렸다.

"왜? 당연한 거 아냐? 우리도 이제 결혼 생각할 나이잖아."

"나는, 결혼 생각 없어서."

야속하게도 그녀는 아무렇지 않게 말하며 어깨를 으쓱했다.

"예전에 나랑 만날 땐 안 그랬잖아! 결혼식은 이렇게 하자, 집은 이렇게 꾸미자, 애들은 둘 낳고, 뭐 어쩌고저쩌고 얘기했던 거 기억 안 나?"

내가 마구 쏘아대자 그녀가 픕 웃더니 말했다.

"어이구, 그때가 언젠데!"

"겨우 사 년밖에 안 됐어!"

"사 년이면 긴 세월이지. 아무튼 난 비혼할 거야."

"허, 그래. 요즘 비혼, 비혼 그러더라? 그거 결혼 안 한다는 뜻이야?"

"응."

"너 그동안 이상한 남자들 만나서…. 그래, 지금은 그런 생각 들 수도 있지. 이해해. 근데 정말 좋은 남자 만나면 다시 생각 바뀔 거야."

"좋은 남자?"

"응, 나처럼? 막 이래, 히히."

나도 참 속없는 놈이다, 싶으면서도 반자동으로 그런 농담이 튀어나왔다. 그녀가 그런 날 보면서 귀엽다는 듯이 눈을 맞추고 웃더니 말했다.

"응, 아니야~."

"그렇게 단정 짓지 좀 마라. 사람 일이 어떻게 될지 어떻게 안다고 그래?"

"아유, 알았어. 그래, 그렇다 치자."

하지만 말과는 달리 표정은 조금도 동의하지 않는 것 같았다. 나는 약이 올랐다.

"너 되게 사람 좋아하고, 외로움도 잘 타고, 남 챙겨주는 것도 좋아하고 그런 성격이잖아. 내가 너 그런 성격인 거 다 아는데. 니가 평생 혼자 산다고? 친구들은 시간 지나면 다 각자 결혼하고 애 낳고 떠나갈 건데…."

나는 평소보다 더 목소리를 낮게 깔았다. 그러나 그녀는 계속 차분하게 대답했다.

"그렇겠지. 그래도 지금 생각은 그래. 결혼 안 하고 싶어."

"그래, 당장 결혼할 필요는 없지."

"아유, 진짜."

"너야말로 진짜다."

서로 지기 싫은 맘에 고집을 부리면서 말꼬리를 잡고 늘어지다가 그녀와 눈이 마주쳤다. 단호했던 말과 달리 그녀의 눈이 살짝 촉촉한 것처럼 보였다. 그걸 보자 나도 감정이 올라와서 저절로 말이 튀어나왔다.

"나는 잘은 모르지만 너 그동안 상처받은 것도 내가 치유해 주고 싶고, 옛날에 좀 더 밝고 긍정적이었던 모습도 보고 싶고 그래."

"니가 뭘 치유해 줘? 내 상처는 내가 알아서 해."

"그래, 그래도 사람 때문에 받은 상처는…."

"그리고 밝고 긍정적이었던 모습을 보고 싶다고? 난 그대론데? 그냥 니가 날 다르게 보고 있는 거 아냐? 너한테는 내가 감정적으로 잠깐 해까닥해서 결혼 안 한다고 하는 것처럼 보이나 본데, 그런 거 아니야. 이성적으로 내린 결정이라구."

"왜? 뭐가 그렇게 싫은 건데? 진짜 잘 이해가 안 가서 그래. 결혼할 때 부담되는 건 솔직히 남자 아냐? 집 장만이나 그런 것도 그렇고. 여자들은 다 결혼하고 싶어하잖아. 특히 서른 되면 조급해지고….”

내가 눈을 동그랗게 뜨고 말했다. 나로서는 새삼스러운 상식을 읊었을 뿐인데, 그녀의 눈 역시 나 못지않게 동그래졌다.

“뭐라고?”

“그리고 솔직히, 니가 결혼했으면 그 저자인지 작가인지도 너한테 그렇게 못 했을걸?”

이번에는 그녀의 입이 살짝 벌어졌다.

“정말, 도저히 한마디로 뭐라 설명할 수가 없다.”

“그럼 여러 마디로 설명해 보든가.”

내가 중얼거리자 그녀가 붕어처럼 잠시 뻐끔거리다가 결국엔 입을 닫았다. 그러더니 후우 하고 깊은 한숨을 내쉬었다.

“내가 이런 거 싫어서 안 만나겠다고 한 거야, 너….”

“원래 다 서로 맞춰가는 거지!”

“넌 결혼하고 싶잖아.”

“…응.”

너랑, 이라고 말하려다가 그럴 분위기가 아닌 것 같아서 참았다.

“난 하기 싫어. 근데 이걸 어떻게 맞춰?”

“나랑 사귀다 보면 다시 하고 싶어질 수도 있는 거고… 모르는 거잖아.”

“그래, 그럼 너도 나랑 사귀다 보면 결혼 안 하고 각자 자유롭게 사는 게 더 좋다고 느낄 수도 있겠다, 그치?"

"야, 뭘 얼마나 자유롭게 살려고 그러냐? 내가 뭐 결혼한다고 널 집에 가둬놓냐?"

"아유, 됐어! 엄마가 해주던 걸 와이프가 해주는 게 남자들이 하는 결혼이잖아!"

"야, 무슨 말을 그렇게 해! 남자들도 요새 얼마나 집안일 많이 도와주는데!"

"아이고, 말을 말자. 맞아, 심지어 너 부모님도 대구분들이지?"

"그래서, 그게 뭐? 너 지금 지역 차별하는 거야?"

"하나밖에 없는 아들, 얼마나 애지중지하실 거야. 내가 아직도 기억하지. 너희 부모님 캐릭터."

"야, 아들 사랑 안 하는 부모가 어딨어! 그리구 우리 부모님 그렇게 꽉 막힌 분들 아냐. 며느리 들어오면 진짜 가족처럼 이뻐하실 거야. 얼마나 기대하고 계신데. 애도 다 봐주신다 그랬어."

"아유, 듣기만 해도 숨 막힌다. 다시 만난 지 얼마나 됐다고 넌 이런 얘길 하고 그래?"

"내가 뭐 당장 결혼 하잿냐?!"

"아무튼 난 그렇다고 얘기했어! 결혼할 여자를 만나야 되는 거면 나랑은…."

또 백만 원 내고 그만두라는 얘기겠지. 더 듣기 싫어서 나는 말을 끊었다.

"아, 몰라 몰라. 나도 몰라."

다시 사귄 지 며칠 만에 결혼 얘기하는 나도 나지만, 사귄 지 며칠 만에 툭하면 헤어지자고, 약속한 돈 내놓으라고 협박하는 그녀도 정말 그녀였다. 서로 말이 뚝 끊어지자 그녀가 머리가 아프다는 듯 진저리를 치며 자리에서 일어나 내 등을 떠밀었다.

"야, 너 집에 가."

"아니, 여기까지 데리고 와서 그냥 가라 그러냐?"

"그럼 뭐!"

"뽀뽀라도 하고 가야지."

한참 열을 올리며 결혼처럼 민감한 문제에 대해 말싸움을 한 것치고는 이상한 전개였지만, 나는 그 말을 하고서 대뜸 그녀의 입술에 쪽 하고 입을 맞췄다.

"아유, 진짜 이 또라이…."

그녀는 조금 당황한 듯했지만, 이내 참지 못하고 웃음을 터트렸다. 그 모습에 나 역시 웃음이 터졌다. 그러자 이번엔 그녀가 먼저 방심한 내 입술에 뽀뽀를 했다. 그래서 나는 보란 듯 혀로 살짝 그녀의 입술을 핥았고, 이내 그녀의 입술을 열면서 더 깊이 들어갔다.

우리는 그 분위기 그대로 침실로 들어가 부둥켜안고 뒹굴면서 한참을 더 키스했다. 이젠 그녀의 머리가 짧아져서, 손에 감기는 느낌이 이전과 완전히 달라서 그것도 신기했다. 자꾸만 차갑게 굴고 딱딱하게 굴어도, 이렇게 몸을 맞대고 있을 때는 그녀의 마음이 느껴지는데. 조금만 더 참고 어떻게든 버티다 보면, 분명히 조금씩 변하고, 다시 예전처럼 나와의 결혼을 원하게 되지 않을까? 지금은 아무리 아니라고 해도 정말 그렇게 되지 않을까?

"좋다… 그치?"

어느새 행복감에 취해서 나도 모르게 그녀에게 속삭였다. 그녀는 대답하지 않았지만 조금 상기된 얼굴로 옅게 웃었다. 누군가의 몸을 부둥켜안는 일은 생각보다 쉽다. 잘 모르는 타인의 몸이 너무 가까이 있던 어떤 날에는, 그 이질감 때문에 오히려 그 사람이 더 멀게 느껴지기도 했다. 하지만 그녀를 품에 안고 있을 때는 확실히 다른 느낌이 들었다. 사 년 전에 영영 잃어버렸다고 생각한 뭔가를 되찾은 기분. 그럴수록 언제 다시 잃을지 모른다는 불안감도 커져갔다.

"어렵게 다시 만났는데, 헤어지고 싶지 않아."

"……."

"그래서 결혼 얘기도 꺼낸 거야. 나 정말 너 많이 좋아했고,

좋아하고, 그만큼 진지하게 생각하고 있다고 말하고 싶었어."

"연애의 끝이 꼭 결혼이야?"

"그건 모르겠지만…."

솔직히 한 번도 생각해 본 적이 없었다.

"그래, 나도 그건 몰라. 그치만 그냥 좋으니까 만나는 거, 그걸로 충분하지 않을까? 뭐든 꼭 결실을 맺어야 된다는 거 너무 피곤한 생각인 것 같아. 그놈의 성과주의."

"암튼 너도 좋긴 좋은 거네?"

그녀의 말 속에서 나는 속없이 듣고 싶은 부분만 골라 듣고서 웃었다. 그녀가 그런 나를 잠시 보더니 말했다.

"내일 출근해야지. 너 이제 가야겠다."

시계를 보니 벌써 열한 시였다. 귀찮기도 하거니와 더 같이 있고 싶어서 나는 몸을 비틀면서 기지개를 켰다.

"아아, 가기 싫다. 나 그냥 여기 들어와서 살까?"

말이 끝나자마자 그녀의 손바닥이 날아와 내 등짝을 찰싹 때렸다.

아쉬움을 남기고 나는 그녀의 집에서 나와야만 했다. 그녀가 같이 나오길래 혹시나 역까지 바래다주려는 건가 했더니 그냥 담배를 피우러 나온 거였다. 작별 인사를 하고 나서 조금 걸어가다가 뒤를 돌아보니 골목길 한구석에서 그녀가 마시고 뱉어냈을 담배 연기가 공기 중에 아스라이 흩어지고 있었다. 적어도 내 여자는 담배를 안 피웠음 좋겠다고 생각했는데 이젠 담배 연기까지 로맨틱하게 보이고 지랄이었다. 내가 정말 그녀를 좋아하긴 하나보다. 젠장. 하지만 태아한테는 안 좋아, 기형아의 원인이라고. 결혼하기 전까진 어떻게든 끊게 해야 할 텐데.

6. 그녀는 정말 이상해

그동안 여러 여자들과 데이트를 하면서 느낀 건데, 썸과 연애의 향방을 좌우하는 가장 중요한 것 중 하나가 바로 '연락'이었다. 그 스타일이 사람마다 천차만별이어서, 하루종일 이렇게 톡만 하면서 월급을 받아도 되나 싶을 정도의 사람이 있는가 하면, 무슨 알람시계처럼 매일 정해진 시간에 연락하는 사람도 있고, 톡은 안 해도 전화는 하루에 한 시간씩 꼭 해야 되는 사람도 있고, 그야말로 각양각색이었다.

그녀의 스타일은 어떨까 궁금했다. 과거의 패턴을 생각해 보면 사실 우리는 거의 매일 만나서 같이 있었기 때문에 연락을 할 일이 별로 없었던 것이다. 다시 그녀와 만나면서 느낀 것은, 역시나 연락도 자유분방한 스타일이라는 거였다. 그녀는 자기가 생각나면, 할 시간이 나면 그때만 연락을 했다. 여유가 있는 아침에는 출근하면서 톡도 하지만, 늦잠을 자고 아침부터 회의가 있는 날은 점심시간이 끝날 때까지 메시지 하나도 없는 날도 있었다. 본인이 그런 패턴이니 나한테 연락을 자주 하라고 잔소리를 하거나 서운해하는 일도 전혀 없었다. 매번 새로운 사람을 만날 때마다 적응하는 것이 부담이었는데, 따로 적응할 것도 없이 편하긴 했다.

"여보세요? 뭐해? 난 이제 퇴근!"

나는 가급적 퇴근길에 그녀에게 전화를 걸어 통화를 하려고 노력했다. 집에 가는 길이 심심하기도 하고, 그녀의 목소리도 듣고 싶고, 시시한 수다를 떨면서 하루라도 더 빨리 가까워지고 싶기 때문이었다. 하지만 편집자라는 직업의 특성인지, 야근할 때가 많아서 통화를 할 수 없는 날도 제법 있었다.

"나 지금은 통화하기 좀 힘들 것 같아, 아직 일하는 중이라. 조심히 들어가."

낭랑한 목소리로 딱 잘라 말하는 소리를 들으면 서운할 때도 있지만, 뭐 별수 있나. 입을 삐끔거리면서 전화를 끊을 수밖에. 대신 그녀 역시 퇴근을 해서 전화를 받을 수 있을 때면, 덤덤한 목소리로 내 얘기들을 들어주었다. 그래 봤자 회사 사람들하고 있었던 일이나 어디서 본 웃긴 얘기 같은 시시한 내용이었지만, 원래 연인 사이에 하는 얘기가 다 그런 거 아닌가?

"너는 오늘 하루 어땠어? 뭐 재밌는 일 없었어?"

"그냥, 뭐…."

"팀장하곤 별일 없고?"

"응, 요샌 괜찮아."

"뭐 짜증나게 하는 팀원은 없어?"

"없는데."

그래서 그녀에게도 그런 시시한 얘기를 듣고 싶은데, 무슨 일 없었냐고 물으면 그녀는 항상 대충 얼버무리기만 했다. 그러면 어쩔 수 없이 내가 다시 텔레비전 프로그램 얘기나 유튜브에서 본 재밌는 영상 얘기 같은 걸 꺼내곤 했다.

그런데 그날은 이상하게 심통이 났다. 그녀가 그렇게 입을 다무는 것이 자꾸 나와 거리를 두려는 것처럼 느껴졌던 것 같다.

"뭐야, 너는 맨날 듣기만 하고… 나랑 얘기하기 싫어?"

"그런 건 아닌데…."

"그럼 얘기 좀 해봐! 나도 니 얘기 듣고 싶단 말이야."

자상한 남자친구답게, 나는 아주 부드러운 목소리로 살짝 재촉했다. 그녀가 잠깐 생각에 잠긴 듯 말이 없다가 물었다.

"진짜 듣고 싶어?"

"응, 그럼. 뭐든 말해봐."

"그래. 그럼 말해줄게. 오늘 출근길에 이런 뉴스들을 봤어. 어젯밤에 어느 대학교 여성 전용 기숙사에 같은 학교 남학생이 불법 침입했대. 여학생들 강제 추행하고, 반항하면 때리고. 강남 클럽에서 여자들 기절시키고 강간하려고 쓰는 물뽕이라는 마약 기사도 봤는데 너무 끔찍했구. 초등학교 육학년이 스쿨 미투 고발글 올린 것도 봤어. 아, 어떤 랩퍼가 이상한 노래도 만들었더라고. 이퀄리스트 뭐라더라? 포털에선 또 어떤 여자 연예인 이름이 살이 쪘네 어쨌네 하는 걸로 하루종일 인기 검색어 1위였고."

"으응…."

"그리고 오후에는 성폭력 사건 소식을 들었는데, 재판도 못 가고 무혐의 처분이 났다는 거야. 전부터 피해자분이 올린 글 봤었거든. 너무 열이 받아서 도대체 왜 그렇게 된 건지, 무슨 법대생도 아닌데 계속 찾아보고 있어. 기가 막혀서 진짜."

"어어…."

"그게 내 오늘 하루였어."

랩이라도 하듯 빠른 어조로 몰아치던 그녀가 툭 하고 태연하게 얘기를 끝냈다. 적잖이 당황스러웠다. 그냥 점심엔 뭘 먹었고, 회사 사람들하고 이런 얘길 했고 저런 일이 있었고, 재밌는 농담이나 주고받는 평범한 대화를 하고 싶었던 것뿐인데, 갑자기 무슨 시사 고발 프로그램도 아니고 이렇게 심각한 얘기만 늘어놓을 줄은 몰랐다. 이래서 '페미들 일상생활 가능하냐'는 말이 나오는 건가?

"그, 그랬구나. 오늘 엄청… 운이 안 좋은 날이었네."

뭐라 할 말이 없어서 나는 적당한 말을 대충 짜냈다.

그러자 그녀가 대답했다.

"오늘? 오늘만 이러면 다행이게."

"그럼?"

"매일이 이렇지. 으, 환멸."

그녀가 정말 지긋지긋하다는 투로 중얼거렸다.

솔직히 나는 별로 공감이 되지는 않았다. 없는 얘기를 하는 건 아니겠지만, 굳이 그런 기사들만 찾아 읽으면서 화낼 필요가 있나 싶었다. 세상엔 다른 좋은 일도 충분히 많을 텐데. 한편으론 그녀가 털어놓은 얘기에 남자친구로서 내가 해결해 줄 수 있는 일이 없다는 게 답답하고 자존심 상하기도 했다. 뭐 할 말이 없을까, 머리를 쥐어짜다가 나는 짐짓 이성적인 말투로 슬며시 입을 열었다.

"아무튼 그 아까 말한 사건은 니가 너무 피해자 입장에서만 들었으니까, 실제로는 상황이 좀 달랐을지도 모르는 거 아닐까? 그 사람 말만 다 믿을 수는 없잖아. 나중에 무고로 밝혀지는 것도 있으니까 일단 지켜봐봐, 응?"

"……."

"여보세요? 자기야. 여보세요?"

한참 동안 아무 소리가 안 나길래 혹시나 해서 귀에 대고 있던 액정화면을 들어서 보니 전화가 끊겨 있었다. 휴대폰은 옛날 전화기처럼 뚜-뚜-뚜 소리가 안 나니까 알 수가 있어야지.

근데 왜 전화가 끊겼을까? 다시 그녀에게 전화를 걸었다. 신호가 한참 가도 받지 않더니, 열 몇 번이 울릴 때까지 기다렸더니 드디어 받았다.

"전화가 끊어졌네."

"내가 끊은 건데?"

"…어?"

"그런 소리 할 거면 끊어, 듣기 싫으니까."

황당해서 말문이 막히는 바람에 잠깐 버퍼링이 걸렸다.

"그래도 그렇지, 어떻게 전화를 그냥 끊냐? 아니, 여자들은 무고죄를 너무 가볍게 생각한다니까. 진짜 그것 때문에 괴롭고 힘든 사람들도 있는데."

"……."

"여보세요? 야!"

설마 했는데, 전화가 또 끊어졌다. 아, 내 인내심도 끊어질 판이었다. 사람으로 가득한 퇴근길 지하철 안에서 울컥 치밀어 오르는 것을 가라앉히기 위해 나는 후, 후, 숨을 몰아쉬었다.

주변 사람들이 이상하게 쳐다보는 것도 같았지만 콘트롤 할 수가 없었다. 어떻게 남자친구한테 이렇게 행동할 수가 있어? 부글부글 끓어오르는 마음을 주체하지 못하고 나는 메신저를 열어서 엄지손가락이 부러져라 열심히 키패드를 눌러댔다.

아니, 중립적으로 보려고 하는 게 잘못된 거야?
그렇게 감정적으로만 보는 게 더 이상한 거 아냐?
판결이 무죄로 나왔으면 무죄로 나온 이유도 있겠지!
무고 때문에 인생 박살나는 남자도 얼마나 많은데!

쓰면 쓸수록 감정이 더 격해졌다.

그리고 왜 이런 일 때문에 우리가 싸워야 되는 거야?

갑자기 그런 얘기들을 쏟아내면 도대체 나보고 어떡하라고! 내가 성폭행범도 아니고 판사도 아니고, 내가 이상한 노래 부른 것도 아닌데 어쩌라고! 그녀가 빨리 읽고 답해주기를 바랐다. 답답해서 죽을 것 같았다. 그렇게 마음을 졸이는데 드디어 숫자 1이 없어졌다. 어디 뭐라고 하나 보자! 심장마저 쿵쾅댔다. 그녀의 메시지가 도착했다.

그런 말 할 거면 듣기 싫다고 했잖아.

거참 편하네!

그렇다고 그렇게 전화 끊고 돌아서면 끝이야?
서로 대화를 해서 이해를 하든 설득을 하든 그래야 되는 거 아니야?
사귄다는 게 그런 거 아냐?

대화?

그래!

좀 솔직해져라, 니가 지금 대화할 준비가 되어 있긴 해?
내 생각을 듣고 싶은 게 아니라 맨스플레인이나 하고 싶은 거겠지.

맨스플레인? 그건 또 뭐야?

아니, 그게 아니라....

약이 바짝 오른 내가 구구절절 반박을 써 내려갔지만, 그 말을 끝으로 그녀는 더 이상 답을 하지 않았다. 아, 정말! 억울하고 답답해서 미칠 것 같았다. 결국 자기 얘기에 맞장구칠 거 아니면 얘기하지 말라는 거네. 자기 말만 맞다는 거 아냐! 이러니까 '페미 나치' 소리를 듣지! 너무 화가 나서 '네이트판'에 글이라도 쓰고 싶은 심정이었다. 진짜 나 같은 남자가 어디 있다고?

하지만 애초에 이게 왜 시작됐는지를 생각해 보면 솔직히 할 말이 없어지는 것도 사실이다. '페미 탈출'시킬 거라고 덤빈 건 나였으니까. 그래도 정말 이 정도로 말이 안 통할 줄은 몰랐지!

답답하고 화나는 마음을 어찌할 수가 없어서, 나는 그녀가 말한 사건이 뭔지 찾아보고 정말 내 말이 틀렸는지 아주 이성적이고 객관적인 관점으로 따져봐야겠다고 생각했다. 우선 포털 뉴스 검색창에 이렇게 저렇게 단어를 넣어봤다. 그런데 생각했던 것보다 성폭력 사건 뉴스가 엄청나게 많았다. 이래서 '강간의 왕국'이란 말이 나온 건가? 그리고 무죄나 무혐의 판결도 꽤 됐다. 좀 보다가 결국 뭐가 뭔지 모르겠다는 생각이 들어서 금방 포기했다.

그 상태로 씩씩대며 집에 돌아와서 저녁을 먹고, 기분 전환을 위해 게임을 했다. 그날따라 게임이 잘 돼서 내리 몇 판을 이기기도 했다. 그런데도 여전히 기분은 별로였다. 게임하는 중간중간 휴대폰을 확인했지만 아무런 연락도 오지 않았다.

아무리 생각해도 그녀가 잘못했는데. 전화를 막 맘대로 끊고 그건 좀 아니잖아. 마땅히 그녀가 먼저 사과해야 한다고 생각했다.

하지만 다음 날 저녁 퇴근할 때까지도 아무런 연락이 없었다. 그래도 내가 먼저 연락하기는 싫었다. 결국 퇴근 후 지하철역에서 액정화면에 그녀의 전화번호를 띄워놓고 수십 번을 고민했다.

'너 진짜 너무 한 거 아니야?'라고 메시지를 보내볼까? 아니 그랬다가 또 읽기만 하고 답을 안 하면 나 답답해서 죽을지도 모르는데.

고민 끝에 결국 눈을 딱 감고 엄지손가락을 올려서 그녀에게 전화를 걸었다. 신호음이 가는 동안 얼마나 조마조마했는지 모른다. 열 몇 번이 넘게 전화벨이 울렸고, 안 받는 건가, 그냥 끊어야 하나 생각이 들던 그 순간, 드디어 그녀가 전화를 받았다.

"여보세요?"

오랜만인 것처럼 느껴지는 목소리는 평소처럼 무덤덤했다.

"…화났어?"

"아니. 난 엄청나게 이성적이고 냉정한 상탠데?"

"그래, 좋겠다. 내 걱정도 안 되디?"

"걱정할 게 뭐 있는데?"

잠은 잘 잤는지, 아침엔 잘 일어났는지, 밥은 잘 먹는지, 회사에선 별일 없는지, 또 그 변태 작가 만날 일은 없었는지. 고작 하루였지만 난 그런 게 얼마나 궁금했는데, 넌 정말….

"됐나, 됐어…."

나는 한숨을 쉬며 체념한 듯 말했다.

그녀도 잠시 숨을 고르더니 말을 이었다.

"내가 얘기했잖아. 이럴 줄 알았다니까. 난 이런 일로 너랑 감정 소모하기 싫어."

"생각해 봤는데, 그냥 우리 이런 얘길 하지 말자. 그럼 되잖아. 이런 얘기만 안 하면 잘 지낼 수 있어, 우리."

"그래서 내가 얘기 안 하고 있었는데 니가 물어봤잖아."

"아니, 그거야…."

내가 이렇게 될 줄 알았겠니?

"그런 일들로 매일 스트레스 받고, 힘들고, 화내면서 그렇게 지내는 게 나한테는 일상인데, 그런 걸 너한테 말을 안 하려니까 할 말이 없더라."

"……."

"왜 말 안 했냐고? 거야 니가 이해 못 할 거 같았으니까."

가뜩이나 말문이 막혀 있는데, 같은 말도 참 얄밉게 하는 재주가 있다니까.

"그럼 그런 얘기 듣고 내가 도대체 어떻게 해야 되는 거야?

대신 유죄 판결 받아다 줄 수 있는 것도 아니고. 니가 싫어하는 사람들 다 잡아 죽일 수 있는 것도 아니고."

"누가 너한테 그런 거 해달래?"

"그러면 어떡해?"

"최소한 거기다 대고 무고가 어쩌고 하는 건 진짜 아니지."

"아니, 그런 케이스가 없는 게 아니잖…."

"나 또 끊어?"

"야!"

"우선은 그냥 공감해 주고, 잘 들어주고 그러면 되지 않을까?"

참 별거 아닌 것처럼 쉽게 얘기하는데, 그건 내 입장이 안 돼봐서 그런 거다.

"근데 나는 남자잖아. 그런 얘기 듣다 보면 남자는 다 잠재적 가해자인 것 같고, 꼭 나를 탓하는 것처럼 들려서 괴롭단 말이야."

나는 나름 심각한 목소리를 내려고 애썼다.

"나는 뭐 그런 얘기하는 게 즐겁겠니? 나도 괴로워. 왜 안 괴롭겠어."

그런데 의외로 그녀가 내 말에 동조하는 듯했다!

"그래, 그치! 우리 둘 다 괴로우니까…."

'이제 그런 뉴스 좀 그만 보고, 그런 얘기 그만 하자'라고 말하려는 찰나, 그녀가 선수를 쳤다.

“이제 그런 뉴스 좀 안 보게, 나랑 같이 페미니스트 하면 되겠네.”

아니, 왜 결론이 그렇게 돼?! 마음속에서 답답함과 함께 반감이 사정없이 끓어올랐다.

“니가 무슨 사회운동가야, 정치인이야, 뭐야? 왜 그런 일을 다 신경 쓰고 살아야 되는 거야, 대체?”

“남의 일이 아니니까!”

엄밀히 따지면 남의 일이지! 그게 대체 왜? 이해가 안 가서 입만 뻐끔대는데 그녀가 계속 말했다.

“내가 그 작가한테 성희롱 당한 거 벌써 까먹었어? 뉴스에서 쏟아지는 것들, 언젠가 나한테도 벌어졌거나 벌어질 일이야. 우리는 다 너무 잘 아는 일이라고. 너도 괴롭다며? 그건 그냥 참을 만한가봐? 근데 나는 안 그렇거든. 여자들한테 이건 잠깐 피한다고 피해지는 게 아냐. 공기 같은 거라고.”

“……”

“남자들이 그런 짓만 안 하고 다니면 그런 얘기 할 일도 없어질 거 아냐. 내 말이 틀려? 그럼 너도 잠재적 가해자 취급받을 일도 없고.”

분명 전화 통화를 하고 있는데도 그녀의 의기양양한 얼굴이 눈앞에 보이는 것 같았다.

"그… 그래."

뭐라고 반박해야 할지, 딱히 할 말도 없어서 적당히 얼버무렸다. '긁어 부스럼을 만든다'는 게 이런 건가 싶었다. 이 대화를 없었던 일로 하고, 다시 회사에서 짜증났던 일이나 얘기하고 유튜브 얘기나 하던 시절로 돌아가고 싶었다.

하지만 그날 이후 그녀의 말문이 터져버렸고, 나는 그녀를 열 받게 하는 뉴스들, 그러니까 성희롱, 몰카 촬영과 유포, 스토킹, 협박, 성추행, 폭행, 살인, 미성년자 성매매, 성폭력 가해자의 무죄 선고 등에 대한 새로운 소식들을 전해 들으면서 '아 그렇구나'를 반복해야 했다.

'그렇게까지 위험해?'

'그렇게까지 몰카가 많아?'

'그렇게까지 이상한 사람이 많아?'

이런 반문을 할 수 없게 만드는 수많은 사건사고들.

우리나라 원래 치안 좋은 나라 아니었나? 거참, 이상하다. 경찰은 뭘 하고 있는 거야. 그런 생각만 매번 속으로 삼키면서, 그렇게 스트레스가 점점 더 쌓여만 갔다.

7. 주말 데이트

그녀와의 연애가 폭풍 같았던 반면에, 회사에서는 야근도 특근도 없는 평화로운 나날이 이어졌다. 신상품 개발 시즌에는 주말 출근도 자주 했었는데, 불안할 정도로 모든 것이 잘 돌아갔다.

평일이던 그날도 정시에 퇴근을 했고, 집에 와서 저녁밥을 먹었다. 그녀와 주말 데이트 약속을 잡으려고 '어디 가고 싶은 데 없냐'고 메시지를 보냈더니 그녀가 대뜸 답했다.

이번 주말은 카페 데이트 어때?

응?

나 요새 기획안 하나 준비중이거든. 주말에 좀 더 하고 싶어서.

어이구, 퇴사하고 싶다고 할 때는 언제고. 문득 매일같이 카페 데이트를 하며 취업 준비를 하던 때가 생각났다. 그러고 보면 내가 혼자서 카페를 잘 안 가게 된 것도 그녀와 헤어진 다음부터였다. 늘 둘이었다가 이제는 혼자 있는 내가 너무 처량하게 느껴졌기 때문이었다. 하지만 이젠 다시 둘이 됐으니까. 나는 선뜻 오케이를 했다.

돌아오는 주말, 그녀와 시내에서 만났다. 약속시간 정각에 나타난 그녀는 여전히 '보이시'해 보였다. 내 여자친구니까 최대한 좋게 표현해서 그랬다. 사실 '보이시'하다는 건 '보이처럼 스타일리시하게 꾸민' 걸 말하는 거 아닌가? 그녀는 그냥… '보이'였다.

통이 넓은 바지에 운동화를 신고, 품이 커다란 재킷 안에 입은 티셔츠에는 영어 문구가 쓰여 있었다.

'우리는 모두 페미니스트가 되어야만 합니다.'

그 문구를 읽으니 아이러니하게도, 그 티셔츠가 그녀가 입은 옷가지 중 유일하게 여자임을 알리는 부분인 것 같았다. 남자가 그런 티셔츠를 입을 리는 없을 테니까, 절대로.

주말에도 카페에는 공부를 하거나 일을 하는 사람들로 가득했다. 이곳은 그녀가 작업하러 자주 오는 곳 중 하나라고 했다. 그녀가 두툼한 노트북을 꺼내 테이블 위에 올려놓았다. 나도 가방에서 책을 꺼냈다. 친구에게 빌린 홍콩 여행 책이었다.

그녀가 내 쪽을 흘끔 보더니 말했다.

"웬 홍콩?"

"다음 휴가 때 홍콩 가볼까 하고."

별생각 없이 대답했다가, 번개처럼 좋은 생각이 떠올랐다.

"우리 같이 갈래? 너 홍콩 가봤어?"

"아니, 안 가봤는데. 나 돈 없어."

"오빠가 어떻게든 내줄게!"

"됐거든."

"농담 아니야. 휴가 날짜만 맞춰봐."

좀 허세라고 생각하면서도 일단은 큰소리를 쳐봤다. 그러나 그녀는 끝까지 손사래를 쳤다.

"진짜 됐어. 사실 난 내년 초에 다른 계획도 있고."

"응? 무슨 계획?"

"나중에 얘기해 줄게. 지금은 일해야지."

그녀에게 계획이 있다는 게 왠지 신경 쓰였지만, 입을 꾹 닫고 있는 그녀의 모습을 보니 지금은 때가 아닌 것 같았다. 일단은 궁금한 마음을 한구석에 밀어두었다.

"참, 나도 혹시나 해서 책 하나 갖고 왔는데."

그녀가 가방에서 분홍빛 표지의 책 한 권을 꺼냈다.

"니가 읽어보면 좋을 것 같아서."

책표지에는 제목과 함께 '외모 강박'이라는 문구가 크게 적혀 있었다.

"으음…?"

본능적으로 그다지 끌리지 않아서 시큰둥한 반응을 보였다. 그녀가 내 표정을 살피는 것이 느껴졌다.

"이거 얼마 전에 내가 책임편집한 책인데, 요즘 반응 되게 좋거든."

"그래? 그럼 한번 봐야겠네!"

그 책이 마음에 들든 말든, 호응하지 않을 수 없게 만드는 말이었다.

"여자들한텐 항상 예쁨이 강요되고 거기서 벗어나기가 너무 어려운데, 어떻게 벗어날 수 있을지에 대한 내용이야. 나는 너무 좋았거든. 그래서 나름 실천중이기도 하고. 너도 알고 싶지 않을까 해서."

페미니즘 책이란 얘기네. 게다가 그녀가 꾸미지 않는 이유를 하나 더 제공한 책이고. 당연히 읽고 싶지 않았다. 하지만 적당히 사회성을 발휘해야만 했다.

"아, 그래. 고마워. 읽어볼게."

그녀가 고개를 끄덕이곤 갑자기 가방에서 또 뭔가를 꺼냈다. 안경이었다. 테가 두꺼운 까만색의 뿔테 안경.

"니 안경 써?"

"응, 작업할 때는 쓰지."

화장기 하나 없는 맨얼굴, 짧은 머리, 여기에 안경까지. 일하는 여자처럼 보이기도 하고, 살짝 연상녀 같은 느낌도 들었는데, 어쨌거나 확실히 내 취향은 아니었다.

"예전에도 가끔 렌즈 꼈어. 넌 몰랐겠지만."

"아, 몰랐네. 그럼 이제 렌즈는 안 껴? 그거 눈에 안 좋다고 했나?"

"응, 그리고 이제는 굳이 안경 대신 렌즈를 낄 필요가 없다고 생각하니까."

"아…."

"그 이유에 대해서는 저 책에 잘 나와 있을 거야."

마지막 말을 하며 그녀가 빙긋 웃었다. "입 다물고 얼른 책을 펼쳐라, 나는 일을 할 테니"라는 의미인 듯했다.

"일단 홍콩 여행 책부터 읽어야 되는데."

"그러던가."

하지만 그녀의 말투가 어찌나 싸늘하던지, 나는 결국 홍콩 여행 책을 가방에 넣었다.

"아니다, 그래도 우리 여친이 만든 책부터 봐야지!"

아무튼 정말 피곤하게 한다니까. 속으로 한숨을 삼키면서 나는 억지로 책을 펼쳤다.

내용이야 어쨌든 오랜만에 느끼는 종이의 빳빳한 감촉에 잠시나마 기분이 좋아졌다. 벌써부터 지식이 머릿속에 차오르는 느낌이었다.

첫 페이지의 추천사에 유명한 여자 스포츠 선수의 이름이 나왔다. 덕분에 조금 흥미가 생겨서 단숨에 읽어 내려갔다. 이 책에 따르면, 남자 선수는 객관적인 외모와 상관없이 실력이 뛰어나면 누구나 훈남으로 불리고 아무도 외모 지적을 하지 않는단다. 그런데 여자 선수의 경우는 아무리 뛰어난 업적을 이루어도 살 좀 빼라거나 못생겼다는, 외모를 평가하는 악플이 항상 달린단다. 그게 여성에게는 업적과 관계없이 외모만 강조하는 문화 때문이라는 것이다. 여기부터 뭔가 쉽게 넘어가지지 않았다. 여자한테만 그런가? 살 좀 빼라는 건 건강 문제와도 관련이 있으니 그런 거 아닐까? 좀 과한 해석인 것 같은데?

이어지는 첫 장의 내용은 대다수의 소녀들이 어렸을 때부터 예뻐지고 날씬해지고 싶어한다는 거였다. 심지어 다섯 살밖에 안 된 나이에도 다이어트에 신경을 쓰는 아이들이 있다고 한다. 그렇다면, 남자들은 어떤지도 생각해 봐야 하지 않을까?

남자들도 어렸을 때부터 식스팩 있고 잘생기고 키 큰 영화배우들을 본다. 남자라고 외모에서 자유로운 것은 아니란 거다. 키 작으면 루저 취급 받고, 못생긴 남자는 여자한테 말도 붙이기 어렵다. 외모가 부족하면 돈이라도 많아야 된다. 금수저로 태어나든가, 공부를 엄청 잘해서 성공해야 하는 거다. 그뿐인가? 요즘엔 다정하면서 집안일도 잘해야 하고, 육아도 잘 도와줘야 한단다. 남자도 진짜 살기 힘들다니까.

이어서 자신이 뚱뚱하다고 강박적으로 생각하는 십 대 여자아이 얘기도 나왔다. 근데 그 나이 때는 누구나 다 그렇지 않나? 심지어 나는 지금도 내가 박보검처럼, 강동원처럼 생겼으면 인생 훨씬 편하게 살 거라고 생각한다. 남자니 여자니 떠나서 그냥 사람이 다 그런 거 아닐까. 문제라면 '외모지상주의'가 문제인 거지.

여자들이 이런 '외모 강박' 때문에 힘들 수는 있다. 하지만 남자들도 어느 정도 비슷한 상황에 있는데, 항상 그건 무시되는 것 같다. 여자가 힘들다고 남자가 힘든 게 없어지는 건 아니란 말이야. 근데 그걸 너무 인정을 안 해줘. 이러니까 설득이 안 되지.

그녀의 의도와는 반대로 어째 읽을수록 의문과 반감만 들었다. 그러다 보니 어느새 지쳐서 나는 잠시 책을 덮고 옆에서 작업에 열중하고 있는 그녀를 쳐다봤다. 내 시선을 일부러 모른 척하는 건지, 한참을 쳐다봤는데도 그녀는 모니터만 뚫어져라 보면서 손가락을 빠르게 움직이고 있었다. 가만히 그 모습을 보고 있자니, 여전히 예쁜 건 사실이었다. 긴 머리를 어깨까지 늘어뜨리고 원피스를 입고 있던 사 년 전과는 확연히 다르긴 했지만 말이다. 옆에서 보니 오뚝한 콧대가 더 두드러져 보였다. 피부는 어쩌면 이렇게 뽀얗고 좋지? 이제 서른인데, 정말 어려보였다. 이렇게 일에 열중하는 모습도 매력적이었다. 그러니까 그 늙다리 작가새끼도 꼬였겠지. 옛날에 친구들한테 처음으로 그녀 사진을 보여줄 때도 내 마음은 얼마나 자부심으로 그득했던가.

같이 길을 걷다 보면 종종 마주 걸어오던 남자들의 시선이 그녀의 얼굴에 머물다 가는 걸 느끼기도 했다. 그건 남자친구로서 기분이 나쁘면서도 으쓱해지기도 하는 이상한 느낌이었다. 다른 남자가 내 여자친구를 쳐다보는 건 싫지만, 이렇게 예쁜 여자가 내 여자친구라는 우월감은 달콤했던 것이다.

그런 생각을 하자 기분이 좋아진 나는 일하고 있는 그녀의 어깨에 머리를 기댔다. 아무런 반응이 없어서 이번에는 코를 묻고 비볐다. 그래도 반응이 없었다. 이번엔 허리에 슬쩍 손을 얹었다. 그랬더니 마침내 그녀가 내 쪽을 돌아봤다.

"다 읽었어?"

"응."

"뻥치시네."

그녀는 다시 모니터로 고개를 돌리며 입을 삐죽였다. 그 옆 얼굴이 귀여웠다.

"근데 솔직히 너는 지금껏 살면서 외모 때문에 손해본 건 없잖아, 그치? 득을 봤으면 봤겠지."

"뭐?"

"물론, 나도 그렇긴 했지만…."

"뭔 소리야?"

듣기 좋은 말로 열심히 일하는 그녀의 기분을 잠시나마 좋게 해주고 싶었는데, 내 예상과는 달리 그녀의 미간이 급속도로 좁아졌다. 무서워진 나머지 나는 얼른 하고자 했던 말의 핵심을 요약했다.

"너 예쁘다구! 내 여친 최고!"

엄지손가락까지 짠 하고 들어 보였지만 그녀는 조금도 기쁘지 않다는 표정으로 한숨을 내쉬었다.

"모르면 배우기라도 해야지. 어휴, 내가 지금 너랑 뭐하는 거니?"

"그래, 나도 내가 이게 지금 뭐하는 건지 모르겠다니까?"

일부러 장난스러운 말투로 대답했는데, 그녀는 눈을 내리깔더니 모든 것을 내려놓는 말투로 중얼거렸다.

"그래, 니 맘대로 해라."

'맘대로 하라'는 건 기다리던 바였지만, 그녀가 한심하다는 표정을 숨기지 않은 것은 좀 상처였다. 무엇보다 내 여자친구가 나를 그렇게 취급하는 건 참을 수 없었다. 어떻게 좀 덜 한심해 보이게 포장을 할까 머리를 굴려보는데, 그녀가 갑자기 눈빛을 아스라하게 바꾸더니 허공을 쳐다보며 말했다.

"나한테 지난번에 그런 말 했던 거 기억나? 세상을 바꾸려고 하면서 남자 한 명을 못 바꾸겠냐고."

그렇지, 내가 그런 소릴 하긴 했다. 종각의 까페에서였겠지. 그때는 뭐라도 이유를 만들어보려고 애쓸 때였으니까.

"좀 전까지 네가 책 읽는 모습 보니까, 세상은 못 바꿔도 승준이 너는 바꿀 수 있을지도 모른다는 생각이 들었는데."

그러면서 그녀는 처음으로 보는 애처로운 표정까지 지었다. 채찍만 휘두르던 그녀가 갑자기 당근을 써보기로 한 걸까. 아, 잠깐 보는 척했으면 됐지, 더 이상 어쩌라고!

결국 나는 이후 몇 시간을 그녀 옆에 붙어 앉아서 말 잘 듣는 강아지처럼 그 책을 계속 읽었다. 오랜만에 읽는 책이라 눈에 잘 안 들어올 뿐만 아니라 여전히 동의가 안 되는 부분도 있었다. 근거도 좀 부족한 것 같고, 또 다른 반감이 들기도 했다. 그래도 그냥 까만 건 글자고 흰 건 종이려니 하면서 눈동자를 굴리며 열심히 읽었다. 이게 다 그녀가 메갈을 그만두고 나랑 결혼하게 하기 위해서라고, 그 큰 그림을 생각하면서.

그러는 동안 그녀는 가끔 일어나 화장실만 다녀오면서 일을 정말 열심히 했다. 휴대폰도 거의 안 봤다. 그런 모습이 멋지고 예뻐 보여서 짧은 똑단발의 머리를 끌어안고 옆통수에 살짝 입을 맞춰주기도 했는데, 그녀는 여전히 아무런 반응도 없었다. 약간 서운하긴 했지만, 한편으론 그녀가 그렇게 집중하고 있는 틈을 이용해 딴짓을 좀 해야겠다는 생각이 들었다. 나는 책을 읽는 척하면서 슬쩍슬쩍 졸기도 하고, 휴대폰으로 게임도 하면서 시간을 때웠다. 그 옛날 취준생 시절 이후로 이렇게 오랫동안 가만히 앉아 있는 게 너무 오랜만이었다. 이제 슬슬 엉덩이도 아파왔다.

시간이 얼마나 흘렀을까. 드디어 그녀가 안경을 벗으며 번쩍 고개를 들었다.

"대충 끝낸 것 같다. 배고파!"

"고생했어! 얼른 밥 먹으러 가자."

나는 신이 나서 읽던 책을 얼른 덮고 마신 잔도 부리나케 치우면서 시중을 들었다. 그녀는 뻐근한 듯 몸을 이리저리 돌리더니 카페 밖으로 나오자마자 자연스럽게 담배 한 대를 꺼내 물었다. 그 모습에서 뭔가 힘든 일을 해치운 후의 나른함이 느껴졌다. 볼 때마다 느끼는 거지만, 그녀는 담배를 참 맛있게도 피웠다.

우리는 근처의 치맥집으로 갔다. 큰일을 하나 끝내면 아직도 치킨이 제일 먹고 싶다면서, 어쩔 수 없는 초딩 입맛이라고 그녀가 혼잣말하며 웃었다. 초딩이면 어떤가, 나도 치킨이 제일 좋던데. 하여튼 입맛도 천생연분이라니까.

맛있는 치킨도 있겠다, 내 앞에 그녀도 있겠다, 무엇보다 그 페미니즘 책에서 드디어 빠져나왔다는 생각에 나는 기분이 아주 좋아졌다.

“우리 내일은 뭐하지?”

“아, 나는 내일 집회 가야 돼.”

“응?”

“내일 몰카규탄 집회 있거든. 또 다른 일도 있고….”

“우리 데이트는!”

최대한 불쌍한 척하면서 말해봤지만 그녀는 눈 하나 깜짝 않고 어깨를 으쓱할 뿐이었다.

“같이 가든가. 집회 데이트! 어때?”

그러더니 혼자 재밌다는 듯 웃었다. 하나도 재미없거든.

“뭐야, 주말에는 나랑 데이트해야지.”

“오늘 했잖아!”

“넌 일하고 난 책 읽고, 그것도 데이트야?”

그것도 페미니즘 책을! 참았던 울화가 다시 올라왔다.

“그럼 데이트 아니고 뭐냐? 너 또 그러려고? 데이트란 것은 무엇이냐?"

그녀가 이상한 말투를 쓰면서 웃었다. 이전에 종각역 앞 카페에서 심각하게 "메갈이란 무엇이냐, 한남이란 무엇이냐"를 물었던 것 때문에 아직도 틈만 나면 놀려대는 중이었다.

"에이, 몰라! 알았어, 그럼 집회 가. 대신 나도 하고 싶은 거 있으니까 부탁 하나만 들어줘."

"뭔데? 일단 들어보고."

"그런 게 어딨어! 들어준다고 약속하라고."

"알았다고. 일단 들어보고."

"약속!"

"들어보고."

정말 단 한 마디도 안 져주는 철벽같은 여자다. 어쩌겠는가, 아쉬운 사람이 우물을 파야지.

"나 오늘 책도 열심히 읽었잖아."

"그럼 내용 물어본다?"

아, 진짜! 나는 약이 바짝 올랐지만, 꾹꾹 눌러 참으며 본론을 꺼냈다.

"치킨 다 먹으면 너네 집 가도 돼? 너무 속 보이나?"

"어, 엄청."

"히힛."

그녀의 대답에 나는 되려 보란 듯이 이를 환히 드러내며 웃었다. 속 보이면 뭐 어때서.

그녀가 잠깐의 텀을 두고 맥주 한 모금을 마시더니 말했다.

"그래, 좋아."

"아싸!"

그녀의 말 한마디에 나는 갑자기 배가 불렀다. 이 정도면 먹을 만큼 먹었지. 나는 먹던 것을 멈추고 턱을 괸 채로 그녀를 계속 쳐다봤다. 그러자 그녀가 내 눈을 피하면서 말했다.

"나 아직 다 안 먹었어."

"응, 알아. 천천히 먹어, 천천히."

그러면서 계속 턱을 괴고 그녀를 쳐다봤다. 간절함의 레이저 광선을 쏘면서. 태연한 척, 내 시선을 무시하려던 그녀도 결국 웃음을 참지 못하고 입안에 있던 것들을 내뿜었다. 그 모습이 너무 웃겨서 나도 낄낄대고 웃었다.

"아이고, 진짜!"

"알았으니까 빨리 가자, 응? 빨리!"

결국 우리는 남은 치킨을 포장했고, 나란히 키득거리면서 그녀의 집으로 향했다.

그녀의 집에 도착하자마자, 문을 열고 들어가자마자, 신발을 벗자마자 우리는 서로를 부둥켜안고서 침대로 직행했다. 입을 맞추고 몸을 만지고 옷을 벗기고… 그 모든 것이 아주 자연스럽게 순식간에 이루어졌다. 윗옷을 벗기고 나서 당연히 있을 줄 알았던 브래지어가 없어서 조금 당황하긴 했지만, 그건 아주 잠시였을 뿐 금방 잊어버렸다. 어차피 벗길 거, 없으면 편하지 뭐.

그리고 아주 적절한 타이밍에 그녀가 침대 밑에서 무슨 비밀 바구니 같은 것을 꺼내더니 콘돔 하나를 내 손에 쥐어줬다. 이것 참, 매번 겪는 일이지만 잠깐 흥이 깨지는 것도 사실이었다. 마음 같아서야, 남자 입장에선 '노콘'으로 하고 싶지. 하지만 실랑이하면 분위기 깨질 테고, 일단 조심은 해야지. 어라, 근데 그녀가 계속 결혼 안 한다고 버티면 그것도 방법이겠는데? 그 짧은 찰나에 참 여러 가지 생각이 머릿속을 스쳐갔지만, 어쨌거나 나는 내 손에 쥐어진 그 녀석을 목적에 맞게 바로 사용했다.

너무 좋다. 그녀가 날 다 빨아들이는 느낌.

"아아, 좋아…."

그녀도 나와 같은 생각을 했는지, 내 밑에서 몸을 뒤틀며 속삭였다. 지난번 광화문에서 다시 만났던 날은 너무 취해서 머릿속 필름이 여기저기 끊겨 있었다. 그래서 오늘이 사실상 재회 후 처음 보는 모습이었는데, 정말이지 너무 섹시했다.

"좋아? 나랑 하니까 좋아?"

내가 숨을 헐떡이면서 묻자 그녀는 대답 대신 신음 섞인 거친 숨만 내뱉었다. 그래서 나는 또 물었다.

"헤어지고 나서도 난 너랑 하는 생각했는데. 넌 그런 적 없어? 응?"

응? 말해줘, 말해달라고!

그러자 느닷없이 그녀가 내 엉덩이를 찰싹 때렸다.

"내가 올라갈게."

그러더니 대답도 하기 전에 내 위에 올라탔다. 머리가 짧은 게 처음엔 좀 어색했지만, 이렇게 아래에서 보니까 또 색다른 느낌이라 다시 흥분이 솟구쳤다. 어머, 근데 얘 배 볼록 나온 거 봐. 그래도 이 정도면 귀엽네. 내가 무슨 생각을 하든 말든, 그녀는 천천히 몸을 움직이면서 내 손을 잡아당겨서 자기 클리토리스 쪽으로 가져갔다.

"난 여기 이렇게 만져주는 게 좋거든?"

"으응…."

"넌 어떻게 해주는 게 좋아?"

"나, 나는 다 좋은데… 으아."

생각보다 훨씬 적극적인 그녀의 리드에 나는 금세 정신이 혼미해졌다.

"아, 나, 갈 거 같아…."

"안 돼! 쪼금만 더 왼쪽으로, 그래 거기 좋아…."

그녀의 "안 돼!"라는 외침이 너무 강력했던 건지, 그 순간 나의 주니어가 잠시 주춤했다. 그러나 그녀는 주춤하지 않았고, 나는 내 위에서 마음껏 허리를 움직이는 그녀를 보면서 손으로는 시키는 대로 열심히 애무했다. 물론 나도 너무 좋았지만, 마음 한구석에서는 뭔가 좀 어색한 느낌이 들었다. 이윽고 그녀가 허리를 뒤로 꺾으면서 크게 신음소리를 냈다. 이런 게 여자들의 오르가슴인가? 한창 불타올랐던 사 년 전에도 그녀가 이렇게까지 간 적은 없었는데. 좀 낯설고 신기했다. 그녀의 온몸은 물론 이불까지 젖었다.

그녀가 이렇게 좋아하는 모습을 보면서 파트너인 내가 뿌듯해야 하는 게 당연할 것이다. 하지만 이상하게 내 기분은 그렇지가 않았다. 왜였을까? 그래서인지 방금 전까지 애타게 분출하고 싶어하던 내 주니어가 그만 작아져버리고 말았다.

"너도 했어?"

"아, 아니…."

"아, 너무 좋았어."

내가 우물쭈물 대답하는 사이 그녀는 혼잣말을 하며 내 몸에서 내려왔다. 그러더니 방 밖으로 나가서 꿀꺽꿀꺽 물을 마셨다. 나는 침대 위에 혼자 남아 조금 초라한 기분으로 내 주니어 위에 씌워져 있던 콘돔을 벗겨냈다.

내 위주로, 내 맘대로 하지 못했다는 느낌. 아무래도 그것 같다. 그래서 기분이 별로인 건 둘째치고, 이런 상황 자체가 낯설었다.

"니도 물 마실래?"

"우웅, 줘."

내 말에 알몸의 그녀가 성큼성큼 다가와 컵을 건네고는 화장실로 들어갔다. 그 뒷모습을 보니 그녀가 다 벗고 있는 것이 새삼 눈에 들어왔다. 역시 참 다리가 길어. 근데 아까도 어렴풋이 느꼈지만 못 보던 사이에 허벅지가 제법 튼실해진 것 같았다. 매일 운동한다더니, 엄청 열심히 했나봐. 이런저런 생각을 하다가 문득 침대 밑에 빼꼼 고개를 내밀고 있는 상자에 시선이 꽂혔다. 들어서 보니 콘돔 상자와 젤이 담긴 플라스틱 통이 있었다. 무슨 손잡이처럼 생긴 처음 보는 물건도 있었다. 핑크색의 플라스틱 몸체 가운데에 버튼이 두 개 있고, 끝에는 실리콘으로 동그랗게 생긴 입구 같은 것이 있었다. 이게 뭐지? 손으로 입구를 콩콩 눌러보기도 했다.

혼자 살면서 침대 아래에는 콘돔 상자를 늘 준비해 두는 여자. 사 년 전의 기억으론 쉽게 그려지지 않는 모습이었다. 물론 옛날에도 섹스를 좋아하긴 했지만, 그땐 우리 둘 다 부모님이랑 같이 살아서 한 번 하려면 일부러 모텔을 찾아 들어가야 했으니 그렇게 자주 하지는 못했다. 근데 지금은 혼자 사니까… 으응? 맨날 남자 데리고 들어오는 거 아냐? 그 생각을 하니 기분이 이상해졌다. 그러고 보니 아까 리드하는 것도 엄청 능숙해 보였는데!

"뭐해? 넌 안 씻어?"

어느새 그녀가 돌아왔다.

"이거 뭐야?"

나는 태연한 척하며 손에 쥐고 있던 걸 흔들며 물었다.

"아, 그거? 피부 마사지기."

그녀가 싱글거리면서 대답했다.

아, 그렇구나! 나는 무릎을 탁 쳤다.

"그래서 니 피부가 좋은가봐! 어떻게 하는 건데?"

서른인데 화장도 안 한 피부가 그렇게 좋은 이유가 있었군. 나한텐 '외모 강박'에 관한 책 읽으라더니, 참나. 내가 신기하다는 표정으로 '피부 마사지기'를 요리조리 돌려보는데 그녀가 이상한 표정으로 나를 잠시 쳐다보더니 이내 웃음을 터뜨렸다.

"바보야! 그걸 믿냐? 그거, 자위기구야."

"뭐, 자위기구?"

나는 깜짝 놀라 내 손에 든 물건을 다시 쳐다봤다. 여자도 자위를 한다는 건 알았지만 이런 기구까지 있을 줄은 몰랐지! 이렇게 귀엽고 동글동글하고 핑크빛의 색깔까지, 정말 그렇게 안 생기셨는데, 이게 그런 기능이 있다고?

"여자 자위기구가 이렇게 생겼어? 딜도 그런 거만 있는 거 아니었어?"

"어휴, 이 단순한 남자야. 이건 클리 자위용."

"헐! 어떻게 쓰는 건데?"

"뭘 어떻게 써. 아휴, 다음에 보여줄게. 지금은 너무 나른하다."

그녀는 기지개를 켜면서 내 옆에 누웠다. 내가 그대로 끌어안으려고 했더니 바로 밀쳐냈다.

"씻고 와! 땀 흘리고 찝찝하지도 않냐?"

"아, 알았어."

나는 머쓱한 표정으로 화장실로 들어가 뜨거운 물을 뒤집어썼다. 하지만 샤워를 하면서도 여러 생각들이 스쳐갔다. 콘돔 박스도 모자라서 자위기구까지. 그녀가 메갈이 된 건 알겠는데 그거랑 이거랑은 상관이 있는 건가? 아니, 오히려 반대인 줄 알았는데? 어떻게 된 거지? 조금 혼란스러웠다.

수건으로 몸을 닦고 머리를 말리며 침실로 돌아와 보니, 그녀의 상자는 다시 잘 정리되어 있었다. 나는 그녀 옆에 누우면서 조심스럽게 말했다.

"근데 페미들은 섹스 이런 거, 싫어하는 거 아니었어?"

"응? 왜 그렇게 생각했어?"

"음담패설 같은 거 되게 싫어하잖아. 미투 고발하는 것도 들어보면….”

“야, 됐어.”

그녀가 손을 뻗어 내 입을 틀어막았다. 섹시한 장난이 아니라 정말로 ‘입 좀 닥치라’는 뜻이었다. 당황한 나는 그녀의 손을 떼어내면서 항의했다.

“아니, 진짜로! 페미들 이미지 그렇잖아. 삐사감처럼 되게 까칠하고 남자라면 다 혐오하고, 야한 거나 섹스랑 관련 있는 건 다 싫어하고….”

그 순간 그녀가 정말로 가슴 깊은 곳에서 끌어올린 것 같은 긴 한숨을 쉬었다. 그러더니 내게 등을 돌려 누웠다.

“나 그냥 잘래.”

“아, 왜에. 내가 뭐 잘못했어? 이해가 잘 안 가서 그러는 건데.”

“책 좀 몇 권 더 읽어볼래?”

그녀가 뒤도 돌아보지 않고 스윽 던진 한마디에 등골이 오싹해졌다. 나는 돌아누운 그녀의 어깨에 대고 간절하게 말했다.

“그냥 말로 설명해 주면 안 돼? 제발.”

잠시 생각하던 그녀는, 다시 한 번 짧게 한숨을 쉬더니 몸을 반쯤 돌려서 천장을 향해 반듯하게 누웠다. 옆에서 내려다본 그녀의 눈빛에 뭔가 복잡한 감정이 스쳐간 것 같기도 했다.

“이렇게 성폭력하고 성관계를 구분 못 한다니까. 원치 않는 상황에서 강제로 하는 건 누구나 싫지. 여자도 사람인데 왜 성욕이 없어?"

"그렇구나."

"그렇지."

시원하게 대답하는 그녀의 얼굴을 보며 나는 다시 마음이 복잡해졌다.

"그럼 여자도 욕구 심한 날은 원나잇도 하고 그런 거야?"

좀 비겁하게 돌려서 물어본 거 나도 안다. 하지만 다행히 그녀는 그런 의도까지는 눈치채지 못한 것 같았다. 그 대신 고개를 절레절레 저으며 열정적으로 토로했다.

"그럴 수도 있지만 미친놈 만날 확률도 높고…. 거기다 피임! 임신 걱정은 나 혼자서만 해야 되고. 피곤해, 피곤해. 그러니까 땡길 때는 그냥 집에서 혼자 노는 게 최고지."

그렇게 말하면서 그녀가 손으로 상자를 가리켰다. 아까 그 '자위기구'를 암시하는 듯했다.

"그래도 혼자 하는 건 좀… 둘이 하는 거랑은 확실히 다르지 않아?"

나는 짐짓 거만한 투로 그녀를 떠봤다. 그치? 그렇잖아. 나랑 하는 게 훨씬 좋잖아.

그런데 그녀가 눈을 동그랗게 뜨더니 대답했다.

"아니이? 이걸 정말 뭐라 설명할 수가 없네. 오죽하면 반려

가전이라고 하겠어? 얘는 진짜 집집마다 있어야 돼. 너한테 클리가 없어서 정말 안타깝다."

내용도 당황스럽지만 그 이야기를 하는 내내 그녀의 표정이 어찌나 에로틱한지, 거의 아까 황홀해하던 그것, 아니 그 이상이었다. 나는 발끈했다.

"야, 그래서 저딴 기구가 너무 좋아서 남자도 필요 없다고? 그건 좀 이상하잖아!"

그러자 그녀가 황당하다는 듯 말했다.

"아니, 그것도 그거고… 미친놈이 너무 많다니까?"

크흠.

"진짜 미친놈이, 그렇게 많아?"

딱히 그녀의 말을 부정하려는 의도는 아니었지만, 물론 긍정한 것도 아니었기에, 그녀는 '어쩌라고' 혹은 '그걸 꼭 다 말해줘야 해?'와 같은 표정으로 나를 쳐다봤다.

"자기는 콘돔 못 쓴다 생떼 쓰고, 입으로 해달라고 징징대고, 갑자기 쌍욕하고, 주먹 들이대고…. 안 만나고 싶어서 연락 끊으면 계속 나타나서 스토킹하고, 소문낸다고 협박하고. 그래서 집에 데려오는 건 무서우니까 모텔 가려고 하면 몰카 땜에 또 걱정되고. 어차피 상대방이 몰카범일 수도 있겠지만…."

헐. 막상 그녀의 입을 통해 이런 이야기를 들으니 놀라웠다.

하지만 잘 생각해 보면, 뉴스에서 자주 나오는 내용들이기도 했다. 내 반응에 그녀가 어깨를 으쓱했다. 그러더니 덧붙였다.

“그래도 너는 내가 만났던 사람이고 잘 아는 사람이니까, 그나마 집까지 데리고 오는 거지.”

“그렇구나.”

그나마, 라는 말이 그다지 기분 좋지는 않았지만 어쨌거나 그녀의 말로 미루어 짐작해 보자면, 피부 마사지기처럼 생긴 자위기구 외에는 이 침실에 쉽게 들어오지 못한 모양이었다.

“아무튼 섹스야 좋아하지. 섹스가 무슨 죄야? 하지만! 내가 좋아하는 사람이랑 내가 원할 때, 내가 원하는 방식으로 할 때만 좋다는 거.”

“그래? 난 시도 때도 없이 해도 좋던데, 헤헤….”

내가 눈치 없이 헤헤거리니 그녀가 날카로운 눈으로 째려보았다.

“그런 게 문제라니까!”

“그게 뭔 문제씩이나 돼?”

내가 입술을 삐죽거렸지만 그녀는 멈출 기세가 아니었다.

“그리고 넌 이렇게 콘돔만 쓰면 걱정 하나도 없을 거라고 생각하지?”

“당연한 거 아냐?”

“아니거든. 실패율이 얼마나 높은데!”

"나는 한 번도 실패한 적 없는데?"

"어휴, 그건 니 생각이지! 여자 입장에선 영점영영일 퍼센트라도 가능성이 있다는 것 자체가 얼마나 공포스러운 줄 알아? 심지어 임신중단도 불법인 나라에서! 이런 게 진짜 짜증나고 억울하다니까. 다이소에서 삼천 원짜리 임신테스트기 계산하는 심정을 니가 알아?"

"걱정할 필요 없어! 난 진짜 실패한 적 없다니까."

내가 호언장담했지만 그녀는 고개를 가로저으며 비장하게 말했다.

"콘돔은 절대 완벽하지 않아. 그 대신 진짜 완벽한 방법이 하나 있긴 하지."

"음? 뭔데…?"

"정관수술!"

나는 잠시 내 귀를 의심했다. 그러나 그녀의 눈은 반짝반짝 빛나기 시작했다.

"그거, 나중에 다시 풀 수도 있는 거 알지? 걱정 없이 맘 편한 섹스 하고 싶지 않아? 난 정관수술 했다는 남자 있으면 호감도가 이백 점은 올라갈 것 같아. 아, 그 대신 수술 확인증은 갖고 와야지. 외관상으론 알 수가 없으니까."

신체 건강한 삼십 대 미혼남에게 정관수술이라니, 이게 대체 무슨 소린가? 제정신이야? 혼란스럽고 황당했지만, 나는 평정심을 유지하려 애썼다.

"아니, 다른 피임법도 많은데 굳이…."

"난 경구피임약 몸에 안 맞아서 부작용 장난 아니야. 하루 종일 나른하고 우울하고 구역질나고 그런다구. 게다가 어차피 지금은 담배 피워서 못 먹어."

아니, 그럼 담배를 끊든가! 가뜩이나 못마땅한 담배가 여기서 또 언급되니 더욱 짜증이 났다.

"비용도 한 삼십만 원밖에 안 한다더라. 콘돔이나 피임약 사는 돈, 임신테스트기 사는 돈 생각하면 은근히 그게 경제적이다?"

"됐어. 그만 좀 해."

당장 정관수술 팸플릿이라도 꺼낼 것 같은 그녀의 기세에 위기감이 느껴져서 나도 모르게 정색을 했다. 그녀는 나를 흘겨보며 흥 하고 콧방귀를 뀌었다.

"암튼 빨리 임신중단 합법화되고, 언제 어디서건 안전하게 수술 받을 수 있게 바뀌어야 돼. 남자들은 아무 걱정 없이 섹스하고 다니고 좋겠다."

"어휴, 여자가 낫지. 특히 너처럼 예쁜 여자는 남자들이 비위도 다 맞춰주잖아."

내가 지금 메갈인 너를 참아주는 것처럼. 솔직히 섹스 한 번 하려면 남자 입장에선 얼마나 공을 많이 들여야 되는데, 여자들은 아니잖아.

나로선 평소 생각을 말한 것뿐인데, 그녀가 또다시 살벌한 눈으로 째려봤다.

"진싸, 널 어떡하지?"

"뭘 또!"

분명 나란히 누워서 대화를 하고 있는데도 내 말 한마디 한마디가 불러오는 그녀의 반응을 전혀 예측할 수가 없었다. 내 생각엔 당연한 말을 해도 그녀는 화를 내니까, 계속 끝없는 평행선을 달리는 것만 같았다. 이다음은, 그다음은 또 어떻게 넘겨야 할지. 아슬아슬한 줄타기가 따로 없었다.

"아무튼 그러니까, 나는 계속 낙태죄 집회도 갈 거고 몰카규탄 집회도 갈 거고 다 나갈 거야. 그런 게 다 없어져야 우리가 주말 데이트도 편하게 할 수 있는 거고. 알았지? 그러니까 너도 힘을 보태라구."

"그러게. 낙태죄가 잘못했네."

나는 정말 이제 내가 무슨 말을 하는지도 모르고 있었다.

"이제 자자."

그녀가 다시 돌아누우며 말했다. 나는 고분고분하게 팔을 길게 뻗어 스탠드 전원 스위치를 눌러 끄고는 그녀의 옆에 바싹 붙으며 누웠다. 그리고 조심스럽게 그녀의 허리를 끌어안았다. 맨살이 닿으니 따뜻하고 기분도 좋아졌다. 내가 그렇게 안자 그녀는 불편한 듯 몸을 이리저리 움직이더니, 손을 올려 허리를 안은 내 팔을 잡았다. 혹시 뿌리치려는 걸까, 생각하는 순간 그녀가 내 팔 위로 손을 미끄러뜨리더니 자기 가슴께에 있는 내 손을 조심스럽게 덮었다.

오늘도 역시나 만만치 않은 데이트였고, 깊이 생각하면 머리 아픈 일들도 많았다. 하지만 이렇게 그녀와 살을 맞대고 누워 있는 순간에는 신기하게도 그 모든 것이 잊히고 마냥 기분 좋은 나른함과 달콤한 희망 같은 것만 맴도는 것이었다.

그렇게 나는 그녀를 안고 잠에 빠졌다.

다음 날 아침.

낯선 천장을 보며 눈을 떴는데 옆에 그녀가 없었다. 몸을 돌려 방 밖을 내다보니 그녀가 잠옷 차림으로 부엌 식탁에 앉아서 뭔가를 먹고 있었다. 나는 바닥에서 뒹구는 팬티를 주워 입으며 그녀에게 말했다.

"나도 입을 옷 좀 주라."

"아, 그래."

그녀가 입에 든 뭔가를 우물거리며 티셔츠 하나와 반바지 하나를 찾아 건넸다. 나는 그 옷을 대충 걸쳐 입고서 식탁 의자에 그녀와 마주앉았다.

"잘 잤어?"

"응, 너도?"

"뭐 먹고 있었어?"

"바나나랑 계란. 너도 먹을래?"

그녀의 말대로 식탁에는 참 소박한 아침상이 차려져 있었다. 꼭 다이어트 식단 같았다.

"매일 이렇게 먹어?"

"응, 아침엔 입맛이 별로 없어서 그냥 간단하게. 두유 마시고 싶으면 마셔. 냉장고에 있으니까."

그녀가 건네준 바나나를 까먹다가 나는 갑자기 장난기가 발동해서 말했다.

"난 매일 이렇게는 못 먹는다. 아침은 꼭 밥이랑 국이랑 같이 먹어야 돼."

내가 히죽거리며 웃어 보였지만 그녀는 웃음기라곤 하나도 없는 얼굴로 나를 무섭게 째려봤다.

"어휴, 좀 닥쳐. 그럼 니가 차려 먹던가."

"치, 농담도 못 하냐?"

"그게 웃겨?"

유머감각이라고는 없는 페미니스트들 같으니라고. 속으로 불평하면서 입을 삐죽이는데 그녀가 몸을 일으켰다.

"난 다 먹었다. 집회 갈 준비해야 되니까 먼저 씻을게."

"진짜 갈 거야?"

"뭔 소리야?"

"안 피곤해? 귀찮지 않아?"

내가 애교를 잔뜩 섞은 목소리로 그녀의 팔에 들러붙어 봤지만 씨알도 먹히지 않았다.

"씻는다. 천천히 먹어."

아, 치사해. 괜히 삶은 계란에 화풀이를 하면서 식탁에 세게 퍽 하고 깨뜨리는데, 화장실 불을 켜고 들어가려던 그녀가 내 쪽을 돌아보고 말했다.

"그 티셔츠 잘 어울린다. 그냥 너 줄 테니까 입고 가."

으응? 나는 그제야 그녀의 옷방에 들어가 전신 거울에 내 모습을 비춰보았다. 티셔츠의 가슴팍에는 영어로 이렇게 쓰여 있다.

'착한 여자는 천국에 가지만, 나쁜 여자는 어디든 간다.'

아니, 도대체 페미니즘 문구 티셔츠가 몇 개나 있는 거야? 기어코 나한테 이런 옷을 입히다니. 남성성의 위기가 느껴져서 당장 벗고 싶었지만, 이걸 벗으면 입을 옷이라곤 내가 어제 입고 온 불편한 셔츠뿐이었다. 젠장. 거울 속의 내 모습을 보며 한참을 고민했지만, 결국 귀찮음이 이겼다. 어쩔 수 없지. 지금은 누가 보는 것도 아니니까.

그날 오후, 그녀는 어제부터 선언했던 대로 정말 집회에 갔기 때문에 나는 그녀를 근처까지 데려다주고서 집으로 와야만 했다. 그 와중에 집에서 잠시 입었던 '나쁜 여자' 티셔츠를 한 사코 챙겨주려는 그녀의 성의를 거부했더니, 몇 번 실랑이를 하다가 앞으로 자기 집에서 자고 가려면 무조건 이 옷을 입어야 한다고 일방적으로 주장하고서 가버렸다. 혼자 사는 여자라는 점이 지금의 그녀와 나의 관계에서 독보적인 장점이었는데, 결국 그것마저 메갈스러운 무언가로 물들어버리고 만 것이다.

8. 가족 이벤트

"아들, 혹시 요새 만나는 사람 있나?"

그녀가 집회에 간 일요일 밤, 집에서 종일 뒹굴거리다 저녁을 먹고서 부모님과 텔레비전을 보고 있는데 어머니가 불쑥 물으셨다. 말투는 조심스러웠지만 눈빛에는 기대감이 가득했다. 하긴 그동안 '언제 들어오냐', '왜 안 들어오냐' 같은 간섭은 안 하셨지만, 뻔히 같이 사는 아들이 집에 안 들어오면 신경이 쓰이시긴 하겠다는 생각이 들었다. 게다가 최근의 데이트나 연애는 별 소득 없이 끝나는 경우가 대부분이었기 때문에 외박을 한 것도 오랜만이었다. 질문을 한 건 어머니였지만, 저쪽에 앉은 아버지가 귀를 쫑긋 세우고 있는 것이 느껴져서 더 부담스러웠다.

나는 잠시 망설였다. 지금 단계에서 부모님께 말해도 되는 건지 솔직히 판단이 잘 되지 않았다. 언젠가는, 그러니까 그녀가 다시 옛날의 모습으로 돌아오면 얼마든지 소개를 하고 싶지만 아직은 때가 아니었다. 지금의 그녀는 담배도 피우고, 페미니스트에다가, 오늘은 몰카규탄 집회에 갔다가 반성매매 스터디에 간다고 했다. 여러모로 정리가 좀 되고 나서 알리는 게 좋겠지.

"그런 건 아니고요…."

나는 대충 얼버무리면서 웃었다. 그러자 갑자기 아버지가 혀를 끌끌 찼다. 기분이 상했지만 어쩔 수 없었으므로 그냥 가만히 있었다. 어머니가 내 안색을 조금 살피시더니 말했다.

"그카면 아부지 잘 아시는 선생님 따님 중에 예쁘장하니 괜찮은 아가씨가 있다는데 한 번 안 만나볼래?"

"내가 알아서 할게요, 엄마."

물론 지금은 여자친구가 있어서 더더욱 그렇지만, 내 나름의 원칙이 있다면 부모님이 소개해 주는 여자는 만나지 않는다는 거였다. 친구들의 사례를 보면서 깨달은 거지만, 그 과도한 관심과 간섭 속에서 시작하면 잘 되기도 어려울뿐더러 잘 돼도 골치였다.

"알아서 한다는 자식이 여태껏 아무 소식도 없나?"

아버지가 전에 없던 무서운 표정과 말투로 나를 다그쳤다.

아무리 좋은 대학을 나오고 취업을 잘했어도 서른 넘어서 결혼을 못 하면 불효자인 것이 아버지 세대의 상식이었다. 몇 년 전부터 손주 자랑하는 고향 친구분들 얘기도 귀에 못이 박이도록 들어왔다. 뭐, 머리로는 이해가 안 되는 것도 아니었다. 하지만 속이 상하고 화가 나는 건 어쩔 수 없었다.

"그게 제 맘대로 되는 게 아니잖아요."

"마, 안 되긴 왜 안 돼!"

나는 정말로 기분이 상해서 그냥 입을 다물었다. 나도 한다고 하는 중이라고요. 분위기가 험악해지자 어머니가 어떻게든 수습해 보려고 내 어깨를 다독였다.

"일단 쫌 생각해 본나, 응?"

"무슨 생각을 더 해요."

내가 툴툴거리자 어머니가 나에게 눈치를 주려는 듯 눈을 찡긋댔는데, 그 순간 아버지가 혀를 끌끌 차며 일어나 안방 문을 쾅 닫고 들어갔다. 내가 한숨을 쉬자 어머니가 네 마음을 안다는 듯한 표정을 지었다.

"저도 들어갈게요."

그렇게 말하고 돌아서려는데, 어머니가 갑자기 내 팔을 꽉 붙잡더니 내 방으로 끌고 들어왔다. 아무래도 어머니의 표정이 심상치 않았다.

"사실은 느그 아버지 건강검진 결과가 나왔는데, 여기저기 안 좋은 데가 많아서 담배도 끊고 앞으로 몸 관리 잘해야 칸다 했다대."

아, 담배. 역시 만악의 근원이야. 그녀도 끊어야 할 텐데. 이런 와중에 며느리 후보가 꼴초인 걸 알면 참 좋아도 하시겠다.

"그야 뭐, 연세가 있으시니까. 앞으로 관리하시면 되죠."

"하모. 근데 와 저리 뿔이 났는지. 니 장가가는 것도 못 보고 어떻게 되믄 우째냐고 걱정한다 안 카드나."

"걱정도 참…."

아버지의 유난스러움이 우습고 답답하면서도 '장가 못 간' 아들놈인 것이 조금 죄송하기도 하고, 근데 이게 내가 죄송할 일인 건지 짜증도 나고, 만감이 교차했다.

"니도 알다시피 이제 아부지 퇴직이 이 년도 채 안 남았다 아이가."

"아휴, 그때까지는 가겠죠!"

대답이 궁한 나머지 나도 모르게 일단 큰소리를 쳤다. 근데 정말 얼마 안 남긴 했네.

그런데 갑자기 어머니가 비밀 얘기라도 하듯이 가까이 다가오시더니 휴대폰을 슥 내미셨다.

"니 이거 봤나?"

뭔가 싶어 고개를 숙여 들여다보니 아버지의 메신저 프로

필 사진이었다. 가족끼리 수시로 채팅을 하는 다정한 집도 아니고 가끔 톡을 주고받는 건 어머니뿐이어서 아버지가 최근에 바꾼 사진은 처음 봤다.

"얘는 누구예요?"

사진 속에서 아버지는 처음 보는 어린아이를 안고 행복하게 웃고 있었다.

"내도 몰랐지. 물어보니까 영복이 아저씨네 손자라는데. 와 남의 손자랑 찍은 사진을 이캐 놨냐 하니까…."

"……?"

"마 어떻노, 모르는 사람은 내 손주인 줄 알 꺼 아이가? 이카드라니까."

"헐…."

웃긴 일이었지만, 그 당사자가 우리 아버지라고 생각하니 웃음이 안 나왔다.

"느그 아버지, 머 하나에 꽂히면 앞뒤 안 가린다 아이가. 당장 손주 없다꼬 뭐 큰일 나는 것도 아닌데 저리 성질머리가 급해 가꼬, 참말로…."

"휘유…."

"그카던 와중에 검사 결과도 안 좋다고 저리 성환기라. 니가 이해 좀 하고…."

"네, 알겠어요."

"그래서 말인데, 혹시 지금 누구 만나는 사람 없으믄 일단 그 아가씨 한번 만나보면 안 되겠나? 느이 아버지 기분이라도 쪼매 풀어지게."

어머니가 다시 또 내 눈치를 살피면서 말씀하셨다. 아, 정말…. 나는 정말로 거절하고 싶지만, 아버지의 히스테리와 그것에 시달릴 어머니를 생각하니 마음이 좀 흔들렸다.

"사실 아직 말씀드릴 단계는 아니라서 조심스러운데요. 일단 만나는 사람이 있긴 있거든요. 근데 아직 아버지한테는 비밀로 해주세요, 네?"

"진짜가?"

"네에, 근데… 음, 네…."

내 말이 끝나기가 무섭게 어머니는 크게 함박웃음을 지으셨다. 순간적으로 얼굴의 주름이 다 쫙 펴진 것처럼 보일 정도였다. 이렇게 기뻐하시는 얼굴을 본 것이 정말 오랜만이었다. 아마 내가 회사에 합격했을 때가 마지막이 아니었을까?

"알았데이. 아버지한테는 내가 적당히 잘 둘러댈 테니깐, 잘해 보래이 우리 아들, 응?"

자못 심각한 분위기에서 시작됐던 대화가 어머니의 격려로 마무리되었다. 나는 알쏭달쏭한 기분으로 침대에 누웠다.

결국 말해버리고 말았다. 천방지축이라는 말은 너무 소박하고, 아무래도 좀 이상한 그녀랑 사귄다는 얘길 해버린 거다. 나한테도 이렇게 버거운데, 우리 부모님 입장에서는 상상도 안 된다. 그녀를 조금이라도 내 쪽으로 끌어당기거나, 그러지 못할 것 같으면 여기서 빨리 그만두는 것이 나을 것이었다. 그게 현실적으로 맞는 일이다. 하지만 이러지도 저러지도 못하고 있다는 게 문제였다.

마음이 답답해져서, 유튜브에서 웃긴 동영상이라도 보려고 휴대폰을 집어 들었는데, 그녀에게서 메시지가 와 있는 것을 뒤늦게 확인했다.

나 방금 집에 들어왔어. 잘 쉬고 있지?

피곤해서 오늘은 일찍 자려고. 잘 자.

반가운 메시지였지만, 이상하게 속이 상했다. 분명히 그녀도 나를 좋아하는 마음이 느껴지는데, 안 그런 척 너무 고집을 부리는 게 마음에 안 들었다. 이쯤 하면 됐잖아. 내가 뭐 집회를 못 가게 했어, 페미니즘 티셔츠를 찢어 없앴어. 자기 일 열심히 하는 것도 매력적이고, 대화도 재미있고, 같이 있으면 편안하고 즐겁고, 얼굴도 예쁘고, 섹스도 적극적이고, 다 좋은데, 그놈의 페미니즘! 그게 문제다. 그 생각만 고치면 되는데…. 언제까지 참아야 하는 걸까.

그런 고민 속에서도 시간은 잘만 흘렀고, 어느새 가을이 됐다.

그리고 나는 갑작스런 외박을 하게 됐다. 그녀와 함께하는 난풍 여행이었으면 아주 좋았겠지만, 무려 할아버지 팔순 기념 가족 모임이었다.

다른 집처럼 평범하게 뷔페 같은 데서 한 끼 먹고 끝내면 될 것을, 유난스럽게 칠십 평짜리 리조트 방을 빌려서 아들 손자 증손주들까지 무려 4대가 모여서 1박을 하기로 했단다.

물론 우리 손자손녀에게는 선택권이 없었다. 귀찮고 부담스러울 뿐만 아니라 그녀와의 데이트 약속도 있었으므로 일이 있다고 말해봤지만 먹힐 리가 없었다.

어쩔 수 없이 그녀에게 사정을 말했더니 그녀가 고개를 절레절레 저으며 말했다.

"어휴, 나는 솔직히 있잖아, 엄마랑 언니랑만 살아서 되게 편했던 것 같아. 진짜 너희 집 너무…."

"으응?"

"아무튼, 알았으니까 잘 다녀와."

그녀는 말을 하다가 급히 마무리 지으며 미소를 지었다. 뉘앙스가 묘하긴 했지만 서운해하거나 삐지지 않는 게 어디냐고 생각하면서 나는 고개를 끄덕였다.

대망의 가족 모임 날, 내 차에 부모님을 모시고 몇 시간을 달려서 경주에 있는 리조트에 도착했다. 오랜만에 보는 삼촌, 사촌 형과 누나, 조카들의 얼굴이 반가웠다. 몇 달 만에 뵙는 할아버지도 무척 건강해 보이셨다. 아직 대부분의 친척들이 대구에 살아서 그런지 서울에서 온 우리 가족을 유난히 반가워했다.

큰아버지가 내 얼굴을 보자마자 물었다.

"승준이 니는 은제 장가가나!"

나는 잠시 마른 침을 삼킨 뒤 침착하게 대답했다.

"요새 만나는 사람 있어요."

아버지가 옆에서 흐뭇하게 미소를 짓고 있는 것이 느껴졌다. 실은 내려오는 차 안에서 몇 번이나 단단히 다짐을 받은 참이었다.

'누가 애인 있냐고 물으면 무조건 있다 캐라. 알았제?'

"머, 조만간 날 잡지 싶다."

아버지가 큰 소리로 덧붙이자, 큰아버지가 반색을 하며 말했다.

"맞나. 그라믄 같이 데꼬 오지 왜."

"조만간 볼낀데 뭘."

두 사람의 대화를 듣고 있자니 속으로 오금이 저려왔다. 만

일 그녀가 우리 가족 모임 자리에 오게 된다면… 어떤 끔찍한 일이 벌어질지 도저히 상상할 수조차 없었다. 차라리 가족들이 말을 걸기 어렵도록 외국에서 나고 자란 교포라서 한국말을 전혀 못 한다고 거짓말을 하는 게 나을지도 모르겠다. 그 정도로, 아니 어쩌면 그 이상으로 대구의 고지식한 친척들과 그녀 사이의 갭은 클 테니까.

뒤에서 사촌형이 조카를 안고 나타났다.

"오, 승준이 여친 있어? 금방 장가가겠네."

"하모하모."

가상의 며느리를 생각하는 것만으로도 진짜 신이 나는 건지, 아니면 메소드 연기인지 모르겠지만 아버지의 표정이 전에 없이 밝아졌다. 그 모습을 보기가 어쩐지 괴로워서 자리를 뜨려는데 어머니가 내 등을 토닥이며 눈을 찡긋했다. 그건 명백히 비밀을 공유하는 공범 사이의 눈짓이었다. 좀 더 길게 풀어보자면 '꼭 지금 만나는 여자친구를 조만간 데리고 올 수 있도록 힘내자' 정도의 뜻인 듯했다. 하아아…. 나도 모르게 한숨이 나왔다.

리조트 안에도 분명 식당이 있을 텐데, 맛도 없고 돈만 비싸다는 큰아버지의 강력한 주장에 따라 집집마다 음식을 하나씩 준비해 오기로 했단다. 우리 어머니가 준비한 것은 불고기인데, 입이 많다 보니 그 양도 엄청났다. 며칠 전부터 장을 봐 오고 어제도 밤늦게까지 재우느라 고생하셨다. 친척들이 어느 정도 모이자 큰어머니와 형수들도 각기 준비해 온 음식 재료들을 꺼냈다. 각종 전에 갈비에 생선에 랍스터까지. 어마어마하게 종류도 다양하고 푸짐했다.

칠십 평짜리 넓은 방을 빌린 덕분에 부엌도 널찍했으므로 여자들은 각자 흩어져 밑작업해 온 음식들을 조리하기 시작했고, 남자들은 거실에 둘러앉았다. 거실에서 모두의 관심을 독차지한 것은 작년에 태어난 막내조카 하은이였다. 이제 갓 돌이 지난 하은이는 내 눈에도 너무너무 귀엽고 사랑스러웠다. 눈에 넣어도 아프지 않을 딸을 가진 사촌형이 부러웠다. 나도 빨리 우리 딸을 갖고 싶었다. 그녀를 닮는다면 분명히 엄청 예쁘고 귀여울 텐데….

"한 번 안아볼래?"

내 선망의 눈빛을 읽었는지 형이 물었다. 솔직히 자신이 없어서 망설였는데 형이 덥석 하은이를 내 품에 넘겨줬다. 너무 작고 약한 것 같아서 혹여나 부서지는 건 아닌지 걱정이 됐다. 어색한 손짓으로 하은의 등을 토닥이는데 갑자기 몸을 떨더니 울기 시작했다.

내가 당황하자 형은 익숙하다는 듯 다시 하은이를 데려갔다. 나는 속으로 안도의 한숨을 쉬었다.

"기저귀 갈아야 되나보다."

"오, 형이 그런 것도 할 줄 알아?"

"야, 당연하지. 요샌 아빠들도 육아 같이 해야 돼."

형이 사신반만한 표정으로 웃더니 하은이를 데리고 방에 들어갔다. 그러더니 이내 고개를 빼고 부엌에서 일하고 있는 형수를 찾았다.

"여보, 하은이 기저귀 어딨어?"

"아, 그 내 배낭 보라색 안쪽에 보면 있어."

"오케이. 아참, 물티슈는?"

"같이 넣어놨지! 근데, 그냥 내가 갈게. 잠깐만 기다려. 이것만 하고."

"괜찮아. 자기 바쁜데."

"내가 할 테니까 잠깐 기다려봐!"

묘하게 형수의 목소리가 점점 더 날카로워지기 시작했다.

"나도 할 줄 안다니까?"

"아유, 지난번에 자기가 갈았다가 다 새서 옷 버렸잖아!"

짜증 섞인 형수의 외침을 끝으로, 일순간 넓은 방안에 정적이 흘렀다. 내 옆에 앉아 있던 형수의 시아버지, 그러니까 셋째삼촌의 표정이 확 일그러지는 것이 보였다. 삼촌이 아버지 쪽으로 몸을 기울이더니 속삭이듯 말했다.

"행님아, 우리 때는 상상도 못 하는 일 아이가? 서방이 거들어주면 고마운 줄 알아야지."

"참말로 요즘 남자 위신이 말이 아니데이. 쟈는 원래부터 기가 쫌 쎘다 아이가."

아버지는 무슨 큰일이라도 난 것처럼 혀까지 끌끌 차며 대답했다.

아니, 형수 정도면 그래도 형 잘 챙기고 아이도 잘 낳아 키우고 있지 않나. 저 정도로 기가 세다고 하시면…. 나는 조용히 침만 꼴딱 삼켰다.

딩동.

그때 마침 초인종이 울렸다. 그대로 앉아 있기가 어색하던 참이라 얼른 뛰어갔다. 문밖에 서 있는 사람은 막냇삼촌이었다. 친척 중에서 모임에 거의 참석하지 않는 유일한 사람이다. 한 삼 년 만에 뵙는 것 같았다. 나는 이미 얼굴이 굳어 있는 삼촌에게 어색하게 인사를 건넸다.

"사, 삼촌 오셨어요."

"어, 승준아. 오랜만이다."

삼촌이 거실로 들어서자 분위기가 급속도로 얼어붙었다. 무엇보다 할아버지의 얼굴이 어두워졌다.

"아버지, 팔순 축하드립니다."

"그래."

그 어색한 대화 한 마디가 끝이었다. 그나마 부엌에서 식사를 준비하던 숙모들이나 어머니가 삼촌에게 살갑게 인사를 건넸다.

"아유, 오랜만이에요."

"하나도 안 늙었네, 삼촌은."

어색한 웃음으로 대답을 대신한 삼촌은 꿔다놓은 보릿자루처럼 거실에 잠깐 앉아 있다가 결국 전화를 받는 척하면서 금방 자리를 떴다. 그러자 기다렸다는 듯 할아버지와 큰아버지가 동시에 쯧쯧쯧 혀를 차기 시작했다.

"공부를 그리 마이 하면 뭐하노. 장가를 가야지."

"아버지, 이제 윤호는 고마 포기하이소."

그 와중에 아버지가 분기탱천한 목소리로 끼어들었다.

"마, 포기고 나발이고 아부지 입장에선 걱정되니까 그런 거 아이가. 점마도 이제 나이가 벌써 쉰이다. 마누라 없는 놈들 나이 먹으면 얼마나 처량한지 아나."

그러고 나선 세 어른이 계속해서 한숨 릴레이를 이어갔다.

막냇삼촌은 수도권 소재의 대학에 교수로 있고, SNS 보면 와인 마시고 여행 다니면서 나름 즐겁게 사시는 것 같았는데, 그러거나 말거나 아버지와 형들 앞에 서면 그저 죄인일 뿐이었다.

멍하니 그런 생각을 하고 있는데 할아버지를 위로하며 한숨을 빽빽 쉬던 아버지가 갑자기 나에게 은근한 눈빛을 보냈다.

'저 꼴 봤제? 니도 빨리 정신 차리래이.'

대략 그런 뜻이 담긴 눈빛이었다.

사실 삼 년 전쯤 삼촌을 만났을 때만 해도 남의 일이라고 생각했고 별 관심이 없었는데, 이번에는 조금 감정이입이 됐다. 솔직히 좀 안됐다는 생각이 들었다. 그게 무슨 죄라고, 할아버진 벌써 증손자까지 보셨으면서.

그런데 묘하게도 그 생각을 하자마자 기분이 매우 더러워졌다. 뭐야, 내가 노총각으로 늙을 것도 아닌데. 나는 엄연히 삼촌하곤 다르지, 그렇고말고. 삼촌에겐 좀 미안하지만, 나는 얼른 그로부터 거리를 뒀다.

그러는 동안 사촌형과 형수는 하은이의 기저귀 때문에 한판 하는 듯, 방 밖으로 큰 소리가 조금씩 삐져나왔다. 그 덕분에 부엌에서 음식 만들기에 한창이던 형수의 시어머니와 다른 사촌형수들의 표정도 묘해졌다.

거실, 방, 부엌 그 어디에도 내가 편하게 있을 자리는 없는 것 같았다. 나는 눈치를 보다가 아버지와 삼촌들이 막냇삼촌에게 소개할 만한 참한 처자가 없는지 의논하는 틈을 타서 잠시 밖으로 나왔다.

인조적으로 꾸며진 리조트의 정원을 잠시 감상하다가 나는 그녀에게 전화를 걸었다.

"여보세요?"

그녀의 목소리를 들으니 그나마 좀 머리가 맑아지는 기분이었다.

뭐하고 있냐고 물으니, 이전에 같이 갔던 카페에서 혼자 책을 읽고 있다고 한가로운 목소리로 말했다. 커피잔과, 소파와, 노란 빛의 조명과, 잘 차려입은 커플들이 그득하던 그곳의 풍경이 어렴풋이 머릿속에 그려졌다. 서울의 문명 세계가 갑자기 그리웠다.

여기 와서 있었던 일들에 대해 시시콜콜 수다를 떨고 싶었지만, 몇몇 사건들은 그녀의 거부감만 돋울 거란 생각이 들어서 나는 우선 만만한 막냇삼촌 이야기를 꺼냈다.

그녀는 '응응' 하고 적당히 추임새를 넣으며 듣더니 대뜸 말했다.

"혹시 삼촌이 퀴어이신 거 아냐?"

"응?"

"뭐 아닐 수도 있지만. 그 세대에, 그런 환경에서 자라신 분이 결혼을 안 하셨다니까 갑자기 그런 생각이 들어서."

"동성애자라고?"

"어, 그럴 수도 있잖아. 무성애자일 수도 있고."

"우리 삼촌이? 야, 무슨 말을 그렇게 하냐? 절대 아니야."

나도 모르게 진저리를 쳤다.

"아니, 왜 그렇게 싫어해?"

"아, 몰라. 싫어하는 데 무슨 이유가 있어?"

"싫어한다고 한 거야, 지금?"

그녀가 날카로운 목소리로 되물었다. 그래, 솔직한 마음으론 싫다. 하지만 교양 있는 현대인으로서 동성애를 싫어한다고 대놓고 말하는 건, 좀 그렇다는 것쯤은 나도 알고 있었다.

"아니, 싫다기보다…. 아무튼 아니야, 우리 삼촌은."

삼촌이 게이라니. 생각만 해도 기분이 언짢아지려고 했다. 대체 무슨 말도 안 되는 소리야. 나는 더 이상 그 얘기를 하고 싶지 않아서 얼른 화제를 바꿨다.

"이따 저녁은 뭐 먹을 거야?"

"글쎄 모르겠어. 좀 이따가 라멘이나 먹고 들어갈까 싶어. 너는?"

"아, 우리는 각자 집에서 음식 하나씩 해오기로 해서 먹을 거 완전 많아. 불고기에 랍스터에 갈비에…."

"엥, 거기까지 가면서 음식을 집에서 해왔다고? 도대체 왜?"

그녀의 목소리가 또 날카로워졌다. 아, 괜한 말을 꺼냈구나. 하지만 이미 물은 엎질러진 뒤였다. 나는 어쩔 수 없이 주눅든 목소리로 대답했다.

"뭐, 밖에서 사 먹어봤자 맛도 없고 비싸다고…."

"이휴, 준비하는 어머니들 노동력은 왜 당연히 공짜라고 생각하는 거야? 너희 집 진짜 너무…."

"우리 집 뭐! 왜!"

할 말이 없어 괜히 큰소리를 쳤는데 그녀가 아랑곳없이 말했다.

"나는 말이야, 앞으로도 반찬은 계속 사 먹고 청소도 이 주에 한 번씩 전문가 부를 거야. 요리는 내가 꼭 먹고 싶은 거 있을 때만 할 거야. 가사노동 외주화 반드시 필요한 거라구."

아니, 사 먹는 음식은 아무래도 몸에 안 좋잖아. 그게 상식 아닌가? 그럼 아예 집에서 반찬을 안 하겠다는 거야? 전문가는 뭐고, 외주화는 또 뭐야?

여러 가지 생각이 치밀어 올랐지만 지금 같은 상황에서 전화로 얘기를 해봤자 아무 소용이 없을 거라는 생각을 하며 겨우 참았다. 그냥 기계적으로 "어어, 그래" 대답하고 말았다.

대화 분위기가 묘하게 싸늘해진 탓에 통화는 금세 끝나버렸다. 나는 오히려 더 답답해진 마음에 한숨을 쉬면서 쪼그려 앉았다. 그런데 저기 멀리서 막냇삼촌이 담배를 피우며 누군가와 통화를 하는 모습이 보였다. 설마 정말 삼촌에게 남자 애인이라도 있는 걸까? 그래서 그 사람한테 전화로 이 답답한 상황을 토로하는 건가? 영원히 알 수 없을, 아니 알고 싶지 않은 일이었다. 아아, 그녀는 왜 괜히 이상한 소릴 해서는. 나는 복잡한 마음으로 다시 친척들로 가득한 칠십 평짜리 방으로 되돌아갔다.

할아버지와 피가 한 방울도 섞이지 않은 여자들이 차린 음식이 상 위에 차려졌다. 할아버지는 증손주를 안고 커다란 떡케이크에 꽂힌 촛불을 불었다. 그 옆에서 큰아버지와 아버지, 삼촌들이 일제히 박수를 쳤다. 그 형제들의 눈빛에는 '우리가 아버지를 이렇게 잘 대접했다'는 자부심과 함께 선망과 동경이 가득 담겨 있었다.

이런 성대한 팔순잔치야말로 남자가 늘그막에 누릴 수 있는 최고의 기쁨이라는 듯, 아들들에게 훌륭한 본보기를 보였다는 뿌듯함과 이 모습이 자신의 미래가 되기를 바라는 염원을 온몸으로 뿜어내고 있었다.

나는 그 옆에서 간신히 웃고 있었지만, 한편으론 내가 나이를 먹었을 때 다른 것을 상상할 수 있을지를 생각해 봤다. 태어나서 지금까지, 나는 가부장적인 이 집안의 아들이자 손자로, 정확하게 그 위치에서 나에게 주어진 역할들을 한 치의 오차도 없이 수행해 왔다. 어쩌면 내가 태어나기도 전부터 이 자리는 이미 마련되어 있었던 것이다.

나는 이 틀을 벗어날 수 있을까. 아니, 벗어나고 싶긴 한 걸까? 내가 진정으로 원하는 건 그녀의 곁일까, 아니면 적나라하고 투박하지만 모든 것이 분명한 이 리조트 안의 공고한 세계일까.

하지만 그 생각을 조금 해보다가, 나는 결국 흐지부지 멈추고 말았다. 그 중간 어디쯤에 뭉개고 있어도 내게는 아무 일도 벌어지지 않을 테니까. 언제나 그랬듯이.

9. 뜻밖의 사건

직장인이 제일 피곤하다는 목요일 오후 다섯 시. 오늘 일은 대충 마무리됐고, 언제 퇴근할까 눈치만 보고 있는데 그녀에게서 메시지가 왔다.

나 오늘 너네 회사 앞으로 가도 돼?

어? 그래 와. 같이 저녁 먹자.

갑자기 웬일인가 싶었지만, 덕분에 퇴근이 더 기다려졌다. 여섯 시가 되자마자 선배들 틈에 껴서 슬쩍 빠져나가니 그녀가 전철역 앞에서 기다리고 있었다.

"나 반갑지?"

"그럼, 반갑지."

심지어 그녀답지 않게 멘트도 귀여웠다. 기분이 좋아진 나는 그녀의 어깨에 팔을 둘렀다. 그러곤 "뭐 먹을래?"라고 물어보려는데 그녀가 먼저 말을 꺼냈다.

"나 큰일 난 거 같아."

"왜?"

"회사 진짜 관둘까봐."

나도 모르게 그녀 어깨에 둘렀던 팔을 풀었다.

"갑자기?"

"술 먹으면서 얘기해 줄게."

그렇게 이번에도 우리는 갈매기살집에 소주를 마시러 갔다. 주변에 분위기 좋은 곳이 아무리 많으면 뭘 하나.

고기를 구우며, 소주를 따르며, 호기심과 두려움이 공존하는 상태로 나는 가만히 그녀의 이야기를 기다렸다.

"얼마 전에 카페에서 열심히 준비했던 기획안 있잖아. 그다음에도 여러 번 고치고 다듬었는데 결국 통과가 안 됐어."

"내용이 뭐였지?"

"임신중단 권리에 관한 거."

"아…."

그때 까페에서는 기획안 내용이 뭐냐고 물어볼 생각도 못 했네.

"그래서? 왜 통과 안 시켜주냐고 뒤집어엎었어?"

"아니, 사실 그런 일이 한두 번도 아니고. 거기까진 뭐 그러려니 했는데…."

"근데?"

"그 저자놈이 갑자기 회사에 온 거야."

"저자?"

"왜, 그 베스트셀러 쓴 개새끼…."

아, 그 인간! 내 이쁜 여자친구한테 껄떡대면서 괴롭힌 놈, 그 개새끼가 또?

갑자기 열이 확 올랐다.

이어진 그녀의 말을 바탕으로 간단히 사건을 재구성하면 이렇다.

회사에 그 저자라는 남자가 찾아온 것은 오후 세 시쯤이었다. 그녀는 마침 화장실에 갔다가 복도에 있는 정수기에서 물을 받고 있었기 때문에 엘리베이터에서 내리는 그 남자를 제일 먼저 발견했다. 우선 반갑지 않다는 생각이 가장 먼저 들었다. 하지만 이곳은 회사이고, 그녀 역시 사회생활을 해야 하는 처지인지라 반가운 척 말을 걸었다.

"선생님, 갑자기 웬일이세요?"

"어, 잘 있었어? 보고 싶어서 들렀지. 뭐 얘기할 것도 있고…."

친한 척 미소를 날리는 그의 얼굴이 구역질난다고 생각하면서 그녀는 성의 없는 웃음으로 대답을 대신했다. 그리고 사무실 안으로 안내했다. 마침 회의실이 비어 있어 잠시 앉아 있으라고 한 뒤에 팀장에게 갔다.

"팀장님, 박 선생님 오셨는데요."

"아, 그래?"

"네, 일단 회의실로 안내해 드렸어요."

그렇게 전하고서 그녀는 자기 자리로 돌아왔다. 그리고 하던 일을 마저 하려고 했다. 그런데 회의실로 들어갔던 팀장의 목소리가 뒤에서 들렸다.

"선생님이 자기도 같이 들어오라시네!"

그녀는 설마 하고 뒤를 돌아보았다. 팀장과 눈이 마주쳤고, 방금 불린 '자기'가 자신이었음을 확신할 수밖에 없었다. 그녀는 어쩔 수 없이 메모할 노트와 펜을 가지고 회의실로 들어갔다.

"이렇게 갑자기 오시니까 더 반갑고 좋은데요."

"겸사겸사 근처에 일이 있어 들렀는데, 반가워해 주니까 좋은데? 더 자주 와야겠어."

남자와 팀장이 서로 눈을 찡긋거리며 좋다고 웃어댔다. 그녀는 조금도 웃음이 나지 않았지만 억지로 분위기를 맞추는 척하며 입만 대충 웃는 시늉을 했다.

"이건 생각 중인 내용이고."

남자가 가방에서 얇은 파일을 꺼내더니 팀장에게 내밀었다. 팀장은 그 내용을 심각한 얼굴로 들여다보았다. 팀장 옆에 나란히 앉았던 그녀는 작아서 잘 안 보이는 글자를 눈을 가늘게 뜨고 열심히 읽었다.

"와, 너무 좋은데요? 이대로 원고만 주시면 될 거 같네요. 저희는 어떻게 준비할까요?"

과연 그 내용은 좋았다. 이미 그와 유사한 책을 몇 권이나 냈다는 사실만 무시한다면 말이다. 또 비슷한 책이야? 속으론 그런 생각이 들었지만 이 분위기에서 차마 그런 말을 할 수는 없어서 그녀는 입을 다물었다.

"내가 왜 이 친구를 같이 불렀겠어?"

남자가 말했다.

"글쎄… 요?"

팀장도 그랬겠지만 그녀 역시 남자가 무슨 말을 하려는 건지 전혀 짐작할 수가 없었다. 그런데도 막연히 불길한 예감이 들기 시작했다.

"이번에 책임편집해서 낸 책 좋더라고."

"아, 그 책이요?"

그녀가 나에게 읽게 했던 외모 강박에 대한 책을 말하는 듯했다. 십 대와 이십 대 여성들에게 특히 화제란다. 판매도 좋은 편이라고 했다.

"신선한 시각도 좀 필요한 것 같고, 이래저래 이번 책은 이 친구가 맡아줬음 해서."

"네?"

그녀는 자기도 모르게 큰 소리를 냈다. 대답이 없는 팀장의 표정 역시 미묘했다. 그 저자의 책은 계속해서 팀장이 맡아왔기 때문이다. 그게 팀장의 사내 입지의 근원이었고, 자존심이자 자랑이었다.

"아시다시피 대표님도 작가님 책은 정말 중요하게 생각하고 계셔서요. 회사 차원에서 회의를 한 번 해봐야 할 것 같은데요."

"이 대표야 내 판단이 그렇다면 믿어주겠지."

"아, 근데 아직 제가 그럴 실력이 안 돼서요."

잠시 패닉에 빠졌던 그녀가 정신을 차리고 끼어들었다.

"아니야. 그 책 만든 거 보니 나랑 할 만해."

남자가 그녀에게 의미심장한 눈빛을 보냈다. 그녀는 속이 울렁거렸다.

"이번 기획의 조건이야. 더 젊은 독자까지 잡으려면 좀 영한

편집 감각이 필요하잖아."

"뭐, 선생님 생각이 그러시다면. 자기, 잘할 수 있지?"

그 사이 상황 판단이 다 끝난 듯, 팀장이 그녀에게 물었다.

"아, 저 자신이 없는데⋯."

그녀는 우물쭈물 얼버무렸다. 그러나 남자가 말을 끊고 일어났다.

"나는 할 얘기 했으니까 가네. 이번 책은 이제 우리 담당하고 연락하면 되겠지?"

"네, 그러세요."

"조만간 만나서 일정 회의 한 번 해."

다시 남자가 그녀에게 묘한 눈빛을 보냈고, 문을 열고 밖으로 나갔다. 그 뒷모습을 보는 그녀의 등에는 어느새 소름이 오소소 돋았다. 그녀는 팀장에게 무슨 말이라도 해야만 할 것 같아서 입을 열었다.

"팀장님⋯."

그러나 다소 심기가 불편해 보이는 팀장은 그녀의 말을 끊었다.

"잘됐네. 자기한텐 정말 좋은 기회야. 한번 잘해봐."

그러고는 회의실을 나가버렸다.

그녀는 심란한 마음으로 자리에 돌아와 앉았다. 손에 잘 잡히지도 않는 일을 억지로 집중하며 붙잡고 있는데 한 시간쯤 뒤 그 '박 선생'에게서 메시지가 왔다.

우리 내일 저녁에 볼까?

한잔하면서 일 얘기 좀 찐하게 해보자고.

문자 메시지를 확인한 순간 도저히 그냥 앉아 있을 수가 없었던 그녀는 몸이 안 좋아 조퇴를 하겠다고 하고 사무실을 박차고 나왔다.

"그걸, 책을 맡으면 어떻게 되는 거야? 앞으로 매일 만나야 돼?"

내가 물었다.

"매일은 아니겠지만, 자주 연락해야 될걸? 아니, 다른 것보다 작정하고 날 찍은 거잖아. 무슨 수작인가 싶고 너무 찝찝해."

"그럼 어떡하지?"

"무조건 못 하겠다고 하고 싶은데, 명분이 없어서. 다른 편집자들은 이 저자랑 일을 못 해서 난리거든."

그녀의 얼굴이 근심으로 일그러졌다. 그녀에게 도움이 되고 싶은 마음에 곰곰이 생각을 하고 또 해봤다. 어떻게 처신하는 것이 가장 좋을지, 최대한 내 상황이라고 상상해 보았다. 하지만 너무 어려운 문제였다.

"음, 일단 내일 만나러 나가보는 건 어때? 그 사이에 마음 고쳐먹었을 수도 있잖아. 그 대신 그 사람이 하는 말을 다 녹음해! 그리고 이상하게 굴면 바로 그 자료를 까버리는 거야."

"일단 나가라고? 몰래 녹음한 건 증거 효력 없지 않나?"

"증거고 나발이고, 일단 회사 사람들이라도 니 말을 믿게 해야지! 어휴, 그 개새끼 진짜 뭔 꿍꿍이야! 맘 같아선 내가 같이 가주고 싶은데."

내 말에 그녀가 고개를 도리도리 저었다.

"내가 알아서 해결해야지."

"괜찮겠지? 설마 또 그러겠어?"

나도 별로 자신은 없었지만 일단 이 상황에 필요하다고 생각되는 말을 이어갔다.

"아무튼 너 같으면 일단 지켜본다는 거지?"

"음, 일단은…."

'설마'에 기대는 게 좀 도박 같은 일이란 걸 알면서도 대뜸 "당장 때려치우라"고 부추길 수가 없었다. 그게 그녀를 위한 일도 아닌 것 같았다. 결국 내가 할 수 있는 최선의 얘기는 이 정도였다. 어떻게 들어도 속시원한 해결책은 아니기에 나도 마음이 무거웠다. 잠시 침묵이 흘렀다. 그녀가 한숨을 쉬면서 술꾼처럼 소주 한 잔을 한 번에 꼴딱 삼키더니 잔을 쾅 하고 내려놓았다.

"에이, 진짜 하기 싫은데, 그냥 때려치울까."

"근데 그건 좀 억울하지 않아?"

"그건 그래. 잘못은 그 새끼가 했는데 내가 그만두는 건 억울하지. 아, 진짜 이 거지 같은 세상…."

"원래 사는 게 다 그런 건데 어떡하겠어."

내가 달래듯 말했다. 그러자 그녀가 풀린 눈으로 나를 보았다.

"난 그런 말이 세상에서 제일 싫어. 비겁해."

"뭘 또 비겁까지야."

우리가 무슨 열혈 청소년들도 아니고, 서른쯤 됐으면 이제 이 정도는 받아들이고 적응해야 되는 거 아니겠나. 그런데 갑자기 그녀의 표정이 비장해졌다.

"아, 정말 안 되겠어. 나, 말해야겠어. 내일 말할래. 그동안 참아온 것도 너무 억울하고 화나."

"너 지금 좀 취한 것 같은데."

소주 한 병을 다 비우고, 드디어 술기운이 오르기 시작하는지 그녀가 어느새 상체를 앞뒤로 흔들고 있었던 것이다.

"아, 몰라. 관두게 되면 관두지 뭐. 사실 진작 말했어야 돼."

문득 텔레비전이나 인터넷에 '유명 베스트셀러 저자 미투'로 그녀의 이름이 오르내리는 것을 상상해 보았다. 나야 그녀를 잘 알고, 내 여자친구니까 전적으로 그녀의 말을 믿지만, 다른 사람들도 과연 그럴까?

'꽃뱀이네.'

'지 혼자 짝사랑하다가 안 받아주니까 터뜨리는 거 아냐?'

'무고죄 형량 늘려야 한다.'

'가짜 미투 엄벌'

심지어 나조차도 '여지' 운운하는 말을 했었다. 갑자기 그동안 내가, 내 친구들이 별생각 없이 뱉어왔던 말들이 공포로 다가왔다. 그녀가 그런 구설수에 오르는 것을 상상하니까 솔직히 싫었다. 좀 우습지만, 남자친구인 내가 바보처럼 보일 것 같다는 생각도 들었다. '여자친구 간수 좀 잘하지 그랬냐!' 술이 확 깼다.

"그랬다가 너만 욕먹고 손해 보면 어떡해! 일단 신중하게…."

"아, 신중은 무슨 놈의 신중!"

그녀가 가운뎃손가락을 번쩍 들며 내 말을 툭 끊더니 그대로 테이블 위에 철퍼덕 엎어졌다.

휴우…. 긴 한숨이 나왔다.

내가 하지 말란다고 고분고분 말을 들을 그녀가 아니었다. 하지만 그 작가라는 놈이나 회사가 쉽게 인정을 해줄까? 그녀를 통해 전해들은 느낌으로는 쉽지 않을 것 같았다. 만약에 그들이 인정을 안 한다면? 정말로 그녀 얼굴을 미디어에서 보게 되는 것이 시간 문제일 것만 같은, 불안한 예감이 자꾸만 들었다.

이럴 때일수록 내가 힘이 돼줘야 한다는 걸 알면서도, 한편으로는 힘들고 답 없는 길을 가려는 그녀가 버겁게 느껴졌다. 그녀의 잘못은 하나도 없다는 걸 머리로는 다 이해하는데도 말이다.

"일어나. 일단 집에 가자, 응?"

"우웅…."

그동안은 술을 많이 마셔도 웬만해선 흐트러진 모습을 보이지 않던 그녀가 그날따라 완전히 취해서 정신을 못 차렸다. 나는 어쩔 수 없이 그녀를 둘러업고 택시를 탔다.

그렇게 취한 상태에서도 그녀는 도어록 비밀번호를 알려줄 수 없다며 자기가 직접 열겠다고 고집을 부렸다. 몸도 제대로 가누지 못하는 상태였던지라 그녀의 손가락은 도어록 위에서 계속 미끄러져 어긋났다. 십 분 넘게 실랑이를 한 끝에야 겨우 문이 열렸다.

너무 오래 부축을 해서인지 제법 무겁게 느껴지는 그녀를 침대에 눕히자, 그녀는 그대로 기지개를 켜며 침대에 녹아들었다. 위에서 그 모습을 보니 꼭 작은 어린아이처럼 보였다.

평소에 단호하게 말하고, 화를 내고, 찡그리고, 한심하다는 듯 쳐다보는, 그 모든 표정이 다 사라진 얼굴이었다. 그녀가 계속 이렇게 편안한 얼굴로 지낼 수 있으면 좋을 텐데.

그 얼굴을 한참 보면서 고민했다. 이미 시간은 늦었고, 우리 집은 너무 멀고, 어떡하지? 자고 갈까. 하지만 나는 결국 그녀의 집을 나섰다. 다음 날의 출근이 부담이 됐다. 숨소리조차 내지 않고 깊은 잠에 빠진 그녀의 얼굴이, 어쩌면 지금 많이 힘들다는 뜻이란 걸 알면서도 본능적으로 몸을 사렸다. 그 상태로 그녀의 옆에 누워 아무렇지 않게 잠들 수가 없었다. 솔직히 나도 잘 모르겠다. 내가 왜 그랬는지. 기껏해야 '회사 출근은 해야 하니까' 정도의 핑계였다.

눈도 뻑뻑하고 몸도 많이 피곤했지만, 이상하게 내 방 침대에 누워서도 잠이 오지 않았다. 결국 새벽 늦게까지 한참을 뒤척였다.

다음 날, 피곤한 몸을 억지로 일으키며 그녀가 잘 일어날지 걱정이 됐는데, 출근 중이라는 연락이 왔다. 느슨해 보이지만 그녀 역시 성실한 직장인이라는 걸 새삼 실감하는 순간이었다.

와, 진짜

자고 일어났는데도 이렇게 술이 안 깨는 거 처음이야.

그녀의 메시지에서 느껴지는 분위기는 평소와 크게 다를 바가 없었다. 그래서 어제 했던 이야기를 다시 꺼내는 게 오히려 부담스러웠다. 어쩌면 취해서 한 말일 수도 있는 거고. 그냥 가만히 있어야 할까. '오늘 정말 얘기할 거야?'라고 입력한 글자를 바라보며 전송 버튼을 누를까 말까 엄지손가락을 들고 한참을 망설였다. 그러다 결국 그 내용을 다 지우고 '숙취 해소 음료라도 사 마셔'라고 보냈다.

오늘 그녀가 팀장에게 성희롱 얘기를 하는 것도 걱정이 되지만, 아무 말 하지 않고 그놈을 저녁에 혼자 만나러 가는 것도 걱정이었다. 하지만 내가 무얼 어떻게 해야 좋을지는 알 수가 없었다. 그녀는 '응, 괜찮아지겠지'라고 대답했고, 우리의 대화는 거기서 끝났다.

일을 하면서도 계속 휴대폰이 신경 쓰였다. 걱정과 불안, 그녀를 향한 안쓰러움, 앞으로 일어날지도 모를 일들에 대한 두려움 등등 여러 가지가 뒤섞여 혼란스러웠다. 하지만 오전 근무시간이 끝날 때까지도 아무런 연락이 오지 않았다.

정신이 딴 데 팔린 채 종일 허둥지둥했더니, 팀원들끼리 점심을 먹으러 간 자리에서 사수인 정 선배가 핀잔을 줬다.

"너 오늘 왜 그래? 계속 휴대폰만 보고. 뭔 일 있어?"

"아, 아닙니다."

"승준이 요새 만나는 사람 있다 그랬나?"

"네…."

"너네 동기들 중에서 아직 너만 장가 안 갔지?"

"아 저랑, 준욱 씨 빼고 다 갔죠."

"그럼 신경 많이 써야 되겠네. 잘 좀 해봐. 내년엔 장가가야지. 응?"

"하하, 네…."

어휴, 저 밉상. 지도 작년에 선봐서 겨우 장가간 주제에. 나이도 겨우 세 살밖에 차이 안 나는데, 맨날 무슨 대단한 대선배처럼 충고질이다.

그때 테이블 구석에 뒀던 휴대폰 액정에 반짝하고 불이 들어왔다. 깜짝 놀라 들고 봤는데, 그녀의 연락이 아니었다. 실망스러운 마음에 휴대폰을 만지작거리다가 그녀와의 마지막 대화를 다시 열어봤다. 거기서 숙취 해소 음료 얘기한 건 좀 그랬나? 하다못해 기프티콘이라도 보내줄걸. 이런저런 생각에 마음이 편치 않았는데, 앞에 앉아 있던 정 선배가 다시 깝죽댔다.

"승준이 재 표정 심각한 것 좀 봐. 진짜 무슨 큰일 났냐? 여자친구가 헤어지재?"

아우, 정말 낄 데 안 낄 데 구분 좀 하자. 후배들이 너 그래서 졸라 싫어한다고.

"그런 거 아닙니다."

그녀에게 닥친 심각한 일의 무게만큼이나 나도 신경이 예민해져서 평소보다 말이 좀 날카롭게 나갔다. 그러자 대번에 선배의 표정이 바뀌었다.

"알았어, 자식아. 근데 너 왜 목소리를 깔고 그러냐?"

그 탓에 뜬금없이 분위기가 좀 험악해졌다. 같은 테이블에서 식사를 하던 후배, 동료들도 놀란 표정으로 이쪽을 쳐다봤다. 아, 진짜 한 주먹꺼리도 안 되는 게. 그냥 확 들이받아?

"아유, 제가 언제 그랬다고 그러십니까. 아닙니다, 선배님."

하지만 나는 결국 자세를 한껏 낮추고서 그에게 아양을 떨 수밖에 없었다. 사회생활이라는 게 이런 거 아니겠나. 비겁하다 해도 어쩔 수 없다고.

10. 그녀의 선택

결국 퇴근시간이 될 때까지도 그녀로부터 아무런 연락이 오지 않았다. 오후에 화장실 가는 척하면서 몇 번 전화를 걸어봤지만 받지 않았다. 아무래도 불안한 마음이 가시질 않아서 나는 회사가 끝나자마자 무작정 그녀의 출판사가 있는 합정으로 갔다. 출판사 이름을 포털사이트 지도에 찍었더니 정확한 위치가 나왔다. 전철역에서 딱 오 분 거리였다.

그녀의 회사 건물 앞에 도착해서 다시 한 번 전화를 걸어봤지만 역시 받지 않았다. 무작정 들어가서 그녀를 찾을까 하는 생각도 했지만, 그건 내 스타일이 아닐 뿐만 아니라 그녀에게도 도움이 되지 않을 것 같았다. 건물 앞에서 서성이며 그녀가 나올 때까지 기다리기로 했다.

그런데 하필이면 그 출판사 건물 일 층에 마카롱을 파는 제과점이 있었다. 유명한 집인지 여자들이 끊임없이 줄을 서서 마카롱을 사갔다. 그녀가 나오는 걸 보려면 멀리 갈 수도 없어서, 어쩔 수 없이 주변을 얼쩡거리고 있었더니 줄을 서 있는 여자들의 시선이 느껴져서 뻘쭘했다. 젠장. 나는 최대한 멀리 떨어져 섰다.

시간이 흘러, 마카롱집은 어느새 '재료소진'이라는 네 글자를 써 붙인 채 문을 닫았다. 퇴근시간이 훌쩍 지나 사방이 완전히 캄캄해졌지만 그녀는 아직이었다. 일단 근처 카페라도 가서 기다려야겠다는 생각에 자리를 뜨려는데, 고등학생처럼 보이는 껄렁한 여자애가 다가와 나를 붙잡고 물었다.

"어, 아저씨. 여기 마카롱집 끝났어요?"

허, 아저씨? 나는 문에 붙여진 종이를 가리키며 말했다.

"재료가 소진됐다네요."

그 와중에 그걸 또 친절히 대답해 주고서 내 갈 길을 가려는데, 여자애가 다시 나를 붙잡았다.

"아씨, 맨날 소진이야. 혹시 오늘은 몇 시쯤에 문 닫았는지 아세요?"

어이도 없고 짜증도 났지만, 머릿속으로는 어느새 시간을 계산해 보고 있었다. 그때였다. 어디서 많이 본 사람이 건물 입구에서 걸어 나왔다. 안경 끼고 느끼하게 생긴 사십 대 아저씨였다. 어라, 낯이 익은데?

그놈이었다! 그녀를 괴롭히는 그 베스트셀러 작가 새끼! 그놈이 맞다는 확신이 들자 내 눈에서 불이 번쩍 났다. 나는 마카롱을 못 사서 안달난 여자애를 뒤로하고 급히 그자의 뒤를 쫓았다.

그런데 그자는 열 걸음도 채 안 가서 멈춰 섰다. 야심차게 발걸음을 옮기던 나도 조금은 허무하게 함께 멈춰 설 수밖에 없었다. 주위를 돌아보니, 아니나 다를까, 흡연 구역이었다. 그자가 재킷 주머니에서 은색의 담배 케이스를 꺼내더니 가느다란 담배 한 개비를 빼어 입에 물고 고급 지포 라이터로 불을 붙였다. 그 일련의 동작이 어찌나 빠르고 막힘이 없는지, 별거 아닌데도 괜히 감탄을 하면서 보게 됐다. 나는 약간의 거리를 두고 서서, 담배를 피우는 척하며 그자가 하는 짓을 훔쳐봤다.

담배를 한 모금 빨자마자 그가 어딘가로 전화를 걸었다. 첫마디는 대뜸 이랬다.

"어, 최변. 난데, 어떤 미친년이…."

그 말을 듣는 순간 과장 조금 보태서 뒷골이 쫙 땡겼다. 미친년? 설마, 내 여자친구 보고 하는 말인가? 나는 귀를 쫑긋 세웠다.

"출판사 편집잔데, 내가 자기를 성희롱했다는 거야. 아니, 그냥 같이 술 좀 마신 게 다야. 뭐 뻐꾸기 좀 날리고 했지만 별

거 아니었어. 만졌냐고? 아, 기억 안 나. 술 마시는데 그런 걸 어떻게 다 기억하냐. 아무튼 심각한 일은 없었어."

아오, 씨, 맞네, 내 여자친구 얘기.

이제는 뒷골이 당기다 못해서 피가 싸늘하게 식기 시작했다. 이 개 같은 새끼가 진짜…. 살면서 몇 번 휘둘러본 적도 없던 주먹이 갑자기 꽉 쥐어지면서 몸이 파르르 떨렸다.

"최변, 알잖아. 나 박민재야. 내가 무슨 추잡스럽게 성추행 그런 거 할 사람 아니잖아? 뭐가 아쉬워서. 그래도 혹시 걔가 삐딱하게 나오면 귀찮으니까… 무고, 그런 거 돼? 아니, 일단 쓸데없는 짓 하지 말라고 일러두긴 했어. 출판사는 당연히 내 편이지. 내 책 팔아서 번 돈이 얼만데."

내가 예측했던 대로 출판사는 그녀보다 그자의 편을 들어준 모양이었다. 세상 이치가 그런 줄은 알았지만, 그래도 정말 더럽고 치사하구나.

"일단 알았고, 상황 생기면 도움 좀 줘. 조만간 한잔하자구."

그 말을 끝으로 놈이 전화를 끊었다. 그러고는 조바심이 났는지 담배를 급하게 빨더니 바닥에 비벼 껐다. 여기저기 강연 다니고 텔레비전에도 출연하는 몸이라 제법 관리를 열심히 하는지, 늙다리 주제에 배도 거의 안 나왔고 전체적으로 탄탄해 보였다.

"저기요."

"네?"

내가 뒤에서 다가가자 그자가 돌아봤다. 방금 전까지 씩씩대며 통화를 하던 주세에 어느새 엷은 미소마저 띠고 있었다. 뺀질해 보이는 얼굴에서는 윤기가 좔좔 흘렀다.

"저기…."

마음 같아선 다짜고짜 한 대 후려치고 싶었다. 그녀에게 호언장담한 것도 생각이 났다. 그런데 그자의 눈을 정면으로 마주 보고 서니 나도 모르게 몸이 굳었다. 말은 그렇게 했지만, 내가 평소에 사람 패고 다니는 놈도 아니고 솔직히 사람을 어떻게 때릴 수가 있냐고…. 나는 용기를 내기 위해 쥐고 있던 가방을 더 세게 쥐었다. 그런데 그놈이 먼저 선수를 쳤다.

"아, 저 박민재 맞고요. 평소엔 사인해 드리는데 오늘은 제가 좀 바빠서. 죄송합니다, 선생님."

그러더니 뭐라 대답할 새도 없이 건물 앞에 주차되어 있던 마세라티에 홀랑 올라타는 것이 아닌가! 어이구, 꼴에 또 마세라티?

"아니, 저기요!"

뒤늦게 손짓을 하며 불러봤지만, 그자는 아랑곳하지 않고 차 안에서 나를 향해 고개를 몇 번 숙이는 척하곤 그대로 떠나버렸다. 참나, 사인? 나 니 책 한 권도 안 읽었거든?

그자가 떠나고 나자 엄청난 모욕감이 몰려왔다. 그녀를 괴롭혔던 놈이, 그녀를 욕되게 하는 말을 하면서 내 눈앞에 뻔히 서 있었는데, 나는 그냥 멍청하게 서 있기만 했던 거다. 자꾸만 고개를 드는 부끄러움과 수치심을 애써 모른 척하며 나는 그자와 마주친 것을 철저하게 비밀에 부쳐야겠다고 생각했다. 그러곤 다시 그녀에게 전화를 걸기 위해 휴대폰을 찾았다. 그런데 마침 건물 현관문으로 그녀가 나오는 것이 보였다. 서로를 발견하자마자 깜짝 놀라서 둘 다 눈이 커졌다.

"여기서 뭐해?"

"너 걱정돼서 왔지!"

내가 휴대폰을 흔들어 보이자 그녀가 그제야 생각났다는 듯 주머니를 뒤적거리며 말했다.

"아, 오늘 계속 폰 확인을 못 해서…. 언제 왔어? 오래 기다렸어?"

나는 침착하게 뜸을 들인 뒤 대답했다.

"아니, 방금 왔어. 저기 앞에 카페에서 기다리고 있다가."

"아…."

"괜찮아? 어떻게 된 거야, 연락도 안 받고…."

내 질문에 그녀가 복잡한 표정을 지으며 입술을 달싹이는데, 뒤에서 또각또각 소리가 들렸다. 호리호리한 체형에 치마 정장을 입은, 컬이 있는 머리를 늘어뜨리고 하이힐을 신은 아담한 키의 여자였다. 뒤를 돌아본 그녀와 하이힐 여자의 눈이 마주쳤고, 그녀가 묵례를 했다. 그러나 여자는 인사를 받는 둥 마는 둥 하면서 나를 빤히 한 번 쳐다보더니 스쳐 지나갔다. 나는 그 여자가 팀장임을 직감했다.

"혹시 저 사람이 팀장?"

그녀가 힘없이 고개를 끄덕였다. 나도 모르게 욕이 나오려다 멈칫했다. 섣불리 입을 열면 안 되지.

"분위기 살벌한데?"

나는 최선을 다해 아무것도 모르는 척하며 말했다. 그녀가 한숨을 쉬더니 나를 끌어당겼다.

그녀가 입맛이 없다고 해서 우리는 카페에 들어갔다. 나는 배가 너무 고팠기에 샌드위치 하나를 같이 주문했다. 사실 한 시간 동안 마카롱에 미친 사람들 틈에 서 있었더니 내 돈 주고는 한 번도 사본 적이 없던 마카롱이 갑자기 먹고 싶었지만, 참았다.

"오전에 출근해서 팀장님한테 이번 작업 하기 어려울 것 같다고 얘기를 했어. 그랬더니 되게 놀라는 거야."

나는 그녀의 말을 들으면서 아까 봤던 팀장이 그녀와 마주 앉아 이야기를 나누는 모습을 머릿속으로 그려보았다.

"팀장님, 저 박 선생님 책 아무래도 진행하기 어려울 것 같아요."

"왜 갑자기?"

그녀는 그 순간 심장이 몹시 떨렸지만, 마음을 굳게 먹고 말을 이어갔다.

"실은 그분하고 단둘이 있는 게 좀 불편해요."

"무슨 말이야?"

"성희롱을 당했어요."

"뭐?"

"처음부터 말씀드렸어야 되는데…."

"그게 말이나 되는 소리야?

그 순간 팀장의 반응은 그녀가 생각했던 것과 조금 달랐다.

"왜 화를 내세요?"

"자기, 소문 들었구나. 그래서 이래?"

"네?"

"내 입으로 말하기 좀 그렇지만, 회사에 자기가 박 작가님한테 꼬리쳤다는 소문이 파다해. 자긴 몰랐어?"

전혀 생각지도 못했던 이야기에 그녀는 정신이 아득해졌다.

"처음 듣는데요."

그녀의 감정적인 동요를 눈치채고도, 팀장은 짐짓 객관적인 척하며 냉정한 말들을 쏟아냈다.

"솔직히 상황이 좀 그렇긴 하지. 선배들이 버티고 있는데 갑자기 새파란 후배가 그렇게 큰 타이틀을 채가버리면…. 이 바닥에 그런 스캔들이 없는 것도 아니고."

그녀는 그대로 숨이 막혀버릴 것만 같았다. 하지만 차분하게 숨을 고르고서 다시 천천히 입을 열었다.

"팀장님, 다 근거 없는 모함이에요. 신입 때 혼자서 박 선생님 행사 쫓아다니면서 커버할 때마다 매번 술자리 데려가고, 자꾸 술 먹이고, 이상한 얘기 하고, 손대고 그러는 거 혼자 견뎠어요. 선호 씨 들어오고 나서 다행히 단둘이 만날 일 없어서 괜찮았는데, 갑자기 저한테 책을 맡긴다고 하니까. 저는 솔직히 반갑지 않고, 겁이 나서 어렵게 말씀드리는 거예요."

"……."

팀장은 입을 꾹 다물었다. 무슨 생각을 하고 있는지 전혀 짐작할 수가 없어서, 그녀는 덜컥 겁이 났다. 결국 눈치를 살피다가 물었다.

"팀장님?"

"술 먹기 싫었으면 가질 말든가. 그렇게 힘들었으면 진작 얘기를 했어야지."

그녀는 한숨이 나오려는 것을 애써 참았다. 정말이지 이젠 다 지겹다는 생각이 들었고, 다 관두고 싶었다. 그녀는 기운을 쥐어짜내며 겨우 말을 이어갔다.

"항상 새 아이템 얘기하자는 핑계를 대시는데 어떡해요. 그 선생님이 회사에 중요한 존재인 걸 뻔히 아는데 쉽게 말씀드릴 수 없었어요. 저도 괴로웠어요."

그러나 팀장은 듣는 둥 마는 둥 하며 고개를 갸웃댔다.

"박 선생님이 성희롱을? 그럴 분이 아닌데…."

이 대화를 시작했을 때부터 지금까지, 팀장이 가슴 앞에 단단히 팔짱을 끼고 있었던 것을 그녀는 뒤늦게 알아챘다. 그러니까 애초에 그만큼의 거리를 두고 있었던 거다. 그녀는 팀장이 자신을 돕지 않을 거라는 사실을 어렴풋이 깨달았다.

"선생님 앞에서도 그렇게 말할 수 있어?"

팀장이 그녀를 매섭게 쏘아봤다. 그녀는 흔들리지 않았다.

"네."

"그럼 삼자대면을 해보자. 한쪽 말만 듣고 판단할 순 없는 문제니까."

"그래요. 어차피 오늘 저녁에 저한테 만나자고 하셨으니까, 사무실로 오시라고 하면 되겠네요."

이번에 당황한 건 오히려 팀장이었다. 하지만 이젠 돌이킬 수 없는 일이 되어버렸고, 그녀는 물러날 생각이 없었다.

그리고 몇 시간 뒤 작가와 팀장, 그리고 그녀가 한 테이블에 둘러앉게 됐다.

솔직히 그녀가 정말로 대단하다는 생각이 들었다. 추잡하고 치사한 놈이란 걸 알면서도 막상 그자와 마주했을 때 온몸이 굳어버렸던 것을 생각하면 더욱 그랬다. 하지만 그녀는 용기

있게, 그자가 가진 명성과 돈, 권력과 고급 승용차에 쫄지 않고 그 뺀질뺀질한 얼굴에 대고 정확하게 말했던 것이다. 네가 나한테 저지른 성희롱을 사과하라고.

그러나 그 뒤는 안타깝게도 예상했던 대로였다.

그 박 선생이란 남자는 당연히 펄펄 뛰면서 발뺌을 했다. 그동안 교묘하게 했던 스킨십이나 모욕적인 말들은 모두 편집자와 친해지고 좋은 분위기에서 일해 보자는 의도였다고 둘러댔다. 그녀가 조목조목 반박했지만 통하지 않았다. 오히려 피해망상이 아니냐고 몰아세웠고, 자신의 호의를 원수로 갚은 배은망덕한 편집자와는 일할 수 없다는 것으로 제멋대로 결론을 내려버렸다.

"그 자식한테 진심으로 사과하래. 내가 사과를 받아도 모자랄 판에."

"허…."

"너무 열 받아서 진짜 밖에다 확 터뜨릴까 생각도 했어. 트위터 같은 데다가…."

그 말에 아까 작가란 놈이 통화하던 모습이 떠올랐다. 이미 변호사와 통화하며 무고죄 운운하던 놈이 아닌가. 그녀가 그 자를 이길 수 있을까? 분한 건 분한 거지만, 현실은 냉정하다.

"너무 억울하더라고. 나쁜 놈은 그 새낀데."

"그거야 그런데…."

"근데 막상 시작하면, 너무 길고 힘든 싸움이 될 것 같은 거야. 팀장이란 사람도 날 안 믿어주는데. 출판사 사람들도 내가 꼬리 쳤다고 생각하는 것 같고. 사람들이 나를 믿어줄까. 나만 만신창이되는 건 아닐까?"

좋은 남자친구라면 이런 상황에서 그렇지 않다고 그녀 편을 들며 용기를 북돋워줘야 할지도 모른다. 하지만 그 말이 차마 나오질 않았다. 나는 화살을 돌렸다.

"진짜 팀장도 너무하네. 같은 여자끼리 너무 한 거 아니냐? 부하직원 감싸주진 못할망정…."

생각할수록 괘씸해서 더 심한 욕도 하고 싶었다. 그러나 그녀가 말했다.

"팀장한테도 정말 서운하긴 해. 그치만 제일 나쁜 건 그 작가 새끼지."

"니가 너무 일도 잘하고 그러니까 다들 시기 질투해서 그러는 거야."

"그 인간이 아무 일 없었다는 듯이 잘 먹고 잘살 거 생각하면 너무 화 나. 다른 사람한테 또 그러면 어떡해? 내가 관둔다고 끝이 아닐 텐데."

"됐어, 그것까지 니가 떠안을 필요는 없잖아. 난 니가 상처받는 거 싫어. 그 사람 너무 유명한 사람이고…."

"진짜 내가 어떻게 해야 될지 모르겠어."

정말 나도 모르겠다. 어떻게 하는 게 맞는 걸까? 마음이 너무 답답했다.

"팀장은 그놈 편 들면서 너 보고는 회사 관두라는 거야?"

"당연히 대놓고 그렇게 말하진 않았지. 근데, 내가 못 다니겠어. 어떻게 다녀. 팀장, 팀원들 다 못 믿겠고 그 인간은 계속 드나들 거고."

"솔직히 이거 거의 부당해고 아냐? 노동청에 확 고발해 버려야 되는데, 개새끼들."

"그러게. 진짜 그래 볼까?"

그녀가 갑자기 눈을 빛내기 시작하는 것을 보고 아차 싶었다. 그녀는 나보다 훨씬 행동력이 뛰어난 사람이니, 말 한마디를 조심해야 한다. 나는 얼른 목소리를 깔았다.

"근데, 그것도 엄청 진흙탕 싸움일 거야. 다 일일이 입증해야 될 거고. 특히 그런 유명한 사람이 연관되어 있으니까 결국 밖으로 소문도 날 거고."

"흠, 그런가?"

"그렇다고 봐야지."

나는 읊조리듯 말하며 그녀의 눈치를 살폈다.

"그래도 역시 이렇게는 못 물러나."

"응?"

"실업급여는 무조건 받아낼 거야. 꼭 받아내고 만다."

실업급여? 이 정도면 걱정했던 것보다는 괜찮은 상황 아닌가. 사실 나는 그녀가 경찰서에 드나들며 진짜 행동에 옮길까봐 조마조마했다. 아무리 억울하고 그놈이 개새끼인 건 맞아도, 이 일이 커지는 것만큼은 어떻게든 막아야만 한다는 생각이 머릿속에서 떠나질 않았다. 다른 무엇보다도, 그녀를 위해서.

"출판하는 사람들은 프리랜서 많이 하나?"

"뭐, 그렇긴 하지. 어차피 퇴사하고 독립하는 것도 생각했었으니까…."

"그래, 그럼. 기왕 이렇게 된 거 그만두자. 괜히 피곤하게 기운 빼지 말고."

내 말에 그녀의 얼굴이 다시 어두워졌다.

"지금은 너만 생각해. 니가 최우선이니까."

"그 개자식 벌 받아야 되는데. 막상 내 일이 되니까 용기가 안 나는 내가 너무 한심하고…."

"아냐, 그런 거 진짜 아냐. 이게 당연한 거야."

나는 최선을 다해 진심어린 표정으로 말했다. 그러나 그녀는 내 눈을 피하며 고개를 숙였다.

"모르겠어, 정말…."

"그만두고, 머리 좀 식히면서 너 하고 싶은 거 해. 돈은 내가 벌 테니까, 응?"

"뭔 소리야. 나도 돈 벌 거야."

"그래, 아는데. 나한테 좀 기대도 된다고. 남자친구 좋은 게 뭐냐?"

내가 생각해도 이 말은 좀 멋있었다. 잠시나마 그 말의 여운을 즐기고 있는데, 그녀가 눈을 동그랗게 뜨며 물었다.

"좋은 게 뭔데?"

"아, 진짜. 너 자꾸 이럴래?"

바보처럼 티격거리고 나니 그녀가 어느새 희미하게나마 미소를 보였다.

"아무튼, 알았어. 고마워. 덕분에 그나마 힘이 난다."

그 순간, 감격의 눈물이 나올 뻔한 것을 겨우 참았다. 우여곡절 끝에 다시 사귄 다음부터 내내 싸우고, 화내고, 혼나기만 했는데, 내가 드디어 그녀에게 이런 말을 듣는 날이 오다니. 내가 그녀에게 의지가 되는 날이 오다니! 이전에는 이런 말 듣는 게 당연한 거라고 생각했는데, 특이한 여자친구랑 사귀다 보니까 고작 이런 걸로도 감격스러웠다.

"오늘 같은 날 택시 타는 거야. 오빠가 쏠 테니까, 타."

그녀는 허세 부리는 나를 보며 깔깔 웃었지만, 그러면서도 순순히 택시에 올라탔다. 나는 나란히 앉은 그녀의 손을 끌어다 잡았다. 차체의 움직임과 함께 힘없이 흔들리던 그녀가 가만히 중얼거렸다.

"제일 싫은 게 뭐냐면, 내가 정말 이상하고 유난스러운 거면 어떡하나 싶은 거야. 저 사람들이 다 저렇게 아니라고 하는데, 그러면 정말 내가 이상한 건가? 아닌데, 난 정말 불쾌하고 끔찍하고 싫었는데."

"아냐, 너 안 이상해. 니가 이상한 거 하나도 없어."

안쓰러운 마음에 나는 그녀의 손을 더 꽉 잡았다. 그녀가 내 어깨에 얼굴을 묻었다. 설마 우는 건가? 어깨 있는 곳이 축축하게 젖어오는 것도 같았다. 평소답지 않은 그녀의 약한 모습에 그만큼 충격과 상처가 컸을 거란 생각이 들어 마음이 아팠다. 그런데 한편으로는 이상하게도 기분이 좋았다. 바늘 하나 꽂을 틈도 없었던 그녀가 지금 이렇게 나에게 기대어 있다는 것이.

그토록 바랐던 역전의 기회가 이런 식으로 오게 될 줄은 몰랐지만, 어떤 의미로 이건 내게 기회였다. 물론 이런 일이 벌어지지 않았다면 가장 좋았을 것이다. 하지만 일이 이렇게 되어버렸고, 그녀의 곁에 내가 있다. 역경을 함께 극복하는 사랑. 내가 그녀에게 힘이 되어주고, 그녀도 '남자친구 좋은 게 뭔지'를 제대로 느끼면서, 기댈 수 있는 안정적인 파트너의 가치를 깨달을 수 있는 좋은 기회.

택시가 그녀의 집 앞에 멈췄다. 그런데 차에서 내린 그녀의 발은 집과 반대 방향으로 향했다.

"어디가?"

"술이라도 좀 마셔야지, 안 그러면 못 잘 것 같아."

"어제도 엄청 마셨잖아!"

"같이 마실 거면 마시고, 아닐 거면 가."

갑자기 원래 모드로 돌아온 그녀가 내 말을 무시하고서 편의점으로 들어갔다. 따라 들어갔더니 장바구니를 결연히 쥐고서 페트병에 든 대용량 소주를 쓸어담기 시작했다.

"야, 너 이러다가 죽어!"

깜짝 놀란 내가 만류했지만 그녀는 지지 않고 받아쳤다.

"이걸 뭐, 오늘 다 먹겠다는 게 아니잖아!"

그러더니 꾸역꾸역 그걸 다 들고 가서 계산했다. 야, 무슨 과실주라도 담그는 줄 알겠다. 나는 어이가 없어 그녀 뒤에 서서 어쩌나 두고 보기로 했다. 그녀는 아무렇지 않다는 듯 무거운 비닐봉지를 야무지게 들고 잘도 걸어갔다. 그 모습이 위태롭고 힘들어 보여서 결국 내가 손을 뻗었다.

"무겁잖아. 내가 들게, 이리 줘."

"됐어. 나도 힘세거든?"

그러나 그녀는 이상한 고집을 부리면서 넘겨주지 않았다.

"그래, 너 들어라 그럼!"

나야 편하고 좋지. 빈정대며 약을 올려봤지만 그녀는 낑낑대면서도 내 말은 들은 척도 하지 않았다.

우리는 침대가 있는 방에 간이 테이블을 펴고 철퍼덕 앉았다. 그녀가 부엌에서 빈 잔 두 개를 가져왔다. 소주와 함께 펼쳐놓은 안주는 새우깡이 전부였다.

"먹을 거 좀 없어? 안주가 좀 있어야 속이 덜 상하는데…."

"없어, 니가 좀 해주라. 내가 지금 빡쳐서 술을 마시는데, 내 손으로 안주까진 못 해먹겠다."

"너 속 버릴까봐 그러지, 내가 안주를 어떻게 해. 뭐 시켜줄까?"

그러자 그녀가 피식 웃었다.

"못 할 건 또 뭐야? 남자가 요리하면 꼬추라도 떨어지는 줄 아는 모양인데, 그건 잘못된 미신이란다."

"야, 누가 그래서 그러냐?"

신나서 날 공격하는 그녀에게 툴툴대며 받아쳤더니 그녀가 갑자기 눈을 동그랗게 뜨면서 말했다.

"너 미국에선 뭐 해먹고 살았어? 밥도 안 해먹었어?"

"아니, 거기선… 회사에서 먹고, 나가서 사먹고 그랬지. 적응하기도 힘든데 어떻게 밥을 해먹냐? 재료도 다 달라, 거긴.

쌀도 완전 다르다니까?"

"아, 재료가 달라서…."

그녀는 안 믿는 표정을 지으며 건성으로 고개를 끄덕였다. 그 모습에 약이 올라서 앞에 놓인 소주잔을 단숨에 비웠더니 그녀가 덩달아 원샷했다.

"천천히 좀 마셔라."

내가 말했더니, 보란 듯이 또 원샷이었다. 쳇, 입 다물고 있으란 거지? 에라, 모르겠다. 나도 덩달아 연거푸 소주를 들이켰다.

몇 시간이 지났을까, 잠깐 졸다가 정신이 들어 고개를 들어보니 그녀 역시 벽에 기댄 채로 졸고 있었다. 테이블과 바닥에는 우리가 비운 소주 페트병이 나뒹굴고 있었다. 머리가 아파서 관자놀이를 꾹꾹 누르는데 그녀가 갑자기 앞으로 퍽 엎어지더니 신음소리를 냈다.

"ㅇㅇㅇㅇㅇ…."

나는 잘 가눠지지 않는 몸을 일으켜서 겨우겨우 그녀를 침대에 눕혔다. 이전엔 미처 몰랐는데 침대가 은근히 높았다. 뭐하러 이렇게 단이 높은 침대를 산 거야. 영화 같은 거 보면 이런 침대 밑에 싸이코 살인마들 숨어 있고 그러던데. 이 와중에 그녀의 '비밀 바구니'와 핑크색 플라스틱이 얼핏 보였다.

잠깐 몸을 움직였더니 술기운이 돌고 어지러워서 나도 그녀의 옆에 누웠다. 고개를 돌려 멍하니 술에 취한 그녀의 얼굴을 쳐다봤다. 젠장, 그러고 보니 내일도 출근해야 한다. 지금 몇 시일까. 그런데 그녀가 갑자기 눈을 가늘게 뜨고 나를 쳐다봤다. 그녀의 무표정한 얼굴이 이상하게 뭔가 애달파 보인다고 할까, 좀 섹시했다. 그녀가 나를 향해 팔을 뻗었다. 나는 그대로 상체를 움직여 그녀의 팔에 안겼다. 그녀가 소주 냄새를 풍기며 키스했다. 취기 때문인지 평소보다 더 서둘렀고 더 깊었다. 숨 가쁘게 혀가 얽히고 침이 섞이면서 자연스럽게 내 손이 그녀의 가슴으로 향했다. 그녀가 몸을 들썩이더니 입고 있던 티셔츠를 벗어 던졌다. 그 동작에 나의 흥분 스위치가 제대로 켜졌다. 갑갑한 셔츠를 벗으려고 손을 더듬거리니 그녀가 누운 채로 손을 뻗어 단추를 대신 풀어 내려갔다. 나는 손을 뻗어 불을 껐다.

어둠 속에서도 하얗게 빛나는 그녀의 부드러운 맨살을 만지고 한참 동안 입을 맞추다가 바지와 속옷도 벗기려고 아래로 손을 가져갔다.

그제야, 나는 그녀가 울고 있다는 걸 알았다.

처음에는 울음인지 몰랐다. 그냥 좋을 때 내는 신음소리인 줄 알았다. 나는 깜짝 놀라서 동작을 멈추고 그녀의 얼굴을 쳐다봤다.

"괜찮아? 왜 그래?"

그녀는 팔을 들어 눈을 가렸다. 그리고 아무 말 없이 계속 울었다. 읍, 흐윽, 읍.

울음이라기보다는 뭔가를 필사적으로 참는 것에 가까운, 그 소리를 가만히 들으면서 나는 그녀의 발치에 앉아 내 몸이 천천히 식어가는 것을 느꼈다.

방금 전까지도 입을 맞추고 살을 맞대고 있던 그녀의 눈물을, 지금의 마음을 나는 가늠할 수가 없었다. 그래서 낯설었다. 그녀가 갑자기 너무 멀리 있는 것처럼 느껴졌다. 문득 그녀의 침대맡에서 빛나는 디지털시계에 눈길이 갔다. 어느새 새벽 세 시 반이었다. 내일 아침에 여기서 바로 출근해도 괜찮을까? 얼마나 걸리지? 그런 현실적인 생각들이 슬그머니 머릿속에 떠올랐다.

나는 가만히 그녀에게 다가가 침대 위에 놓여 있는 왼쪽 손을 부드럽게 쥐었다. 그녀가 손가락에 힘을 주며 내 손을 마주 잡는 게 느껴졌다.

"괜찮아?"

내가 물었다. 그녀는 여전히 팔로 눈을 가린 채 아주 천천히 고개를 가로저었다.

"그래, 좀 더 울어. 괜찮아."

하지만 그녀는 아무런 반응이 없었다.

"나, 집에 갈까? 혼자 있고 싶어?"

그녀가 다시 천천히 고개를 가로저었다. 그 모습에 조금 우습지만 안심이 됐다.

"그럼 자고 갈까?"

다시 부드러운 목소리로 물었다.

그녀가, 그녀답지 않은 희미한 목소리로 대답했다.

"몰라, 모르겠어."

그러곤 숨을 천천히 몰아쉬더니 얼굴에 흐른 눈물이 채 마르기도 전에 잠이 들어버렸다. 나는 그녀의 옆에 누웠다. 다시 취기가 올라오는 것 같았다. 그녀의 나지막한 숨소리를 들으며 나도 잠에 빠져들었다.

다음 날, 결국 나는 오전 반차를, 그녀는 연차를 냈다. 쓰러질 것 같은 몸을 이끌고 겨우 회사에 가서 업무시간을 억지로 채웠다. 그리고 기어서 집에 들어갔더니, 거실에서 텔레비전을 보고 계시던 어머니가 음흉하면서도 기쁜 듯한, 정말이지 오묘한 표정으로 날 보면서 웃으셨다.

나는 곧장 침대로 가서 누웠다. 그리고 어머니의 그 표정이 대체 무슨 의미인지 생각하다 문득 내가 어제 외박을 했다는 사실을 깨달았다. 심지어 만나는 여자가 있다고 말한 채로 말이다. 아무래도 내가 자꾸 김칫국을 마시는 건 집안 내력인 듯했다.

그리고 며칠 뒤 그녀는 회사를 완전히 그만두었다. 퇴직금은 받았지만, 기대했던 실업급여는 받을 수 없었다. 실업급여 처리를 받으려면 앞으로 절대 그 작가와의 일을 발설하지 않겠다는 것에 동의해야 한다고 했단다. 조폭도 아니고, 뭐 그런 양아치 같은 놈들이 다 있나?

그녀도 그녀인 것이, 나 같으면 대충 동의하고서 일단 실업급여를 받았을 텐데, 그냥 받지 않기로 했단다. 이런 성격의 그녀가 조금 멋있긴 하지만, 솔직히 답답함이 더 컸다. 그 올바른 선택의 결과가 결국 뭐냐? 얼마 안 되는 돈도 못 받고, 억울한 것도 못 풀고. 그야말로 착한 사람만 바보되는 꼴이었다. 참 슬프게도, 이건 별로 드문 일도 아니었다. 그런 스트레스 상황에 무방비로 노출된 그녀가 나에게는 거의 시한폭탄처럼 느껴졌다. 혹시나 억하심정에 무슨 돌발행동이라도 할까 겁이 나서 나는 계속 그녀에게 세뇌했다. '더러워서 피하는 거야, 무서워서가 아니라.'

그녀 성격에 못 견딜 만한 일이 한두 가지가 아니었을 텐데, 다행히 걱정했던 것만큼 격렬한 리액션을 하지는 않았다. 사실 그즈음의 그녀는 많이 지쳐 보였다.

그녀의 기운을 북돋아주려고 주말에 그녀가 좋아하는 이태원의 수제버거집에 같이 갔다. 하지만 그녀는 여전히 기운이 없는지 먹는 둥 마는 둥 했다.

"여행이라도 가서 기분 전환 하고 와, 응?"

안쓰러운 마음에 여행을 권해봤지만, 그녀는 고개를 가로저을 뿐이었다.

"그럴 때는 아닌 것 같아. 앞으로 어떻게 지낼지 계획도 세우고 그래야지. 기획안 썼던 것들도 다시 보구…."

"그래, 그럼 도움 필요하면 언제든 얘기해. 알았지? 데이트 비용도 당분간 내가 낼 테니까."

그렇게 말하면서 나는 장난스럽게 가슴을 탕탕 쳤다. 나 같은 남자친구 있어서 완전 든든하겠다, 야.

"아냐, 나 돈 있어. 열심히 잘 지낼 거야, 그 정도 각오는 하고 그만둔 거니까."

하지만 그녀는 담담하게 나의 자아도취를 또각, 깨뜨렸다.

"어머니한텐 말씀드렸어?"

"아직, 천천히 말씀드려야지. 어차피 내 일은 내가 알아서 하는 건데 뭐."

"으음, 그래."

물론 그녀의 말도 맞긴 하지만, 막상 상의도 없이 일을 관뒀다는 걸 들으니 조금 놀라웠다. 나 같으면 퇴사 같은 중요한 일은 무조건 부모님과 상의를 한 다음에 결정할 것 같은데 말이다. 그러고 보니 그녀의 어머니는 딸의 이런 페미니스트 성향이나 비혼 의지에 대해 어떻게 생각하고 계실지가 문득 궁금해졌다. 딸의 자취방 침대 아래에 귀엽게 생긴 자위기구가 있다는 사실 같은 건, 아마 전혀 모르시겠지?

11. 나의 찬스

어느새 계절은 초겨울이 되었다.

그녀는 퇴사 후에도 생활 패턴을 일정하게 유지하고 싶다면서 출근할 때와 비슷한 시간에 일어났고, 오후에는 서점들을 돌아보거나 기획안을 쓰면서 바쁘게 지냈다. 그리고 그 와중에도 여전히 온갖 뉴스들과 집회 일정을 체크했다. 나는 평소와 똑같이 출근과 퇴근을 반복했다.

날씨가 좀 따뜻하다 싶더니 아니나 다를까 미세먼지가 심하던 주말. 나는 그녀와 함께 오랜만에 영화관에 갔다. 나는 영화를 좋아하긴 하지만 그렇게 자주 보는 편은 아니었다. 극장에서 꼭 챙겨보는 건 마블 영화랑 크리스토퍼 놀란 감독의 영화 정도. 그 외에는 뭐가 대박이 났다고 떠들썩하면 그제야 마음이 동해서 보러 가는 정도다.

오늘도 나는 있는 줄도 몰랐던 영화를, 그녀가 같이 보러 가자고 하길래 별생각 없이 따라온 거였다. 그녀가 예매한 표를 찾는 동안 포스터를 보니, 평소에 예쁘다고 생각했던 여자 배우가 주연으로 출연하는 작품이었다. 그래서 일단 눈요기라도 할 수 있겠다고 기대했는데, 막상 영화를 보니 드라마에서 보여줬던 청순하고 귀여운 모습과 달리, 담배 피우면서 욕도 찰지게 하는 거친 캐릭터로 나왔다.

마치 사 년 전의 그녀 모습만 기억하고 있다가 지금의 그녀를 만난 것과 비슷했다. 요즘엔 이렇게 세고 터프한 여자가 트렌드인가? 생각해 보면 내가 학교 다닐 땐 '메갈' 이런 거 없었는데. 불과 몇 년 사이에 생겨난 거 아닌가? 도대체 왜 그렇게 된 걸까? 옛날엔 기껏해야 '된장녀, 김치녀들이 문제다' 하는 정도였는데 말이다. 그 얌전하고 착하고 예쁘던 여자들이 도대체 왜 이렇게 바뀐 건지. 남자들은 다 그대로인 것 같은데…. 계속 그런 두서없는 생각들이 떠오르는 바람에 결국 내용에는 별로 집중하지 못한 채로 어느새 영화가 끝나버렸다.

끝나고 나왔더니 그녀의 눈이 빨개져 있었다. 옆에 앉아 있으면서 그녀가 울고 있는 것도 몰랐다니. 나는 놀라서 그녀의 눈물을 닦아줬다.

"울었어?"

"응, 쪼금…."

그렇게 슬픈 내용이었나? 아, 아무런 죄도 없는 어린아이가 가정 폭력을 당하는 가슴 아픈 내용이긴 했다.

"여성 연대 영화라서 좋았어. 둘이 앞으로는 진짜 행복하기만 했음 좋겠다."

그녀가 아직 여운이 남았다는 듯이 중얼거렸다.

여성… 연대? 내가 멍한 표정을 짓고 있었더니 내 얼굴을 빤히 보던 그녀가 어깨를 으쓱하더니 말했다.

"밥이나 먹으러 가자."

우리가 식사를 하러 간 곳은 맛집으로 소문난 우동집이었다. 이전에 소개팅을 한창 할 때 언젠가의 소개팅녀와 함께 와 본 맛집 중 하나였다. 방금 본 영화에 대해서 얘기하자면 나는 별로 할 얘기가 없을 것 같아서 그냥 조용히 있었는데, 그녀가 진지한 표정으로 휴대폰을 보면서 쉴 새 없이 뭔가를 쓰고 있었다.

"뭐해?"

"트위터에 영화 감상 썼거든. 자꾸 멘션 달려서."

"아, 트위터…."

잘 알고 있던 가설 하나가 증명된 기분이었다. 트위터에 페미니스트가 많다는 것 말이다.

"트위터에 그렇게 메갈들이 많다며?"

그녀는 잠시 눈을 들어 나를 스윽 보더니 정정하듯이 말했다.

"페미니스트가 많긴 하지."

"그럼 같이 트위터 하는 니 친구들도 다 페미?"

"뭐, 그치."

그녀는 대수롭지 않게 대답했지만, 내 머릿속에는 이전에 열심히 찾아봤던 '메갈'들의 인터넷 게시물들이 떠올랐다.

'한남소추', '6.9cm', '느개비', '재기해'….

생각하는 것만으로도 등줄기가 오싹해졌다.

"나도 트위터 할까?"

"아서라."

장난스럽게 던진 말에 그녀가 고개를 절레절레 흔들자 갑자기 호기심이 동했다.

"니 계정에 뭐라고 썼는지 보여주면 안 돼?"

"아, 됐어."

"왜? 막 내 욕 쓴 거 아냐? 내 남친 한남이다 이러면서."

"아니거든? 그런 걸 뭐하러 쓰냐."

나는 농담으로 한 말인데, 그녀가 필요 이상으로 발끈하는 것이 느껴졌다.

"왜?"

"뭘 왜야. 그건 내 사생활인데."

"흐응…."

시원찮은 대답에 내가 고개를 갸웃대는데 마침 우동이 나오는 바람에 우리의 대화는 잠시 중단됐다.

과연 맛집답게 면발이 끝내줬고, 길쭉한 원통 모양의 어묵인 '치쿠와'를 먹는 그녀의 얼굴은 쓸데없이 섹시했다. 그 모습을 흘끔흘끔 훔쳐보다가 머릿속에 문득 어떤 깨달음이 번개처럼 몰려왔다. 나도 내 친구들한테 여자친구 얘기 아직 안 했잖아. 사실 못 한 것에 가깝지만. 혹시 그녀도?

"야, 내가 창피해? 페미 친구들한테 차마 말도 못 할 정도로?"

쿨럭. 그 순간 그녀가 기침을 했다. 그건 뭐랄까, 그녀답지 않은 모습이었는데, 그것으로 내 짐작은 확신으로 바뀌었다.

"와, 진짜 너무하네!"

장난스러운 말투로 말했지만 기분이 제법 이상했다. 내 친구들에게 '메갈' 여자친구가 부끄러운 건 당연하다고 생각하면서도, 그 반대 경우는 생각해 본 적이 없었던 것이다. 갑작스러운 나의 공격에 수세에 몰린 그녀가 남은 치쿠와를 다 씹어 먹고서 국물을 시원하게 들이켜더니 말했다.

"그러는 너는? 네 친구들한테 얘기했어?"

"…뭘?"

"뭐긴 뭐야."

"…얘기, 했지."

"뻥치시네!"

"뻥 아니거든!"

나는 최대한 태연한 얼굴로 눈을 커다랗게 뜨면서 반박을 해보았다. 하지만 돌아오는 것은 그녀의 코웃음뿐이었다.

"내가 널 모르냐? 어디서 빤히 보이는 거짓말을."

"말했다니까!"

"니 친구들 뻔하지 뭐, 대기업 공돌이들. 생각하는 것도 비슷비슷할 텐데 '메갈'이랑 사귄단 말을 어떻게 해?"

"그럼 니 친구들은? 왜 말 못 해? 남자랑 연애하면 뭐 페미니스트 배신하는 거냐?"

서로 하나씩 사이좋게 주고받고 나니 피차 말문이 막혀서 우리는 잠시 아무 말도 하지 않았다.

"…일단 나가자."

"그래."

그녀가 영화표를 샀기 때문에 우동은 내가 계산했다. 식당에서 나오자 그녀는 담배를 꺼내 물었다. 나는 별말 없이 그 모습을 멍하니 바라보았다.

조용히 시간이 흘렀다. 머릿속에서 어머니의 음흉한 미소, 아버지의 카톡 사진, 베스트셀러 작가의 마세라티 같은 것들이 두서없이 떠올랐다가 사라졌다. 그녀는 다 피운 담배를 비벼 끄면서 내 쪽을 힐끗 쳐다보더니 말했다.

“웃긴다. 우리 이거 뭐 하는 거지?”

“그러게.”

나는 무심결에 내뱉었다.

“무슨 로미오와 줄리엣도 아니고.”

“푸하하, 그건 오버다.”

그녀가 웃음을 터뜨렸고, 그 얼굴을 보니 나도 웃음이 나와서 같이 웃었다.

“커피나 마시러 가자.”

나는 자연스럽게 그녀에게 손을 내밀었고, 그녀가 내 손을 잡았다. 그렇게 뭐가 뭔지 모르는 채, 여전히 답을 갖지 못한 채로 우리는 손을 잡고서 나란히 거리를 걸었다. 기분은 좋았지만, 마음은 답답했다.

차를 마시고 저녁까지 먹고 나자 밤이 되었다. 우리의 발길은 자연스럽게 그녀의 집으로 향했다. 나란히 침대에 앉아 넷플릭스의 정치 스릴러 시리즈를 틀었다. 회를 거듭할수록 엄청난 음모와 사건이 계속되지만 어쩐지 슬슬 지루해진다는 생각이 들던 참이었다.

그런데 갑자기 컴퓨터 화면이 멈추더니 괴상한 모양으로 영

상의 픽셀이 깨지면서 꺼져버렸다.

"어…?"

놀란 그녀가 얼른 일어나 컴퓨터의 전원 버튼을 눌렀다. 길게도 누르고 짧게도 눌러봤지만 아무런 반응이 없는 듯했다. 그녀의 집엔 텔레비전이 없었으므로 그 대신 영화나 드라마를 볼 때, 가끔은 일할 때도 쓴다는 이 컴퓨터는, 무려 27인치의 모니터 일체형 모델이었다. 당시에는 최고급 사양이었겠지만, 예전에 사귈 때부터 쓰던 거니까 진짜 오래 됐다. 아무래도 간단한 문제는 아닐 것 같았다.

"나와봐. 내가 해볼게."

나는 잠시 포털사이트에서 몇 가지를 검색해 본 뒤, 패닉에 빠진 그녀를 뒤로 물러나게 하고 일단 컴퓨터 전원 코드를 뽑은 뒤 일 분쯤 지난 다음에 다시 꽂았다. 그러고 나서 전원 버튼을 눌렀더니 시동이 걸렸다. 오케이, 좋았어. 이어서 부팅이 되는 도중에 키보드의 버튼을 눌러 안전모드로 켜는 것까지도 성공했다. 그러자 뒤에서 그녀가 말했다.

"아, 다행이다. 안전모드까지는 되네."

알고 있었어? 살짝 머쓱해졌지만 나는 계속 컴퓨터 전문가 모드로 심각한 얼굴을 유지하며 정상 부팅을 시도했다. 그런데 그다음부터는 좀처럼 잘 되질 않았다. 그녀의 얼굴에 서서히 절망의 빛이 떠올랐다.

"아, 안 돼. 요즘 노트북도 오락가락하는데 얘까지 망가지면… 나 이제 집에서 넷플릭스도 못 보고…."

"보증기간은 지났지?"

"한참 지났지. 지금은 수리하려고 해도 부품이 없을걸?"

"공식은 그렇겠지만 사설 수리업체에는 있을 거야."

"근데 거긴 얼마를 부를지 모르잖아. 이 무거운 걸 들고 또 거기까지는 어떻게 가."

"그야 내가 들어주면 되지. 그건 걱정 말고."

"……."

"방법은 두 가지야. 사설 한 번 가보든지. 아니면 그냥 이번 기회에 컴퓨터 바꾸든지."

그녀는 잠시 입을 벌리고 생각하더니 말했다.

"어떡하지. 근데 모니터만 이만한 거 사는 데도 돈 꽤 들지 않나?"

"삼사십 정도는 생각해야지."

한참 고민하더니 그녀가 말했다.

"사설 한 번 가볼까, 그럼?"

"그래, 내일 여는 데도 있을 테니까 찾아서 같이 가보자. 너무 걱정하지 마."

"고마워. 하필이면 이럴 때 고장이 나냐."

갑작스러운 고장에 그녀도 나도 적잖이 당황했지만, 생각보다 빨리 해결 방법을 찾아낸 것 같아서 뿌듯했다. 특히 위기 상황에서 내가 이성적인 모습을 보였다는 점이 마음에 들었다.

그런데 그러고 나니 뭘 해야 할지 막막했다. 넓은 화면으로 쾌적하게 보던 드라마를 이제 와서 갑자기 노트북이나 휴대폰의 작은 화면으로 보기엔 맥 빠지잖아. 기왕 이렇게 된 거 오랜만에 분위기라도 잡아볼까 했는데, 내가 엉겨 붙어도 그녀는 별생각이 없는지 호응을 해주지 않았다. 쳇. 결국 우리는 그녀가 스트리밍으로 재생시킨 음악을 들으면서 각자 휴대폰을 들고 뒹굴뒹굴하다가 뽀뽀만 몇 번 한 뒤에 각자 잠이 들었다.

다음 날, 우리는 컴퓨터를 들고 가장 가까운 사설 수리업체를 검색해서 찾아갈 예정이었다. 그런데 늦잠이 문제였다. 나는 주말엔 오후까지 늦잠을 자던 버릇이 도졌고, 그녀도 그날따라 피곤했는지 늦게까지 일어나지 않았다. 그렇게 둘 다 잠에 빠져 있던 오전 열한 시쯤, 삐삐삐삐 하이톤의 기계음이 느닷없이 귓가를 파고들었다.

"뭔 소리지?"

눈을 반쯤 감고 꿈인지 현실인지 헷갈려서 중얼대는데 옆에서 그녀가 번쩍 몸을 일으켰다.

"어, 이거 도어록 번호 누르는 소린데!"

그녀의 얼굴이 걷잡을 수 없는 패닉 상태로 변해갔다. 잘은 모르겠지만 뭔가 큰일이 벌어진 것 같다는 생각에 팬티만 입고 있던 나는 얼른 옆에 널려 있는 옷을 주워 입었다. 그러는 동안 그녀는 조심스레 현관을 향해 다가갔다. 뉴스에서만 봤던 변태 놈인가? 여자 혼자 사는 집만 골라서 풀릴 때까지 도어록을 누르고 다니는 미친놈? 아니, 근데 밤도 아니고 주말 오전에? 너무 부지런한 거 아냐? 뭔가 좀 이상한데… 오만가지 생각을 애써 지우면서 천천히 그녀의 한 발짝 뒤를 따랐다.

밖에서는 계속 틀리는데도 삐, 삐, 삐, 삑 거리며 누르기를 멈추지 않았다. 엄청 집요한 놈이었다. 그러고 보니 가끔 술 취한 사람들이 남의 집을 자기 집으로 착각하고 도어록 번호를 누른다는 이야기를 들은 것도 같다. 지금도 그런 경우인가? 근데 이런 시간에? 하긴 오늘 아침까지 마셨다면 그럴 수 있을지도? 부모님 집에 얹혀살면서 한 번도 겪어보지 못했던 일이라 너무 당황스러웠다. 무기가 될 거라도 찾아야 하나?

그녀는 어느새 문 가까이에서 바깥쪽을 노려보며 귀를 쫑긋 세우고 있었다. 일단은 섣불리 반응하지 않는 것이 좋다고 생각한 것 같았다. 하긴 누르다가 안 열리면 그냥 갈 수도 있으니까. 이제 조용해진 걸 보니 그런 것 같기도 하고.

그때였다. 문 저쪽에서 말소리가 들려왔다.

"아우, 이 기집애 비번 또 바꿨어. 전화는 또 왜 안 받아."

여자 목소리였다. 그녀의 눈이 동그래졌다.

"언니?"

언니…? 설마, 친언니?

그녀와 눈이 마주쳤다. 하필이면 그 소리가 밖에까지 들렸는지, 그 언니라는 사람이 말했다.

"어, 그래! 나야! 야! 문 좀 열어봐!"

'어떡해?!' 내가 입모양으로 그녀에게 물었다. 화장실에 숨을까? 근데 그러다 언니가 화장실로 들어오면 어떡하지? 아차, 그러려면 내 신발도 숨겨야 하고, 저쪽 방에 내 옷도 벗어놨는데. 여러 가지 생각이 동시에 떠오르기 시작했고, 그럴수록 머릿속이 온통 하얘지면서 오히려 몸이 굳어버렸다.

"왜 안 열어!"

밖에서 언니가 외쳤다.

"자, 잠깐만!"

그녀가 임기응변으로 대답했다. 시간이 없다. 빨리 어떻게든 숨어야 한다. 나는 점점 더 패닉에 빠졌다. 그 순간 그녀가 결심한 듯 몸을 숙여 내 구두를 향해 손을 뻗었다. 그 모습에 정신이 든 나는 그 구두를 받아 들고 화장실로 숨어야겠다는 생각으로, 왼쪽 발을 내밀어 뛰어갈 준비를 했다.

그때, 삐비비빅 챠르륵, 경쾌한 소리를 내며 문이 열렸다.

"어어?"

그녀와 내가 동시에 비명을 질렀다.

"어어어어?!"

문을 연 당사자 역시 마찬가지였다. 쾅 소리를 내며 문이 닫혔다. 우리는 잠시 그 상태로 서로를 보면서 어색하게 엉거주춤 서 있었다.

"어, 어떻게 열고 들어왔어?!"

그녀가 물었고, 언니가 대답했다.

"너 비밀번호 몇 개 가지고 돌려쓰잖아! 숫자 못 외워서!"

어쩐지 평범한 톤으로 해도 될 대화들을 둘 다 소리소리 질러가며 하고 있었다.

"그, 그렇다고 갑자기 남의 집 문을 열고 들어오면 어떡해!"

"남의 집은 뭔 놈의 남의 집!"

'언니'는 그녀의 항의를 말 한마디로 뭉개버렸다. 그러곤 나를 위아래로 훑어보면서 물었다.

"어휴, 씨. 놀래라. 남친이야?"

눈은 나에게 향한 게 맞는데, 뉘앙스로는 그게 맞나 싶어서 섣불리 대답하지 못하고 입만 벙긋댔다. 그러자 옆에서 그녀가 대신 대답했다.

"그럼 뭐겠냐?"

"어쭈, 제법이네?"

상황 파악이 끝나자 금방 진정이 된 듯 어느새 차분해진 언니가 씩 웃었다. 그러자 비로소 그녀의 친언니처럼 보이기 시작했다. 방금까지는 닮은 구석이 하나도 없어 보였는데 말이다. 키는 그녀보다 작았고, 긴 머리를 하나로 묶어 더 여성스러운 느낌이 들었다. 짧은 패딩 잠바에 치마 레깅스를 입고 있었는데, 언니라지만 오히려 그녀보다 나이가 어려 보이는 느낌마저 있었다. 그녀와 달리 귀엽고 아담한 이미지라 길에서 마주친다면 그녀의 친언니라는 걸 알아차리긴 어려울 것 같았다.

그런데 웃는 얼굴이 똑같았다. 특히 그 약간 의미심장하달까, 꿍꿍이가 있는 것 같은 뉘앙스가.

"아, 왜 왔냐고! 갑자기."

그녀가 툴툴대자 언니가 오른손을 들어 보였다.

"이거."

보자기에 싼 반찬통이었다. 호오, 언니가 반찬도 해다 주시나? 그녀가 손을 뻗어 반찬통을 낚아채듯 받아들었다.

"됐지? 잘 먹을게. 이제 가."

그러나 언니는 물러날 생각이 없는 듯했다.

"너 회사 때려치웠다며?"

그러더니 신발을 벗기 시작했다. 지퍼가 달린 까만색 앵클부츠였다. 집으로 들어오겠다는 강한 의지의 표현이었다.

"아, 내가 알아서 해! 가라니까?"

그녀가 팔을 뻗어 언니를 막았지만 역부족이었다. 언니는 그녀의 팔을 가볍게 뿌리치고는 가만히 있던 내 쪽을 향해 뜬금없이 살가운 눈웃음을 날렸다.

"안녕하세요? 얘 언니예요. 처음 뵙네요. 아우, 얘는 진짜 예의도 없게. 이렇게 반가운 분을 만났는데 제대로 인사는 하고 가야지."

"네, 안녕하세요. 저도 반갑습니다."

나는 어쩔 줄 몰라 하며 적당히 인사를 받았다. 그녀가 날 째려봤다. 아니, 그럼 이 상황에서 어떡하라고!

"근데 누구 남친 아니랄까봐, 옷을 특이한 걸 입으셨네."

언니는 그렇게 중얼거리며 집 안으로 성큼성큼 들어왔다. 그녀가 날카로운 비명에 가까운 소리를 지르며 언니를 따라갔다. 나도 들어가려다, 문득 현관의 전신 거울에 내 모습을 비춰봤다. 급하게 주워 입은 티셔츠에는 '착한 여자는 천국에 가지만 나쁜 여자는 어디든 간다'는 문구가 적혀 있었다. 그제야 어제 그녀가 편하게 입으라며 내놓았던 것이 기억났다. 아오, 초면인 누님 앞에서 웃통을 벗을 수도 없고.

작은 이인용 식탁에 그녀와 언니가 마주 보고 앉았다. 빈 의자가 없어서 나는 스툴에 뻘쭘하게 걸터앉았다.

"갑자기 회사는 왜 때려치웠어?"

"무슨 상관이야?"

"왜 상관이 없어? 쓸데없이 나와 살면서 월세 낭비하는 것도 아까워 죽겠는데 집에서 엄마랑 같이 살면서 집안일도 도와드리고 그러면 좀 좋아?"

"신경 꺼. 내 돈이야."

"뭐 계획은 있고?"

"당연히 있지. 알아서 할 거라고, 내가!"

"아우, 쟤가 저렇게 철이 없어요. 저기, 이름이?"

"아, 김승준입니다."

"그래요, 승준 씨. 얘랑 사귀기 많이 힘들죠?"

언니의 말에 그녀가 나를 짝 째려봤다. 대략 '대답 잘해라' 이런 표정이었다.

"아, 아닙니다…."

그런데 갑자기 그녀의 언니가 내 손을 부여잡더니 말했다.

"그래도 나는 좀 안심이 되네. 쟤가 그래도 뭐 믿을 구석이 있으니까 회사도 때려치운 거 아니겠어?"

"믿을 구석은 무슨? 이상한 소리 하고 있어!"

그녀가 발끈해서 받아쳤지만, 언니는 놀랍게도 조금의 동요도 없이 완벽하게 그녀의 말을 무시했다. 내게는 너무나 센 그녀를 이기는 사람이 바로 그녀의 언니인 듯했다. 세상에, 역시 가족은 대단하다.

"보아하니 깊은 사이인 거 같은데…."

언니가 눈을 게슴츠레하게 뜨며 의미심장한 미소를 지었다. 하긴, 주말 아침에 이런 모습으로 마주쳤으니 변명의 여지가 없었다. 나는 민망해져서 하하하 웃었다.

"승준 씨 보니까 가볍고 그런 사람은 아닐 거 같네. 끝까지 제 동생 좀 잘 부탁해요."

"아아, 네, 알겠습니다."

그런 말을 주고받으며 언니와 나는 서로 눈을 마주쳤다. '끝까지'라는 말에 담긴 뉘앙스를 우리는 정확하게 주고받았다. 그러니까 그녀와 달리, 그녀의 언니는 나와 같은 세계의 상식을 공유하는 사람이었던 셈이다.

"엄마가 안 그래도 쟤 때문에 얼마나 걱정이 많은지 몰라요. 게다가 갑자기 회사까지 때려치웠다니까 얼마나 놀라셨겠어요."

"아유, 정말 그러셨겠네요."

헉. 나도 모르게 언니의 말에 동조해 버리고 말았다. 그녀의 따가운 눈총이 느껴졌다.

"저는 엄마 집 근처에서 아기 키우면서 신랑이랑 살아요. 맞벌이라서 애는 엄마가 봐주세요. 저희가 시터비 조금씩 챙겨드리고."

"아, 네에. 저희 회사에도 그런 여자 선배님들 많으세요."

그러자 언니는 잠시 아련한 표정을 짓더니, 내 눈을 똑바로 쳐다보면서 말했다.

"회사에서 같이 일하는 아기 엄마들 너무 미워하지 마세요. 다들 아등바등 사느라고 그래요."

갑자기 정신이 바짝 들었다.

"그럼요, 당연하죠. 미워하긴요…."

"암튼 오늘은 엄마가 동생이랑 대판 싸웠다길래 얘기 좀 하려고 갑자기 찾아오게 됐습니다. 제가 이렇게 경우 없는 사람은 아닌데…."

"언니 원래 경우 없잖아!"

그녀가 끼어들었지만 언니는 눈길도 주지 않고 계속 말을 이어갔다.

"그래도 승준 씨를 만났으니까, 엄마도 좀 안심하시라고 해야겠네요. 모녀 사이가, 이게 칼로 물 베기라. 반찬도 다 엄마가 싸주신 거예요."

나와 언니가 어머니의 사랑에 감동받고 있는 동안 그녀는 계속 혼자 열을 냈다.

"엄마한테 괜히 쓸데없는 소리 하지 마, 어? 진짜 나 경고했다."

"재는 뭐 몇 년 전부터 결혼도 안 하고 혼자 살겠다고 하는데, 저는 그 말 안 믿거든요. 그럴 수 있는 성격이 못 돼요, 재

가. 뭐 만나보셔서 아시겠지만."

한쪽 눈으로는 언니의 평온한 얼굴을 보면서, 한쪽 눈으로는 열 받아 펄펄 뛰는 그녀를 보고 있으려니 정신이 분열되는 것 같았다. 보통 사람 같으면 면전에 대고 저렇게 얘기하기 어려울 텐데, 어떤 의미로 정말 대단한 언니였다.

"아, 언니 빨리 집에 가라고! 은수 기다리겠다! 빨리!"

그녀가 계속 소리를 질러댔다.

"아우, 알았어. 너 그렇게 소리 안 질러도 갈 거거든. 승준 씨, 뭐 힘든 일 있거나 고민 있으면 저한테 연락해요."

언니가 휴대폰 케이스에서 명함 한 장을 꺼내 나에게 줬다. 그녀가 중간에서 낚아채려 했지만, 내가 순발력을 발휘해서 냉큼 손에 쥐었다. 정말이지 든든한 아군이었고, 진짜로 연락할 일이 꼭 있을 것만 같았기 때문이었다. 심지어 얼핏 본 언니의 명함에는 우리나라 최고의 대기업 파란색 로고가 새겨져 있었다.

"허튼 생각 하지 말고, 회사 때려치운 김에 시집이나 가라. 나 간다!"

"엄마한테 아무 소리 하지 마! 나 진짜 화낼 거야!"

그녀가 목놓아 외쳤다. 그러나 언니는 한 치의 흔들림도 없이, 꿋꿋하게, 올 때도 그랬듯 갈 때도 마음대로 나가버렸다.

쾅 하고 문이 닫히자 그녀가 씩씩댔다.

"아우, 저 미친년. 어떡하지?"

"아무리 그래도 언니한테 미친년이 뭐냐? 좋은 분이던데."

"닥쳐! 니가 뭘 안다고 그래!"

솔직히 길을 막고 물어봐라, 누가 더 '미친년'인지. 나는 슬며시 속으로 웃었다.

"조카 보는 것 때문에 엄마 초죽음 상태야. 안쓰러워 죽겠다니까. 내가 엄마 집에 계속 살았으면 같이 아기 보고 집안일 다 해야 됐을걸. 나라도 살아야겠다 싶어서 나온 거지. 괜히 엄마한테 미안하니까 나한테 저래!"

"언니는 대기업 다니시나봐?"

"어. 나랑 완전 정반대."

"그런 거 같네."

"아침부터 이게 무슨 난리야. 어우, 재수 없어. 어우, 기분 나빠."

그녀가 소금이라도 뿌릴 기세로 집안을 걸어 다니며 고개를 도리도리 젓더니 나를 짝 째려보며 말했다.

"너, 혹시나 허튼 생각 하지 마라."

"무슨 생각?"

뻔히 보일 줄 알면서도 나는 일단 시치미를 뗐다.

"시집이나 가라느니… 같은 여자끼리 어떻게 저런 말을 해?"

그녀가 분노에 파르르 떠는 것을 빤히 보면서도 나는 어쩐지 아주 느긋해져서 차분하게 대꾸했다.

"그래도 친언닌데 너 망하라고 그러시겠냐? 다 걱정돼서 하시는 말씀이겠지."

"걱정되면 되지도 않는 잔소리 말고 돈으로 달라고!"

"언니가 결혼을 해보니까 좋은 점이 많았나부지."

"됐다 그래…. 참, 너 아까 받은 명함 내놔."

한쪽 손에 티 안 나게 쥐고 있던 명함을 나도 모르게 더 세게 쥐었다.

"…왜, 왜?"

"내놓으라면 내놔! 둘이 뭔 작당을 하려고. 그 꼴은 절대 못 봐."

"누님이 나 주신 건데 왜 뺏어가!"

"이거 봐, 얘 진짜 연락할려고 그랬나봐! 너 진짜 꿈도 꾸지 마. 내놔!"

내가 망설이는 것을 눈치챈 그녀가 내 손을 향해 달려들었다. 아, 손에 눈이라도 달려 있었음 좋겠다. 이럴 줄 알았으면 아까 번호 외워두는 건데. 결국 나의 저항은 무의미했다. 앙다문 조개처럼 단단했던 내 주먹을 펴겠다고 그녀는 치사하게 나의 절대적인 약점, 겨드랑이를 건드렸다. 결국 명함은 그녀에 손에 조각조각 흩어지고야 말았다. 쓰레기통에 버리면 몰래 맞춰보기라도 하겠는데, 철두철미하게도 화장실 변기에 내려버렸다. 천군만마 같았던 지원군의 연락처를 그렇게 허무하게 잃어버린 것이 정말 원통했다. 어떻게 다시 알아낼 방법이 없을까?

하지만 한편으론 그녀의 주변 사람들이 그녀보다 내 편에 더 가깝다는 것을 알게 됐다는 사실이 기뻤다. '회사 때려치운 김에 시집이나 가라'니, 정말이지 속이 확 뚫리는 말이었다. 역시 나한테는 기회일 수 있다는 생각이 완전히 틀린 건 아니었다.

우리는 번갈아 가면서 씻고, 집 안을 오가며 외출 준비를 했다. 그동안 나는 대수롭지 않은 투로 계속 중얼거렸다.

"사실 평생 여자 혼자 살면 힘든 일이 얼마나 많겠냐. 아까도 도어록 누가 막 누를 때 솔직히 무서웠지? 나도 무섭던데."

"……."

"언니였으니까 망정이지, 정말 이상한 놈이었음 어떡해."

내가 혼자서 주절대는 동안 그녀는 내내 대꾸 없이 한참을 휴대폰만 심각하게 들여다봤다. 그러더니 갑자기 어딘가에 전화를 걸었다.

"아, 네. 거기 오늘 영업하시죠? 컴퓨터 수리 문의드리려고요. 네, 구형이에요."

가만히 그 모습을 보고 있었더니, 그녀는 태연하게 통화를 마치고는 내게 말했다.

"신촌에 사설수리 괜찮은 데 있대서 전화해 봤어. 지금 문 열었다니까 가보자."

언니가 남기고 간 후폭풍에서 벗어나고 싶은 모양이었다. 그렇다면, 응해주지. 어쩐지 계속 여유로운 기분이라 나는 선심 쓰듯 말했다.

"그래, 잘했어. 장갑 있어?"

"아, 목장갑은 없는데."

"꼭 목장갑 아니어도 돼. 그냥 아무거나, 막 써도 되는 장갑."

내가 말하자 그녀가 쪼그리고 앉아 옷장을 한참 뒤적이더니 알록달록 색이 귀여운 니트 장갑 한 쌍을 꺼내왔다. 내가 받아 들려는데, 그녀가 갑자기 손에 힘을 주며 붙잡았다.

"응?"

그러더니 갑자기 자기 손에 장갑을 꼈다.

"내가 한번 들어볼게."

"어? 야, 저거 무거워."

뜬금없이 무슨 소린가 했는데, 말릴 새도 없이 그녀는 책상 위로 다가가 두껍고 무거운 일체형 모니터 겸 본체의 하단을 양손으로 잡았다. 아니, 이상하게 자꾸 내 앞에서 힘자랑을 하려는 경향이 있어.

흡! 소리를 내며 일단 드는 데까지는 성공했다. 그런데 무게도 무게지만 27인치 모니터는 부피도 너무 컸기 때문에 키 백육십의 그녀가 앞을 보려면 안간힘을 쓰며 턱을 들어야만 했다. 솔직히 그 상태로는 택시를 타고 신촌까지 가기는커녕 한 발자국 떼기도 어려워 보였다. 그런데도 그녀는 걸어보려고 애를 썼다.

"야, 너 다쳐!"

"아냐, 괜찮은 것 같은데."

하지만 새빨갛게 달아오른 얼굴이, 심하게 부들거리는 팔이 전혀 괜찮지 않아 보였으므로 나는 얼른 그녀에게서 컴퓨터를 뺏어 들었다.

"야, 왜 그래. 나 괜찮다니까?"

그녀가 평소답지 않게 허세를 부렸는데, 그러면서도 내심 다행이라는 표정이 보여서 좀 재밌었다. 그 짧은 시간에 땀까지 송글송글 맺혔다. 나는 잠시 컴퓨터를 책상에 놓고 그녀의 손에서 장갑을 벗겨내어 대신 꼈다. 그러곤 보란 듯이 가뿐하게 들어 올렸다.

"가자. 문 열어."

그녀는 별수 없다는 듯 현관으로 걸어가 문을 열었고, 내가 컴퓨터를 들고 나갈 수 있도록 잡아주었다. 남자인 내가 객관적으로 힘이 센 걸 어떡하겠어. 하지만 그녀는 그 사실이 못

내 분한 모양이었다. 정말 이상하다니까, 그렇게 생각할 필요가 뭐가 있나? 그냥 힘센 남자친구가 있다는 사실에 기뻐하면 되지.

택시 기사에게 주소를 알려주고 약 이십 분 정도 달려서 수리업체에 도착했다. 십대 남자아이가 접수를 받아서 신기하다고 생각했는데, 뒤에서 곧 그와 똑같이 생긴 아저씨가 나왔다. 아저씨는 오랜만에 보는 구형 모델이라며 받아든 뒤 시동을 걸고는 이렇게 저렇게 살펴보더니 오 분도 안 돼 진단을 내렸다.

"그래픽카드랑 시피유 갈아야 돼."

"그럼 얼마예요?"

그녀가 조심스럽게 물었다.

"부품 값이랑 해서 오십오만 원은 줘야겠는데."

슬쩍 눈치를 보니 생각했던 것보다 비싼 모양이었다. 그녀의 얼굴이 조금 굳었다.

"이번에 고치면 몇 년이나 쓸까요?"

저건 망설여진다는 뜻이지.

"뭐, 한 일이 년은 버틸 거야. 현금 하면 오만 원 깎아주고."

하지만 아저씨도 만만치 않아서 바로 밀어붙였다. 금액이 고민이라는 걸 알아챈 거다.

"아, 현금…. 아니에요, 그냥 카드로 할게요. 할부로…."

그녀는 조금 망설이더니 마침내 결정한 듯 말했다. 하긴 퇴사한 지 얼마 안 됐으니 갑자기 목돈이 나가는 게 부담이 되기도 할 거다. 내가 나설 차례로군.

"됐어, 내가 빌려줄게. 현금으로 할게요. 며칠 걸릴까요?"

"어, 삼일 있다 오셔."

아저씨는 기다렸다는 듯 내 쪽을 보며 대답한 뒤에 그녀에게 간이계약서 같은 것을 내밀었다.

"야, 됐어. 뭐하러…."

그녀가 항의했지만 나는 아주 돈이 많은 사람처럼 괜찮다고, 그냥 그렇게 하라고 손짓했다.

결국 그녀는 못 이기는 척 간이계약서 내용을 보면서 주소와 연락처 같은 내용들을 적기 시작했다. 그런데 주말에 나와서 한 건 따낸 것이 못내 기분이 좋았는지 아저씨가 히죽거리면서 그녀에게 말했다.

"아가씨, 그러지 말고 그냥 오빠한테 '내주세요' 그래."

"네?"

가뜩이나 심기가 불편해 보였던 그녀의 뚜껑이 완전히 열리려는 것이 보여서 나는 얼른 다 쓴 계약서를 건네고는 그녀를 잡아끌었다.

"감사합니다. 삼일 있다가 올게요."

아니나 다를까 밖으로 나오자마자 그녀의 고성이 시원하게 터졌다.

"그니까 왜 니가 거기서 끼어들어?"

예상했던 반응이었기 때문에 나는 아주 차분하게 말했다.

"일단 현금으로 할인받고 돈은 할부로 갚으면 되지. 한푼이라도 아낌 좋잖아?"

"웃기는 아저씨야, 오빠는 무슨 얼어죽을…."

"너 어려 보인다는 얘기지, 뭐."

"아, 꺼져. 졸라 기분 나빠."

우씨, 왜 나한테 꺼지래. 내가 그랬냐? 살짝 빈정이 상할 뻔했지만, 그녀와 사귄 시간만큼 나도 맷집이 강해졌다.

"뭐, 나쁜 뜻으로 한 말은 아니잖아."

"그게 뭐가 중요해?"

"됐어, 됐어. 저렇게 몇십 년을 사신 양반들이 바뀌냐? 나 밥이나 사줘. 힘썼더니 배고파."

흥분한 그녀를 끌고 나는 얼른 머릿속 내비게이션을 돌리면서 근처에 먹을 만한 밥집을 향해 걸었다. 그러자 입으로는 계속 궁시렁대면서도 그녀 역시 순순히 따라왔다.

오, 나 이제 드디어 그녀를 콘트롤하는 방법을 좀 찾은 것 같은데?

본바탕은 착한 그녀였으니, 포인트를 잘 맞춰서 공략하면 의외로 쉽게 넘어가기도 하는 것이다. 그녀의 친언니를 만나서 보고 배운 것도 큰 도움이 됐다. 삼일 있다가 또 수리가 끝난 컴퓨터를 찾으러 올 때도 내가 도와줘야 할 거고, 돈도 꿔줄 거고, 그럼 할부로 몇 달에 걸쳐 갚을 거고, 그러면 그녀는 그동안 고마우면서도 미안하다는 생각을 할 테니까. 퇴사 이벤트를 겪으면서 나름 의지가 되어준 것도 무시할 수 없을 거고.

나도 이제 예전의 김승준이 아니라 이거야. 내내 질질 끌려가기만 하던 과거의 내가 안쓰럽게 느껴질 정도였다.

"뭔 생각 하냐?"

나도 모르게 히죽거렸는지 밥을 먹던 그녀가 맞은편에서 쏘아붙였다. 나는 얼른 표정을 굳히면서 아무렇지 않은 척했다.

12. 계획대로 되고 있어

얼마 뒤, 나는 그녀의 옛 회사 동료들과 만나게 됐다. 우리 사이가 더 진지하고 공인된 것에 이르러서… 라기보다는, 사실 갑작스러운 일이었다. 결정적인 계기는, 그녀가 지인들과 술을 마시고 들어간다고 하고서 열두 시가 넘어도, 한 시가 넘어도 도저히 집에 들어갈 기미를 보이지 않았기 때문이었다. 삼십 분에 한 번씩 재차 연락을 하는 나에게 그녀는 아무렇지 않게 대답했다.

"걱정 말고 먼저 자. 내일 출근하잖아. 난 알아서 잘 들어갈게."

그래, 알아서 잘 들어가겠지. 그녀는 서른 살 넘은 성인이고, 나보다 술도 세고. 이전에 한창 힘들 때 빼곤 술에 취해 몸을 못 가눌 정도가 된 적도 없고. 아무튼 내가 그녀를 강제로 집에 들여보낼 권한은 없다. 논리적으로는 그렇다. 그런데 현실적으로 세상이 어디 그렇냐는 말이다.

모든 논리를 뛰어넘는 마법의 논리 : 나는 그녀의 남자친구다.

그러니까 그녀의 귀가와 안전에 관심을 가져야 할 의무와 권리가 있는 거다. 늙다리 베스트셀러 작가라는 놈이 그녀에게 심하게 집적거린 적이 있다는 걸 뻔히 아는데, 새벽 늦게까지 술을 마시느라 집에 들어가지 않는 그녀를 두고 어떻게 잠에 들 수 있겠는가. 나는 계속 뜬눈으로 뒤척이며 휴대폰만 쳐다봤다. 이런 상황에서 편안하게 잠을 자는 남자친구가 몇 명이나 될까 싶은데, 내 여자친구는 참 태평하게도 이런 메시지를 보내왔다.

나 때문에 못 자고 있는 건 아니지?

너 때문에 못 자는 거 맞거든. 하지만 그렇게 대답하기엔 내가 뭔가 쿨하지 못한 것 같은 그녀의 치명적인 쿨함. 그러니까 결국 나는 이렇게 말할 수밖에 없었다.

아니지, 당연히.

그냥 잠이 안 와서 그래.

들어갈 때 연락해.

그날 밤에 과장 안 보태고 '들어갈 때 연락해'만 한 열 번 말한 것 같다. 이쯤 되면 들어가겠지, 조금만 더 있으면 들어가겠지. 친구들이 재밌다고 했던 온갖 종류의 유튜브 방송들을 보다가, 도저히 안 되겠다 싶어서 전화를 한 것이, 아마 한 시 반이 다 된 시간이었을 거다.

"여보세요?"

그녀의 목소리 뒤로 흥겨운 음악소리가 들렸다. 마음속으로는 '지금 몇 시냐, 도대체?'라고 소리치고 있었지만, 평정심을 유지하기 위해 나는 애써 목소리에 힘을 주었다.

"아직 술 마시고 있어?"

"응."

"그 사람들 내일 출근들 안 한대?"

"다 퇴사하고 프리랜서된 사람들이라서."

하, 프리랜서들이 밉다. 이래서 사람이 출퇴근을 해야 해. 규칙적인 생활을 해야 한다고.

"너무 늦는 거 같아서 걱정되는데…."

"걱정할 거 없대도. 나 하나도 취하지도 않았고."

그래, 그녀의 목소리는 너무 아무렇지 않았고, 바로 그게 문제였다. 그때 전화기 너머로 사람들의 목소리가 들렸다.

"누구야?"

"남자친구인가봐."

"남자친구?"

여러 사람의 목소리였다. 그리고 남자 목소리도 분명하게 들렸다. 갑자기 내 안의 무언가가 꿈틀거렸다.

"거기 지금 되게 재밌나보다."

"응, 오랜만에 만났으니까."

"내가 데리러 갈까? 그분들한테 인사도 하고."

"지금 온다고? 갑자기?"

"그냥, 좀 늦었으니까. 데려다주고 싶어서."

"아니, 진짜 괜찮은데. 피곤할 텐데 뭐하러…."

"어딘지 알려주면 금방 갈 수 있는데."

어느 정도 충동적으로 뱉은 말이긴 하지만, 그녀가 그닥 달가워하지 않는다는 것이 느껴지자 더 오기가 생기면서 반드시 가야겠다는 생각이 들었다. 그때 뒤에서 다시 사람들의 목소리가 들렸다.

"헐, 지금? 온다고? 남자친구가?"

"야, 오시라고 그래."

"그래 얼굴이나 보자."

근데 지금 시간이 몇 신 줄은 알고들 하는 얘긴가? 다들 취한 게 틀림없었다.

"알았어, 그럼. 주소 보낼게."

그렇게 해서 나는 그녀와, 그녀의 옛 동료들을 만나러 갔던 것이다. 무려 새벽 두 시가 다 되어가는 시간에.

내가 택시를 타고 도착한 곳은 번화가 끝에 있는 작은 바였다.

"와, 진짜 오셨네요."

"안녕하세요!"

"어, 왔어?"

내가, 내일 출근을 해야 하는 내가, 오로지 자신만을 위해서 여기까지 왔음에도 불구하고 정작 그녀는 그다지 기뻐하지 않는 것 같아서 조금 김이 빠졌다. 다행히 그녀 대신 그녀의 일행들이 그녀 몫까지 나를 반가워해 줬다.

"네, 안녕하세요."

내가 인사하자 그녀를 포함한 다섯 명 중에 유일하게 남자인 사람이 유난히 반갑게 맞아주었다. 그는 이목구비가 부리부리하고 키는 멀대같이 크지만 엄청 마른 체형이었는데, 가르마를 탄 헤어스타일도 그렇고 약간 일본 사람 느낌이 났다. 우리는 남자답게 악수를 했다. 그리고 잠깐 눈을 맞추며 서로를 살폈는데, 그가 그녀에게 대뜸 나를 칭찬했다.

"이야, 이 시간에 데리러 오시고 진짜 멋있는 남자친구네요."

"그런 건가?"

"그럼요. 엄청 좋아하지 않으면 이 시간에 어떻게 나와요."

"흐음…."

그의 말에 적극 맞장구를 쳐야 할 그녀가 오히려 고개를 갸웃거리는 건 뭔가 싶었지만, 그의 말이 가식이나 위선은 아닌 것 같아서 나는 흡족하게 웃으며 쑥스러운 척을 했다. 거, 사람 괜찮네. 일단 위협적인 사람은 아닌 걸로 체크.

"같이 한잔하세요."

이 바는 이들이 몇 년 전부터 아지트처럼 모이는 곳으로, 또래인 젊은 사장과도 친해서 이미 영업시간은 끝났지만 집에 가고 싶을 때까지 놀아도 된다고 했다. 그랬구만, 이런 가게가 있는 게 문제의 원흉이었어.

그녀와 일행은 마치 자기네 가게인 것처럼 카운터 안쪽으로 들어가 노트북으로 음악도 틀었다. 그런데 하나같이 내가 잘 모르는 노래였다. 그녀의 차례가 되었을 땐 속으로 예전에 같이 즐겨듣던 영화의 OST를 틀어주면 좋겠다고 생각했는데, 난생처음 듣는 EDM을 틀었다.

그들은 그녀의 전 직장인 출판사에서 만난 동료, 선배들이라고 했다. 사내에서 정말 몇 안 되는 친한 사람들이었는데 다들 자유로운 영혼이라 하나둘 퇴사했고, 지금은 프리랜서 편집자로 일하거나 독립 잡지의 발행인이 됐거나 디자이너가 됐거나, 아무튼 출판계 언저리에서 일하며 살고 있다고 했다. 어쨌든 나와는 무척 다른 세상 사람들이었다.

초면인 내가 어색해하지 않도록 배려하는 건지 그들은 입을 모아 그녀를 칭찬했다.

"워낙 똑똑하고 일도 잘했어요."

"아마 독립해도 잘할 거예요."

"취미도 다양하잖아. 아, 얼마 전에도 하프 마라톤 뛰었다면서요. 진짜 대단하다니까."

나는 미소를 머금고 고개를 끄덕거리며 그들의 얘기를 들었다. 그러나 그녀는 별다른 반응 없이 안주에만 얼굴을 파묻고 있었다. 그녀의 관심을 좀 끌어야겠다는 생각에 나는 이런 자리에서 단골로 던지는 질문을 꺼냈다.

"근데 제 여자친구, 회사에서 남자들한테 인기 많았어요?"

"네? 인기요?"

"네, 남자들이 많이 쫓아다녔을 것 같은데. 워낙 이쁘잖아요."

"뭔 소리 하는 거야, 지금?"

내 딴에는 기 살려주려고 시작한 얘긴데, 그녀가 볼멘소리를 하면서 끼어들었다.

"왜, 원래 친구들 만나면 이런 거 물어보는 거야. 그쵸?"

내가 동의를 구하는 눈빛으로 쳐다보자 동료들, 특히 내 앞에 앉아 있던 남자가 격하게 고개를 끄덕이며 긍정했다.

"네, 그쵸."

"네, 인기 많았던 거 같아요."

"아, 됐어. 대답하지 마요."

그녀의 퉁명스런 대답에 결국 대화의 흐름이 끊어졌다. 말을 꺼낸 내가 조금 민망해질 위기였다. 나는 그녀를 귀엽다는 듯이 바라보며, 주위 사람들에겐 '쑥스러워서 괜히 그러는 거 다들 아시죠'라는 뜻이 담긴 눈짓을 보냈다. 다행히 그녀의 옛 동료들은 다들 착했고 눈치도 빨랐다. 우리는 함께 하하하 웃으며 재빨리 다른 얘기로 넘어갔다.

그렇게 한 시간쯤 술을 마셨을까, 어느새 새벽 세시 반이 됐고 한 사람씩 졸기 시작했다. 슬슬 정리할 때가 됐다는 신호였다. 혹시 내가 계산해야 하나 싶어 움찔했지만, 다행히 누군가의 주도로 자연스럽게 n분의 1로 계산을 했다. 나는 속으로 다행이라고 생각하며 예의 바르게 인사를 하고 그들을 모두 택시 태워 보냈다.

드디어 그녀와 단둘이 남았다.

"택시 잡자. 데려다주고 갈게."

"뭐하러? 택시비 많이 나오는데."

"그러려고 온 거야."

그녀가 만류했지만 나는 얼른 지나가는 택시를 세워서 잡았다. 그녀는 여전히 이해가 안 간다는 표정을 지으면서도 어쩔 수 없이 따라 탔다.

"이 시간에 그 택시비면 밥이 두 끼겠다."

"뭐, 괜찮아. 오늘이 처음 한 번이니까."

"응?"

"우리 사귀고 나서 이렇게까지 니가 늦은 적은 없었잖아. 그래서 일단 오늘은 내가 데리러 온 건데, 앞으로는 이렇게 너무 늦지는 않았으면 좋겠어. 알았지?"

나는 최대한 자상하고 부드럽게 말하면서 웃었다. 그런데 그녀가 눈을 동그랗게 떴다.

"왜?"

하, 또 그런다 또….

나는 애써 참을성을 발휘하며 한 음절 한 음절 씹듯이 말했다.

"너 걱정되니까. 그래서 이 시간에 이렇게 달려온 거 안 보여?"

"와보니까 괜한 걱정이었단 생각 안 들어?"

"그래, 솔직히 니가 걱정되는 건 아니지."

"그럼 뭔데?"

"너랑 같이 술 먹는 남자. 밤중에 길에서 마주칠지도 모르는 남자. 아니면 나쁜 택시 기사들. 그런 사람들이 걱정되는 거지."

그녀의 표정이 미묘하게 바뀌었다. 그런데 놀랍게도 약간 기뻐하는 표정이었다.

"그래, 그러니까 다 같이 페미니즘해야 된다고! 그래야 세상이 바뀌고 걱정 없이 다니지."

하지만 그 말을 듣는 나는 전혀 기쁘지 않았다. 또 그놈의 철딱서니 없는 이상주의자 같은 소리. 그걸 어느 세월에 기다리자고? 세상이 그리 쉽게 바뀌는 줄 알아? 기분이 좋을 때라면 그녀의 그 순진무구함을 지켜주고 싶다고 생각했을 것이다. 하지만 잠이 부족해서 그런지 지금은 그녀의 그 순진함이 거슬렸다.

"근데 니가 생각해도 좀 모순되지 않아? 밤길 무서워서 못 다니겠다고, 여자들이 살기 안 좋은 세상이라고 맨날 그러면서, 왜 늦게 다녀? 위험한 거 알면 일찍 다녀야지."

말을 하면서도 정말 논리적이라고 생각했다. 하지만 표정을 보니 그녀의 생각은 다른 것 같았다.

"아, 그런 논리로 성폭행을 당해도 늦게 다닌 여자가 잘못이라고 말하는 거구나? 너 지금 니가 무슨 말 한 건지는 알아?"

위기가 느껴져서, 나는 일단 마법의 주문을 뱉었다.

"아니, 근데 난 니 남자친구잖아."

"……."

"걱정이 되는 걸 어떡해, 너 그런 일 있었던 거 정말 얼마 안 됐잖아."

순식간에 그녀의 얼굴이 일그러졌다. 힘든 기억을 되새기게 한 것 같아서 미안했다. 말하기 전에 그 생각을 했으면 더 좋았겠지만.

"그래서, 또 그런 일 생길지도 모르니까 늦게까지 술 먹으면 안 된다고? 아이고, 피해자된 것도 억울한데…."

그녀도 내 눈을 피해 허공을 보면서 말했다. 나는 할 말이 없어서 잠시 눈을 굴리며 뜸을 들였다.

"선배들한텐 얘기했어? 왜 관뒀냐고 물어봤을 텐데."

그러자 그녀가 고개를 좌우로 저었다. 이 와중에도 기분이 조금 좋아지는 건 뭘까? 그 정도로 그녀가 나를 믿고 신뢰한다는 뜻인 것 같았기 때문이다. 나한테는 다 얘기해 줬으니까.

"그냥 걱정이 돼서 그래. 조심해서 나쁠 건 없잖아. 그래, 그럼 너 하고 싶은 대로 다해. 술 먹고 싶으면 먹고, 사람들 만나고 싶으면 만나. 그 대신 너무 늦어지면 그럴 때만 이렇게 내가 데리러 올게."

"나는 우리 엄마가 내 걱정하는 것도 싫어서 집 나온 사람이야. 그렇게 니 눈치 보는 거 정말 싫어."

"너 눈치 보라고 이러는 거 아니야. 내 마음 모르겠어?"

다른 여자들 같으면 좋아할 텐데. 보통은 이렇게 늦었는데 왜 안 데리러 오냐고 난리들인데. 나는 가슴 깊은 곳에서 최대한 진심어린 표정을 쥐어짜내면서 그녀를 바라봤다. 신기하게도 그 순간의 그녀는 조금 괴로운 표정이었다. 역시 그녀는 심성이 착했다. 그 표정을 보니 어느 정도 내 말이 먹혔다는 생각이 들어서 여유가 좀 생겼다.

"난 솔직히 오늘 내가 와서 니가 고마워할 줄 알았어."

"뭐? 니가 오고 싶어서 온 거잖아. 내가 오라고 한 것도 아니고."

웃으면서 한 말이었는데, 그녀의 반응은 싸늘했다.

"아니, 뭐… 그래, 맞다."

"이상한 소리 하면서 내 과거나 캐내려고 하고."

어느새 아까의 그 괴로운 얼굴은 온데간데없었다. 아쉬웠지만, 이게 그녀답긴 했다.

"왜? 재밌잖아. 원래 그런 얘기 하면서 노는 거지."

"하나도 재미없는데?"

"이쁘다고 해도 싫어하고 말이야. 쑥스러워서 그러지?"

얘기를 하다 보니 갑자기 장난기가 솟아나서 슬쩍 그녀의 옆구리를 찌르려는데, 그녀가 단호하게 내 손을 막으며 쳐냈다.

"다 왔어요."

때마침 택시가 그녀의 집 앞에 도착했다. 그녀는 재빨리 팔을 뻗어서 자기 카드로 택시비를 계산했다.

"아무튼 알았고, 난 들어갈게. 내일 출근 잘해. 기사님, 평촌이요."

그녀는 랩을 하듯 자기 할 말만 하고선 혼자 내려버렸다. 같이 내려서 집 앞까지 데려다줘야 나중에 제대로 생색낼 수 있는데. 좀 아쉬운 기분이 들긴 했지만, 그녀가 내리자마자 온몸이 노곤해져서 나는 시트 깊숙이 몸을 묻었다. 그리고 창밖으로 빠르게 지나가는 서울의 야경을 보다가 나도 모르게 슬그머니 웃었다.

'아무튼 알았고….'

그녀가 그렇게 말했던 것이 계속 귓가에서 맴돌았던 것이다. 그녀 성격에, 앞으로는 어쨌든 나를 의식할 수밖에 없을 것이다. 내가 이렇게 데리러 오는 게 싫으면 일찍 들어가기라도 하겠지. 분명 그럴 것이다.

그날부터 나는 은근히 그녀의 다음 술 약속을 기다렸다. 그런데 어쩐지 그 후로는 좀처럼 술을 마시는 일이 없었다. 하긴, 생각해 보면 퇴사하기 전까지는 그런 일이 거의 드문 사람이었다. 그래서 내 말이 먹힌 건지 어떤 건지 확인할 수 있는 방법은 없었지만, 나는 내심 이것조차 내 말의 효과라는 생각이 들어서 혼자 뿌듯했다. 내 말을 순순히 듣는 것도 싫을 거고, 그렇다고 마음 불편할 일을 만드는 것도 싫을 테니, 아예 그럴 일을 안 만드는 거라고, 나는 확신했다.

드디어 달력이 한 장밖에 남지 않은 12월이 됐다.

이제 주말엔 시내에서 만나 데이트를 하고 그녀의 집에 와서 넷플릭스를 보며 뒹굴거리는 게 일종의 패턴이 됐다. 물론 시위가 없는 날에 한한 것이긴 했지만. 나의 힘을 동원해 옮기고, 내가 빌려준 돈으로 고친 컴퓨터는 다행히 아주 잘 돌아갔다. 볼 때마다 뿌듯한 기분이 들어서 생색을 내고 싶은 것을 꾹 참느라 힘들었다.

얼마 전까지 같이 보던 정치 스릴러를 결국 관두고, 그녀가 고른 새로운 시리즈를 보기 시작했는데, 이것도 별로 내 취향은 아니었다. 동성애 얘기도 너무 많이 나오고, 미국식 웃음 코드 따라가기도 어렵고. 그래서 그냥 딴생각들도 좀 하다가, 그녀의 옆모습도 감상하다가, 그녀가 화장실에 간다고 일어나길래 습관적으로 휴대폰을 확인했다. 그런데 친구들 단톡방의 숫자가 끊임없이 올라가고 있었다.

무슨 일인가 하고 들어가서 확인해 보니 아직 한참 남았다고 생각했던 기현의 결혼식 때문이었다. 어느새 다음주로 다가온 것이다. 그날 어디서 어떻게 모여서 갈지, 선물은 뭘 할지, 그런 얘기들이 빠르게 오고갔다.

승준이는 누구랑 올 건가?

동연이 물었다. 그 결혼식은 당연히 혼자 가야겠다고 생각하고 있었으므로 '아마 혼자 가겠지' 정도의 답을 쓰고 있는데, 태우 녀석이 선수를 쳤다.

갑자기 누구 데리고 나타나는 거 아니야?

나 빼곤 다들 유부남이니 쌍쌍이 올 거고, 커플들 틈에 혼자 뻘쭘히 끼는 게 한두 번도 아니라서 이젠 익숙했다. 그런데 녀석의 그 말이 번쩍 내 뒤통수를 쳤다. 그래서 나도 모르게 이런 말을 해버렸다.

그래, 누구 데리고 갈란다.

잉? 누구?
여자친구 생겼어?

어, 사실은...

거기까지 썼는데, 때마침 화장실에 다녀온 그녀가 다시 내 옆에 앉았다. 나는 그녀에게 보이지 않도록 몸을 돌린 채로 손가락을 부지런히 움직였다.

자세한 얘기는 조만간 할게.

그 말만 남기고서 나는 휴대폰을 끄고 뒤집어놓았다. 친구들은 궁금해서 속이 타겠지만, 그거야 내 알 바 아니고. 나는 차분히 심호흡을 한 번 한 뒤에 아무렇지 않은 척 드라마를 보고 있는 그녀의 어깨를 끌어안으며 말했다.

"다음주 토요일에 내 친구 결혼식 있는데, 같이 갈래?"

"응?"

"기현이라고, 사 년 전에 한 번 봤을 텐데. 이번에 결혼하거든. 애들 다 부부 동반으로 올 거야."

잠자코 듣고 있던 그녀가 고개를 들어 내 얼굴을 쳐다봤다. 내가 농담이 아니라는 뜻으로 심각한 표정을 짓자 결국 그녀는 재생중인 드라마를 멈추었다.

"갑자기 웬 결혼식?"

"아니, 그냥. 나도 네 동료분들 봤잖아. 내 친구들한테 소개하고 싶어서."

"됐어, 오버하지 마."

"왜애."

"괜찮겠어?"

"뭐가?"

그녀가 말하는 바를 모르지 않았지만, 나는 계속 모른 척을 했다.

그녀와 함께 커플 동반으로 결혼식 참석하기.

엄청난 모험으로 느껴지긴 했지만, 이 타이밍에 뭐라도 승부를 건다면 나름 괜찮은 방법이라는 생각이 들었다. 특히 요즘 같은 분위기라면 그녀를 좀 더 확실하게 내 쪽으로 당길 수 있는 기회일지도 모른다. 무엇보다도 행복한 결혼식의 모습을 그녀에게 보여주고 싶었다. 멋지게 차려입고서 행복한 얼굴로 키스하는 신랑신부를 보고 있으면, 사람이 이 세상에 태어나서 할 수 있는 일 중에 제일 멋진 것이 바로 결혼이라는 생각이 드니까. 평생에 하루뿐인 내가 주인공인 날인데, 누구라도 그런 날을 갖고 싶어하는 게 당연한 거 아닌가?

이전에도 가본 적이 있어서 잘 알지만, 그 양재역 앞의 결혼식장은 꽤 멋지고 화려한 곳이었다. 더구나 결혼 당사자인 기현이 워낙 타고난 '사랑꾼'이니 세상에서 제일 행복한 커플의 모습을 뽐낼 것이 분명했다. 아무리 그녀가 페미니스트라 해도 나와 단둘이 있는 자리도 아니고, 친구 커플들도 있는 자리에서는 최소한의 사회성을 발휘하지 않겠는가. 부부 동반, 커플 동반 모임에 끼어 있으면 새삼 우리 둘이 짝이라는 것도 더 분명하게 의식하게 될 거고. 또 내 친구들 중에 내 외모가 제일 출중하니 좀 비교해 보라는 의미에서도….

"결혼식이야 갈 수 있지만, 그런다고 내가 갑자기 풀메이크업하고 원피스 차려입고 그럴 거 아닌데?"

"그래, 그런 것까진 바라지도 않아."

"그럼 이 옷 입고 가도 돼?"

그녀가 의기양양하게 웃으면서 입고 있는 티셔츠를 쭉 땡겨 내밀었다. 거기엔 어디서 많이 본 문구, '착한 여자는 천국에 가지만 나쁜 여자는 어디든 간다'가 쓰여 있다.

"아, 제발 페미니즘 티셔츠만 입지 마. 그것만 아니면 다 괜찮으니까, 응?"

내가 간절하게 말했다. 그러자 그녀가 싱글싱글 웃더니 말했다.

"그래, 좋아. 그 대신."

"…응?"

"이거 나랑 커플티로 입겠다고 약속해! 지난번에 보니까 진짜 색깔도 찰떡이더만!"

"아니, 그 티셔츠는 도대체 몇 장 있는 거야?"

"세 장 있다. 입을 거지?"

잠깐 고민이 됐지만, 일단 알았다고 해놓고서 나중에 오리

발 내밀어도 되지 않나 하는 생각이 들어서 나는 흔쾌히 고개를 끄덕였다.

"알았어. 그 대신 그날은 그냥 평범하게 입어. 알았지?"

"평범한 게 뭔데?"

"엄청 꾸미진 않아도 되니까 쪼끔만 격식 있게. 왜 있잖아, 여자들…. 아, 몰라!"

어떻게든 돌려서 잘 말해보고 싶었지만 쉬운 일이 아니었다.

"흡. 결혼식은 어디서 하는데?"

"양재역 앞에. 거기 밥 맛있어."

"그래? 앗싸."

그녀는 내 말에 장난스럽게 환호하더니 아무 일도 없었다는 듯 다시 드라마를 틀었다. 그걸로 결혼식 얘기는 끝이었다.

며칠 뒤, 나는 어쩔 수 없이 단톡방의 친구들에게 그동안 있었던 일들을 대충 설명해야만 했다. 수위를 조절했음에도 불구하고 친구들의 반응은 뜨거웠다. 녀석들의 반응을 요약하자면 '헐', '대박', '뭐하러 만나?', '역시 걘 옛날부터 쫌 또라이였어', '진짜 재수 없다', '어디서 한남이래', '그냥 때려치워', '돌았나봐' 정도가 되겠지만, 한편으론 매일매일 심심해 죽을 지경인 녀석들에겐 무료한 일상에 생긴 흥미진진한 이벤트일 따름이었다. 특히 '메갈'을 사회화하는 일이라는 점에 큰 흥미를 보였다. 처음에는 악마적 존재에게 멍청하게 이용당하는 친구를 계도하려는 말들이 쏟아졌다면, 이내 악마의 영혼이 쓰인 불쌍한 여자를 구하자는 방향으로 흐름이 급전환되었다. 그럴수록 녀석들의 의욕도 더욱 높아졌다.

태어나서 처음으로 친구의 결혼식에 갔을 때를 제외하면, 이제 남의 결혼식은 전혀 재미있지도 않고 오히려 귀찮은 이벤트일 뿐이었다. 하지만 그녀 덕분에, 나뿐만 아니라 친구들 모두가 기현의 결혼식을 오매불망 기다리게 됐다. 정작 당사자인 기현은 까맣게 모를 테지만 말이다.

13. 결혼식장에서

드디어 기현의 결혼식 당일인 토요일 오전.

나는 혹시나 하는 마음에 차까지 몰고 집 앞으로 그녀를 데리러 갔다. 만약에 결혼식장 앞에서 만나기로 했다가 아무렇지도 않게 '착한 여자는 결혼을 하지만, 나쁜 여자는 뭐든지 한다' 같은 티셔츠라도 떡하니 입고 오는 날엔 본전도 못 찾을 테니까.

집 앞에 와 있어.

미리 약속했던 시간에 맞춰서 메시지를 보냈다. 대체 어떤 옷을 입고 나올지, 되도록 기대하지 않으려고 애썼지만 궁금한 마음은 어쩔 수 없었다. 바람이 찬 한겨울이었으니 나는 고민할 것도 없이 진한 색 정장에 모직 코트를 입었다. 다만 조금 캐주얼해 보이고 싶어서 코트는 브라운색으로 골랐다.

잠시 후 도어록 열리는 소리가 들리더니, 그녀가 밖으로 나왔다. 내 앞에 나타난 그녀는, 도톰한 재질의 검은 슬랙스에 그레이톤 셔츠, 그 위에 검은색 니트 가디건을 입고 네이비색 코트를 손에 들고 있었다. 얼굴에는 여전히 화장기가 없었고, 머리는 깔끔하게 넘겨서 귀에 꽂았다. 꼭 만화에 나오는 미소년 같았다.

"으와, 나보다 잘생긴 거 아냐?"

내가 감탄하자 그녀가 키득키득 웃었다.

"가자."

A라인 원피스나 H라인 스커트가 그립지 않은 것은 아니었지만, 그래도 이만하면 됐다. 애써 그렇게 생각하며 그녀를 차에 태웠다. 그러곤 대수롭지 않은 척 포장도 뜯지 않은 빨간색 입술 보호제를 하나 내밀었다.

"요새 입술이 좀 트길래 샀는데, 원 플러스 원이더라고. 너도 쓰라고."

"아, 그래."

"근데 이거 향이 어떤지 모르겠네. 한번 발라봐."

"응? 으응."

나는 시동을 걸고 차를 출발시키는 액션을 하면서 스윽 흘리듯 말했다. 그러자 그녀는 별 의심 없이 포장을 뜯어서 입술 보호제를 살살 바르더니 입술을 오므렸다 폈다 하면서 말했다.

"향 괜찮은데?"

"아, 그래?"

"응."

나는 고개를 끄덕이며 웃었다. 슬쩍 곁눈질하니 그녀의 입술이 자연스러운 붉은 빛을 띠고 있었다. 사실 립스틱 겸용인 제품이었지롱! 얼굴 피부는 워낙 좋아서 입술만 살짝 바른 것으로도 분위기가 달라 보였다.

됐어, 작전 성공! 엄청 소심하고 치사하지만 이 정도는 할 수 있는 거 아닌가? 나도 나지만 친구놈들한테 그녀를 보이는 자리인데, 조금이라도 더 예쁘게 보이고 싶은 것이 솔직한 마음이었다.

"니가 운전하는 차 타니까 신기하다."

"그러게, 그동안 차 탈 일이 별로 없었네. 이거 뽑은 지 아직 일 년도 안 됐어. 솔직히 무리해서라도 외제차 살까 고민했었는데…."

고심 끝에 뽑은 나의 첫 차는 국산 소형 SUV 모델이었다.

가성비 좋고, 공간도 넓고… 사실 몇 년 안에 가족이 생길지도 모른다는 것까지 고려한 선택이었다.

"어? 왜?"

"아니, 뭐…."

왜긴 왜겠는가, 외제차 정도는 끌어줘야 여자 만날 때 더 가오가 사니까 그렇지. 하지만 생각하고 보니 그 말을 차마 뱉을 수는 없었기에, 그냥 말끝을 흐리며 얼버무렸다. 그녀가 잠시 내 얼굴을 보더니 별로 안 궁금하다는 듯 딴 얘기를 꺼냈다.

"난 사실 면허도 없어."

"넌 없어도 돼. 내가 태워주면 되지."

내가 능치며 웃었지만 그녀는 조금도 웃지 않으며 진지한 어조로 대답했다.

"내년에는 꼭 따려고."

"아, 네… 그러세요."

"친구들한테 내 얘기 뭐라고 했어?"

"뭘 뭐라고 해. 그냥 있는 그대로 얘기했지."

"보신각 집회 얼쩡거리다가 만났다고?"

"그런 얘기까지는 굳이…."

내가 떨떠름한 표정을 짓자 그녀가 웃음을 터뜨렸다.

"니 친구들이 나 기억하려나? 나는 기억 잘 안 나는데."

"뭐, 걔들도 비슷하겠지. 그냥 처음 본다 생각해."

물론 그 말은 사실이 아니었다. 단톡방에서 내가 '미국 가기 직전에 만났다가 헤어진 여자애 기억해?'라고 떠보듯 묻자마자 친구들 모두가 입을 모아 반응했기 때문이다. '아, 그때 그 공항에서 문자 이별한 쌍년?'

"그래, 알았어. 벌써 좀 있음 연말이네."

그녀가 졸린 눈으로 기지개를 켰다.

"피곤하면 눈 좀 붙여."

"아냐. 드라이브하는 것 같아서 좋아. 내가 듣고 싶은 노래 틀어도 돼?"

"어, 그래."

그녀가 음악을 고르는 동안, 나는 내 차의 조수석과 썩 잘 어울리는 그 모습을 보며 머릿속으로 우리의 미래를 그려봤다. 임신한 그녀의 배가 부른 모습이라든가, 아이를 안고 있는 모습이라든가. 나중엔 저 자리에 카시트를 두기도 하겠지. 그럴듯한데?

주말에 차를 가지고 양재에 가는 것은 역시나 멍청한 선택이었다. 하지만 차가 밀리는 것까지 계산했기 때문에 다행히 늦지 않고 결혼식 삼십 분 전에 도착했다. 식장으로 들어갔더니 로비에서 태우네 부부와 민혁네 부부, 동연네 부부가 나란히 서서 인사를 나누고 있었다. 임신 중인 태우네 와이프는 어느새 배가 제법 나와 있었고, 막 돌이 지난 딸이 있는 민혁이네 부부는 오늘은 아이를 두고 온 것 같았다. 동연이네는 결혼한 지 얼마 안 된 신혼이었는데 둘이 손을 꼭 붙잡고 서 있었다.

임신한 태우네 와이프는 그렇다 치더라도 나머지 두 사람은 언제나 스타일이 좋았다. 살짝 비치는 검은 스타킹에 몸에 붙는 원피스. 그리고 시폰 블라우스에 스커트. 양쪽 다 전형적인 하객 패션이지만, 사실 난 그걸 제법 좋아한다.

"어, 승준이 왔어?"

민혁이 제일 먼저 나를 발견했고, 이윽고 친구들이 반갑게 맞아주었다. 그 와중에 눈치 없는 태우가 날 향해 너무 티 나게 눈을 찡긋거려서 철렁했다.

내 옆에 서 있던 그녀가 친구들에게 활기차게 인사했다.

"안녕하세요."

"내 여자친구야."

별거 아닌 말이었지만 막상 뱉고 나니 감개무량했다. 나중에는 '와이프야'라고 말할 수 있는 날도 오려나? 그런 생각에 혼자 뿌듯해하고 있는데 그녀가 나를 가리키더니 말했다.

"제 남자친구예요."

응? 이거 농담인가…?

나를 포함한 친구들이 멍청하게 입을 벌리고 있는데 와이프들이 까르르 웃음을 터뜨렸다. 아, 농담이구나. 뒤늦게 우리도 따라 웃었다.

어색한 웃음 뒤에 침묵이 흐르자 태우가 그녀에게 말했다.

"승준이한테 얘기 많이 들었어요."

그러자 그녀가 되물었다.

"그래요? 무슨 얘길 들으셨어요?"

그 순간 태우의 얼굴이 눈에 띄게 굳었다. 아휴, 저 바보 같은 자식….

"아, 그냥 되게 좋은 분이시라고?"

의욕만 앞섰지 애드리브는 영 빵점이었다. 덕분에 그녀는 물론 우리 모두 다시 한 번 어색하게 웃어야만 했다. 그나마 눈치가 빠른 동연이 얼른 화제를 전환했다.

"자자, 다 모였으니까 기현이한테 인사하고 신부랑 사진 찍으러 가자."

"그럴까? 지수 씨 웨딩사진 너무 예쁘던데!"

"그쵸? 오늘 드레스 뭐 골랐는지 궁금하다!"

와이프들이 사이좋게 웃으면서 재잘거렸다. 하, 이 얼마나 듣기 좋은 소리인가.

그때 그녀가 말했다.

"그럼 나는 담배 한 대만 피고 바로 식장으로 들어갈게."

"어… 어, 그래."

그렇게 말 한마디로 순식간에 분위기를 얼려놓고, 그녀는 성큼성큼 걸어서 로비를 빠져나갔다. 그녀가 그렇게 사라지자마자, 친구들 셋이 득달같이 나에게 달려들어 한마디씩 했다.

"야, 담배까지?"

"진짜 가지가지 한다."

"옛날에 이쁘지 않았어? 왜 저렇게 됐어?"

"여기서 일하는 사람인 줄 알았다. 누가 결혼식에 저러고 와?"

"굳이 만나야 되냐?"

"진짜, 니가 뭐가 모자라서?"

한마디 한마디 다 반박하고 싶기도 하고, 한편으로는 쪽팔려서 이대로 사라지고 싶기도 했다. 역시 그녀를 데리고 친구들과 만나는 건 무리였을까? 하지만 여기서 내가 그런 티를 내는 것이 더 자존심 상하는 일이기 때문에 나는 애써 태연한 척을 했다.

"담배는 나랑 약속하고 끊는 중이야."

물론 거짓말이었다.

"그래도 스타일 있으신데요?"

"맞아. 학교 다닐 때 똑똑한 스터디장 언니 같아."

"멋있어요."

그래도 와이프들이 옆에서 한마디씩 거들어주었다. 그게 나에게 위로가 되는지는 잘 모르겠지만 말이다.

"나 먼저 들어가서 앉아 있을게."

신부대기실에서 사진을 찍고 그럴 기분이 아니었기 때문에 나는 먼저 식장으로 향했다.

"똑똑은 무슨. 완전 별로야. 어디 가서 저런 여자 있으면 절대 친하게 지내지 마."

뒤에서 동연이 와이프에게 훈계하는 소리가 들렸다.

흰 꽃들로 아름답게 꾸며진 식장에 들어서는데 나도 모르게 한숨이 나왔다. 어쨌거나 오늘은 그녀와 나 사이에 제법 중요한 날이 될 것이다. 그녀가 순순히 이 자리에 따라온 것만 해도 제법 클지 모른다. 그건 사실이다.

하지만 그럼에도 불구하고 나는 왜 자꾸 아쉬운 마음이 드는 걸까? 아무래도 친구들 커플과 함께 그녀를 객관적으로 바라본다는 게 생각보다 영향을 미치는 듯했다. 다 바보놈들인 걸 알면서도 나와 가장 비슷한 녀석들의 한마디 한마디가 신경 쓰였고, 예쁘게 차려입은 친구들의 와이프와 그녀의 모습을 자꾸 비교하게 됐다. 나도 모르게 기분이 점점 가라앉았다.

입장할 때부터 마지막 신랑신부 행진을 할 때까지 기현은 세상에서 제일 행복하다는 표정을 짓고 있었다. 그 모습이 은근히 꼴 보기 싫었다. 녀석이 행복하다고 해서 내가 불행해지는 건 아닐 텐데 말이다.

이 험난한 세상에서 딱 하나밖에 없는 자신의 짝을 마침내 찾아낸 젊은 남녀가 부모님께 인생 최대의 효도를 하는 이 감동적인 순간에도, 정말 아무런 느낌이 없는 건가 싶어서 나는 중간중간 그녀의 표정을 살폈다. 하지만 특별한 변화는 없었다.

"둘이 진짜 잘 어울린다. 되게 행복해 보이지 않아?"

내가 혼잣말하듯 말하자 그녀가 대답했다.

"그러네."

그게 우리가 주고받은 대화의 전부였다.

우리가 결혼식의 꽃인 단체 사진을 찍는 동안 그녀는 담배를 한 대 더 피우고 오셨고, 마침내 친구 부부들과 식당의 둥그런 테이블에 둘러앉았다. 뷔페식이 아니라 갈비탕을 메인으로 한 식사가 이미 다 세팅되어 있어서 어색한 사람들끼리 식사를 하기엔 오히려 더 좋았다.

"와, 최기현 진짜 좋아 죽더라."

"그거 얼마나 가는지 보자, 크크."

"지수 씨 아까 엄청 울더라. 나도 결혼할 때 생각났어."

"잘 먹겠습니다."

우리가 아무래도 좋은 얘기들을 주고받는 동안, 그녀는 혼자 야무지게 밥을 말아 먹기 시작했다. 마침 결혼식 얘기도 끝났고, 잠시 침묵이 흐르자 태우가 눈치를 보다가 그녀에게 말했다.

"승준이랑 다시 만난 거 축하드려요."

"아, 감사합니다."

"되게 잘 어울리시는데요?"

"정말요? 네에."

그녀가 의미심장하게 대답하면서 혼자 웃었다. 뭐야, 이건 무슨 뜻이야. 친구들이 혼란스러운 시선을 주고받는 동안 와이프들은 아무런 말도 없이 묘한 분위기를 지켜보고 있었다.

"승준이가 사 년 전에 진짜 많이 좋아했던 거 아시죠? 다시 만나게 됐다고 해서 저희가 진짜 축하해 줬어요."

민혁이 자식이 입에 침도 안 바르고 거짓말을 잘도 했다.

"저도 많이 좋아했어요."

그녀가 눈을 동그랗게 뜨고 말했다. 분위기 맞추려고 없는 말 하는 사람은 아니니까 거짓말은 아닐 것이다. 그게 기쁘긴 했지만, 왠지 씁쓸하기도 했다.

"사실 승준이가 진짜 일등 신랑감인데, 우리 중에 제일 먼저 장가갈 줄 알았어요."

"맞아, 맞아. 잘 아시겠지만 진짜 자상하고, 준비도 다 돼 있어요. 돈도 많이 모았고."

친구들이 돌아가면서 내가 부탁한 대사들을 자연스럽게 읊었다.

"아, 그래요? 근데 그건 승준이 돈이죠."

"에이, 결혼하면 제수씨 거죠. 아, 나 지금 제수씨라고 했나? 하하하."

"이러다가 정말 다음번엔 청첩장 주실 때 뵙는 거 아닐지."

친구들 부부가 입을 모아 웃었다. 나도 은근히 그 웃음에 묻어가면서 그녀의 얼굴을 훔쳐봤다. 뭐라고 대답할지 내심 궁금했는데, 그녀가 빙긋 웃더니 말했다.

"저희 일은 저희가 알아서 할게요."

어라? 펄쩍 뛰면서 비혼이 어쩌고저쩌고할 줄 알았더니 의외로 평범한 대답이 튀어나왔다.

"오!"

나뿐만 아니라 친구들도 그렇게 생각했는지 다들 장난스럽게 환호했다. 덕분에 분위기가 더 화기애애해졌다.

"근데 못 보던 사이에 스타일이 되게 많이 바뀌셨네요. 머리도 짧아지시고."

"네."

"이목구비가 진짜 예쁘세요. 화장하시면 진짜 이쁘겠다."

적절한 타이밍에 태우 와이프가 말했다. 제수씨 나이스 샷!

"맞아요, 화장하면 엄청 예뻐요."

내가 그 틈새를 비집고 끼어들었다. 내 여자친구 예뻐, 예쁘다고! 들어라, 이놈들아!

"하하하…."

속마음이야 어떤지 몰라도, 다행히 그녀가 어색하게 웃으면서 적당히 그 말들을 넘겼다. 나 혼자 살얼음판을 걷는 기분이지만 무사히 건너갈 수만 있다면 이쯤은 얼마든지 감당할 수 있다. 그렇고말고.

이번엔 동연의 와이프가 살갑게 끼어들었다.

"언니는 무슨 일 하세요?"

"아, 지금은 프리랜서예요. 출판 편집해요."

"그러면 집에서 일해도 되니까 나중에 살림하면서 애 키우기에도 좋겠다!"

"아아, 하하하."

살짝 아슬아슬하긴 했지만 걱정했던 것보다는 무난하게 대화가 오가는 모습에 기분이 조금씩 좋아졌다.

첫 만남부터 여기 오기까지 참 많은 시간이 걸렸다. 처음에는 보신각 앞 집회나 핑크색 자위기구가 숨겨진 그녀의 방, 페미니즘 책을 읽어야만 했던 카페처럼 그녀의 세계로 끌려다녔던 것 같다. 하지만 뜻밖의 일들을 계기로 조금씩 그녀를 끌어당겨 왔고, 드디어 내가 원래 살던 평범한 세계의 문턱에 온 것이다. 이제야 숨통이 좀 트이는 기분이었다. 여기에 앉아 있는 내 친구들 부부, 이들이 우리 또래의 기준이 되는 평범한 사람들일 테니까.

이렇게 결혼하고 육아를 하는 것이 보통의 행복이라는 것, 그녀가 매일 같이 신경을 쓰는 낙태나 몰카, 성폭력 사건 같은 것과는 거리가 먼, 평범한 일상이라는 걸 알아줬으면 좋겠다고 생각했다. 이어서 동연이 말했다.

"저희는 다 결혼하고 너무 행복하게 잘 지내고 있거든요. 승준이도 빨리 결혼해서 같이 어울렸음 좋겠어요."

"맞아요. 올 여름에 부부 동반으로 여행도 갔다 왔어요."

동연의 와이프가 맞장구를 쳤다.

"애들도 다 비슷한 나이 또래로 맞춰서 형제자매들처럼 키우고 싶어요."

태우가 뿌듯한 표정으로 자기 와이프를 보면서 말했다.

애들 얘기가 나온 김에 내가 민혁에게 물었다.

"오늘 서연이는 어떡하고 왔어?"

"어머니가 봐주실 수 있다고 해서 맡기고 왔어."

"애 키우기 많이 힘들지?"

"그치 뭐. 거기다 우린 맞벌이잖아. 그래도 우리 어머니가 옆 동 사시니까 많이 봐주셔서 엄청 편해."

민혁이 어른스러운 얼굴로 말했다. 그러자 태우가 끼어들었다.

"그래도 거기는 딸이잖아. 부럽다."

그 말에 태우의 와이프가 자기 남편을 한 번 흘겨보더니 말했다.

"오빠가 그렇게 딸을 갖고 싶어해요. 아, 지금 뱃속에 있는 행복이는 아들이거든요."

"그래서 내년쯤 딸 하나 더 갖자고 하려고. 딸은 있어야 되니까…."

그 말에 태우의 와이프가 놀란 표정으로 남편에게 물었다.

"으응? 정말?"

"왜, 안 돼?"

"아이고, 금실 좋네."

자연스럽게 웃을 타이밍이 되었다는 듯 세 쌍의 부부가 즐겁고 화목하게 하하호호 웃었다.

"하아…."

그런데 그 순간, 갑자기 그녀가 깊은 한숨을 쉬었다.

나는 우선 내 귀를 의심했다. 그리고 내가 들은 것이 확실하다는 생각이 들었을 땐, 다른 사람들이 못 들었기를 바랐다. 하지만 그러기엔 너무나 크고 분명한 한숨이었다. 분위기가 일순 싸늘해졌다. 얼른 넘어가고 싶어서 아무거나 적당한 전환거리를 찾아내려고 입을 달싹이는데, 거슬리는 건 그냥 못 넘어가는 태우가 툭 끼어들었다.

"왜 그러세요?"

제법 공격적인 말투였다. 그녀가 눈을 크게 뜨면서 조금 망설였다.

제발, 얘기하지 마. 아무것도 말하지 마.

텔레파시라도 보내는 마음으로 그녀 쪽을 보며 혼신의 힘을 다해 눈치를 줬다. 그러나 결국 그녀는 입을 열고 말았다.

"아니, 딸을 낳든 아들을 낳든, 직접 낳는 건 아내분이잖아요. 첫째도 아직 안 낳으셨는데 그런 얘기 하시는 게 좀… 이상하지 않아요?"

일 났네. 표정이 잔뜩 구겨진 태우가 와이프에게 물었다.

"자기, 낳기 싫어? 자기도 딸 갖고 싶댔잖아."

"아, 그야 그렇지."

태우의 와이프가 한참을 망설이며 말을 골랐다. 내내 어디에 시선을 둘지 모르고 방황하더니, 결국 그녀 쪽을 보면서 말했다.

"근데 지금도 좀 무섭긴 해요. 주변에 애 낳은 친구가 별로 없어서 몰랐는데, 이게 정말 큰일은 큰일이더라고요. 전 입덧도 심하게 해서 고생 많이 했고, 요즘엔 잠도 편하게 못 자요. 이 몸으로 출퇴근하는 것도 힘들고. 물론 남편이 많이 도와주긴 하지만."

"내가 낳을 수 있음 내가 낳지! 진짜 내가 낳을 수 있으면 좋겠다."

수세에 몰린 태우가 쓸데없이 허세를 부리며 무리수를 뒀다. 그러자 그녀가 차분하다 못해 싸늘하게 늘리는 목소리로 대답했다.

"진짜 남편분이 낳을 수 있음 얼마나 좋겠어요? 아내분이 이렇게 힘들게 낳으시는데, 키우는 건 남편분이 다 하실 거죠?"

"하, 그건 저희가 알아서 할게요!"

"네, 두 분이서 충분히 상의해 보셔야죠. 이런 자리에서 그렇게 가볍게 얘기하시는 건 좀 아닌 것 같아요."

그녀가 똑 부러지는 말투로 말했다. 따지고 보면 틀린 말을 한 건 아니지만 그와 상관없이 태우의 얼굴은 폭발 직전처럼 보였다. 그러더니 이 자식이 결국 일을 쳤다.

"승준이랑 결혼 생각 없으신데 만나는 거라면서요."

"네?"

그녀가 잠시 나를 쳐다봤다. 나 역시 시선을 둘 데가 없어서, 내 갈비탕을 쳐다봤다.

"아까부터 자꾸 그 얘기 꺼내시는데, 좀 무례하신 건 알죠?"

"저한테도 충고하셨잖아요."

태우는 물러설 생각이 없는 듯했다. 옆에 앉아 있는 와이프의 표정이 점점 사색이 되어갔다. 어쩔 수 없다는 듯 그녀가 대답했다.

"승준이라서 그런 게 아니라 저는 비혼주의자인데요."

나왔다, '비혼'.

"그럼 왜 만나요?"

"좋으니까 만나죠."

"무책임한 거 아니에요?"

"전 처음부터 얘기했어요. 선택은 승준이가 하는 거죠."

결국 행복한 신랑신부의 결혼식을 보고, 사이좋은 부부들과 나란히 앉아서 밥을 먹는 것이 그녀에겐 아무런 영향을 끼치지 못했다는 것만 확인했다. 아주 조금은 기대했는데, 역시 다 헛거였다. 사 년 전만 해도 나와의 야외 결혼식을 꿈꾸던 그녀였는데. 아, 지친다. 기운이 빠진다. 심지어 지금의 이 상황을 보면, 그녀를 이곳에 데리고 온 것이 여러모로 악수였던 것이 확실했다. 그나마 요즘 분위기 좋았는데, 태우 저 자식이 진짜…. 하지만 이제 나도 정말 모르겠다.

분위기가 과열될 조짐을 보이자 민혁이 끼어들었다.

"근데 결혼이 왜 싫으세요? 사랑하는 사람이랑 아이 낳고 가정 꾸리는 거 되게 좋고 행복한 건데."

"네, 그럴 수 있죠. 근데 마냥 그렇게만 생각하시는 게 결혼

생활에 도움이 될지 모르겠네요. 사실 시댁이 그렇게 가까이 있으면 분명히 아내분 입장에선 불편한 점도 있을 것 같은데, 무조건 좋다, 문제없다고만 생각하시면."

이번엔 민혁의 얼굴이 구겨졌다. 녀석 역시 와이프에게 화살을 돌렸다.

"자기 우리 어머니 때문에 뭐 불편한 거 있어?"

민혁의 와이프 역시 한참을 망설이고 눈을 이리저리 돌리다가 말했다.

"솔직히 시어머니신데 엄청 편하진 않지."

그 대답에 민혁은 더 이상 할 말이 없다는 듯 고개를 떨궜다.

결국 동연이 입을 열었다.

"아니, 분위기가 이상해지네. 아무튼 요새 비혼, 이런 얘기 들으면 기혼자 입장에선 좀 그래요. 뭔가 내가 잘못된 선택을 한 것 같고. 그런 분위기가 좀 있잖아요. 비혼이 더 합리적이고 진보적인 것 같은."

"그런 건 아니죠. 각자 추구하는 행복이 다른 것뿐이에요. 그리고 사실 그동안은 결혼 안 한 사람들이 어디 문제 있는 것처럼 취급받았잖아요?"

아뿔싸, 동연이까지 한 방 먹었다. 그래도 녀석은 얼굴을 구기지 않고 대화를 이어나갔다.

"그래도 승준일 좋아하신다고 했으니까, 만나다 보면 생각이 달라질 수도 있는 부분 아닐까요?"

"그런 문제가 아닌데요."

"그럼 승준이가 정말 결혼 문제 때문에, 너무 좋아하지만 어쩔 수 없이 헤어져야 된다고 하면 어떻게 하실 거예요?"

"야, 그만해!"

내내 가시방석이었는데, 결국 내가 끼어들었다. 쓸데없이 열기가 고조되는 대화를 이만 끝내야겠다는 생각도 있었지만, 한편으론 그녀의 대답이 어느 정도 예상되었기 때문인지도 모른다. 벌써 몇 년치 쪽팔림은 다 당했는데, 여기서 더 당할 수는 없었다. 친구들 부부가 다 있는 자리에서 그런 말을 듣고 싶진 않다고.

동연은 새쭉한 얼굴로 어깨를 으쓱하며 입을 다물었고, 그녀는 차분한 얼굴로 나를 쳐다봤다.

"얘들아, 와줘서 고맙다! 근데 분위기가 왜 이래?"

설상가상, 하필이면 그때 한복을 곱게 차려입은 기현 부부가 나타났다. 그 덕분에 우리는 필사적으로 얼굴을 펴고 기분을 끌어올려서 신혼부부를 축하해 줘야만 했다. 신혼여행 얘기, 드레스와 한복 얘기, 신랑이 직접 부른 결혼식 축가 얘기 같은 것들을 하면서.

그 부부가 다른 테이블로 인사를 하러 간 뒤에는, 더 이상 아무도 대화를 시도하지 않았다. 그렇게 싸늘한 분위기 속에서 그날의 결혼식이 마무리되었다.

인사를 하는 둥 마는 둥 하고서 친구들 부부와 헤어지고 식장을 빠져나오자 그녀가 또 담배를 꺼내 물려고 했다. 나도 모르게 그녀의 팔을 세게 잡아끌었다.

"여기서 말고, 일단 좀 가자."

"왜?"

"아, 일단 따라와."

무작정 그녀를 끌고 주차장으로 향했다. 차에 타라고 손짓했더니 그녀는 손을 내저었다.

"난 담배 피우고 탈게. 먼저 타."

어휴, 저 정도면 진짜 중독이야. 나는 고개를 절레절레 흔들면서 차에 올라탔다.

휴대폰을 열어보니 또 신나게 메시지들이 날아들고 있었다.

야, 김승준 이 등신새끼야, 니가 뭐가 모자라서 그런 여자를 만나?

여자만 아니면 진짜 한 대 패고 싶더라.

당장 헤어져라. 내가 소개팅시켜 줄게.

결혼 생각 없다면서 딴 남자랑 사이에 두고 간 보는 거 아냐?

괜히 가만히 있는 우리 와이프는 왜 들쑤셔?

야, 와이프가 나 보고 결혼해 줘서 고마운 줄 알래. 먹여살리는 게 누군데?

아이고, 머리야. 읽기만 해도 뒷골이 지끈거렸다.

그때 그녀가 조수석에 탔다. 나는 얼른 휴대폰을 껐다.

"어디 갈래? 카페?"

기분 나쁜 티를 내려고 한 건 아니었지만 도저히 마음대로 되지 않아서, 나도 모르게 한숨이 섞였다. 그런 내 옆모습을 물끄러미 보던 그녀가 말했다.

"결혼식 같이 오자고 한 건 너야. 뭘 기대한 건진 모르겠지만."

물론 기대한 게 있었다. 결국 기대한 것은 하나도 이루지 못하고 내 얼굴에 똥칠한 게 되어버렸지만. 그러나 나는 조금도 그런 생각은 없었다는 듯 시침을 떼면서 말했다.

"꼭 그렇게까지 했어야 했어? 내 친구들이잖아. 걔네 그렇게 나쁜 애들 아니야. 좋은 남편 되려고 노력하고 있고, 걔들도 힘든 거 많아. 다 그렇게 사는 거야."

"그래, 나름 힘든 거 있겠지. 알겠는데, 언제까지 그 소리만 할 건데?"

너무 차분한 목소리로 태연하게 대답하는 게 더 얄미웠다.

"나 진짜 속상해. 너 때문에 진짜 속상하다고. 알아? 다른 남자 같았으면 막 화냈을 거야."

"그래서, 칭찬해 달라고? 이건 화내는 거 아니고 뭔데?"

하, 이게 진짜….

"니가 좋으니까, 그래서 나는 나름 노력하는데 너는 하나도 안 달라지잖아."

"내가 달라져야 해? 그리고 니가 무슨 노력을 했는데?"

또, 또, 따져대기 시작이다. 머리가 아파서 더 이상 얘기하기도 싫었다. 답답한 마음에 짜증 섞인 신음이 절로 튀어나왔다.

"이쯤 했음 됐잖아. 이제 그만 좀 하자, 응?"

"뭘?"

"몰라서 물어? 엇나가는 거, 삐딱한 거. 메갈, 페미! 진짜 지긋지긋하다고!"

오늘 하루 동안, 아니 그동안 그녀와 만나면서 쌓인 것들이 갑작스럽게 폭발해 버렸다. 그러나 나를 보는 그녀의 눈빛에는 아무런 흔들림이 없었다.

"착각하지 마. 그건 그만하고 말고 할 수 있는 게 아냐. 난 절대 옛날의 모습으로 돌아가지 않아."

내가 그렇게 오랜 시간과 정성을 들여가며 노력했는데, 그녀가 여기까지 와서 기어코 내 희망을 확인사살하듯 무참히 밟아버렸다.

너무 화가 났다. 이 정도로 괜찮은 내가, 이렇게 너를 진심으로 좋아하고, 이렇게 설득하려고 노력하는데, 너도 나를 좋아하는 게 분명한데, 왜 너는 변하지 않겠다는 거야? 사람을 돌게 만들어도 유분수지.

"너 니가 무슨 대단한 투사라도 되는 줄 착각하나 본데, 세상이 그렇게 쉽게 바뀌는 줄 알아? 세상 안 바뀌어!"

"최소한 나는 바뀌겠지."

정말, 절대 한마디도 안 지는 저 태도에도 이젠 질렸다.

"그냥 넌 나를 결혼할 만큼 좋아하지 않는 거 아냐? 내가 어떡하면 돼? 진짜로 내가 페미니스트라도 되어야 하는 거야? 세상에 그런 남자 없어. 나 정도면 진짜 괜찮은 사람 아냐?"

"그런 문제 아니라고 몇 번을 말해. 너 진짜 사람 말 안 듣는구나?"

"아님, 너 부모님 이혼해서 그래? 부모님이 이혼했다고 너도 이혼하라는 법이 어딨냐?"

슬슬 이성의 고삐가 풀리고 있었다.

"김승준, 너 말조심해."

"나도 답답해서 그래, 답답해서! 그럼 도대체 뭐가 문젠데? 무슨 문제가 그렇게 대단하고 심각해서 니 인생에 결혼을 포기해?"

"결혼을 포기한 게 아니라, 내 삶을 선택한 거야!"

그녀 역시 답답하다는 듯 말했다.

뭐라 토를 달 수도 없이 똑 떨어지는 그 말을 듣는 순간, 그제야 알게 됐다. 내가 무슨 말을 해도, 무슨 짓을 해도 소용이 없을 거라는 사실을. 참 뒤늦게도 깨달았다.

"너 진짜 이기적이다."

반박할 말이 없어진 나는 머릿속에 떠오르는 뻔한 말들을 그냥 막 뱉어댔다. 그러자 그녀가 헛웃음을 짓더니 오래 참았다는 듯 말을 쏟아냈다.

"너는 니가 되게 로맨틱하고 자상한 줄 알지? 니가 사랑하는 방식, 이뻐하는 거, 여자 취급 하는 거, 지켜준답시고 구속하는 거, 사람들 앞에서 옷 차려 입고 식 올리자고 조르는 거. 나는 그런 거 원하지 않는다고. 근데도 계속 니 방식만 강요하잖아. 그게 얼마나 숨 막히는지 알아? 진짜 이기적인 게 누군데 그래?"

"그래, 알았다. 나중에 쓸쓸하게 독거노인으로 죽을 때나 후회해."

너무 약이 오른 나머지, 나는 정말이지 치졸한 말을 뱉고 말았다.

"오늘은 이만 헤어지자. 갈게."

그 와중에도 그녀는 감정의 동요 없이 차분하게 차에서 내렸다. 내려서 붙잡거나, 전화라도 해서 불러 세워야 했지만, 그러지 않았다. 이제 진짜로 끝났다는 생각이 들었던 것이다.

그녀의 입에서 나온 말은 '오늘은 이만 헤어지자'였지만 결국 '이제 그만 헤어지자'이지 않았을까? 그럼 그녀가 먼저 헤어지자고 한 걸까? 그럼 백만 원은 안 줘도 되는 건가? 하등 중요하지도 않을 그런 생각들이 머릿속에 맴돌았다.

내 차의 운전석에 앉아 핸들을 부여잡은 채로, 나는 쓴웃음을 지었다. 나는 도대체 그녀와 함께한 몇 달 동안 뭘 하고 있었던 거지?

화창한 날씨의 주말이었지만, 나는 갈 곳도 할 일도 없이 혼자가 됐다.

그 난리를 쳤으니 친구 녀석들을 불러낼 수도 없었고, 나 역시 지금으로선 녀석들을 만나고 싶지 않았다. 누군가와 술 한 잔하고 싶은 마음이 간절했지만 어쩔 수 없이 그냥 집으로 왔다.

그랬더니, 어머니가 조용히 내 방으로 따라 들어오셔서 말씀하셨다.

"느이 아버지 오늘 대구 가셨다. 창성이 아저씨 막내가 장가 간다꼬. 갸는 스물다섯밖에 안 됐다는데 뭐 벌써 장가를 간다 카노? 것도 속도위반이란다. 하, 세상 말세 아이가?"

"네…."

분명히 내용은 '말세 아니냐'였는데, 마치 그 말세를 간절히 바라시는 것 같은 표정과 말투였다. 그 뉘앙스를 눈치채긴 했지만, 뭐라 대꾸할 기운도 없어서 대충 얼버무렸다.

"혹시 또 내일 오자마자 니한테 짜증 벅벅 내드라도 이해하고. 마, 기냥 미리 밖에 나가삐라. 주말인데 데이트도 하고 그카믄 되지. 응?"

"네, 알겠어요."

실은 아무것도 몰랐지만, 그냥 알겠다고 대답했다.

머릿속에는 또 수많은 얼굴들이 빙빙 돌았다. 그녀의 말 한마디 한마디에 기막혀 하던 친구들의 얼굴, 차 안에서 나에게 쏘아붙이던 그녀의 얼굴, 이전에 나를 몰아붙이던 아버지의 얼굴. 멍하니 침대에 주저앉았던 나는 방을 나가려는 어머니를 불러 세웠다.

"근데 엄마, 혹시 전에 얘기하셨던 그…."

14. 다시, 광화문에서

"안녕하세요."

가장 많은 수의 소개팅이 이뤄진다고 알려진 크리스마스 직전의 주말, 나는 아버지가 잘 아신다는 선생님의 예쁘고 참한 따님과 소개팅을 했다. 아니, 맞선이라고 해야 맞으려나.

사실 홧김에 한다고 말해놓고서 조금 후회를 하기는 했다. 첫 번째 이유는 사진이었다. 부모님이 개입된 만남이라 불경스럽게 미리 사진을 주고받을 수가 없었다. 그 댁 따님의 인품을 보고 하는 건데, 어디 미리 사진을 보여 달라고 하겠는가. 사진을 본다 한들, 외모가 맘에 안 든다는 이유로 만남을 취소할 수도 없는 일이었다.

그다음으로 후회가 됐던 건 만남 장소를 정할 때였다. 하필이면 광화문에서 보자는 거였다. 그 일대는 별로 가고 싶지 않았는데 토요일에 그쪽에서 결혼식이 있어서 끝나고 바로 만나면 편할 것 같다고 했다. "제가 그쪽에 안 좋은 기억이 많아서 별로 가고 싶지 않은데요"라고 말할 수도 없는 노릇 아닌가.

그러는 동안 그녀와의 연락은 없었다.

기현의 결혼식 날 그렇게 헤어진 이후로 끝이었다. 조금은 '두고 보자' 싶은 것도 있었는데 역시나 내가 먼저 연락을 안 했더니, 그녀도 연락하지 않았다. 정말 끝이라고 확신하게 된 이유는 또 있다. 문제의 결혼식 다음날, 그녀가 내 은행계좌로 이전에 빌려줬던 컴퓨터 수리비의 잔금을 전액 입금한 것이다. '돈을 보냈다'라든지, '이걸로 우리는 이제 끝'이라든지, 뭐 그런 연락도 없이 그냥 돈만 보냈다.

엄밀하게 따져서 우리 사이에 남은 채무가 이것뿐이라고 하기엔 조금 애매한 면이 있었으므로 아주 잠깐 그 백만 원을 핑계로 연락해 볼까 생각도 했다. 그런데 그게 예전만큼 재미있을 것 같지가 않았다. 먼저 그 얘기를 안 꺼내는 거 보면, 기부 목적으로 날 이용하려던 건 아닌 모양이었다.

어쨌거나 마지막까지 그녀는 이상한 여자였다. 나는 할 만큼 해보려고 노력했지만, 결국 친구들 앞에서 개망신을 당한 뒤에야 정신을 차렸다고 할 수 있겠다. 조금도 변하지 않고,

변할 생각도 없는 그녀의 모습에, 도무지 앞날을 그릴 수 없는 그녀와의 관계를 이만 정리하자고 드디어 결단을 내린 것이다. 평안감사도 저 싫으면 그만이라는데, 제 복을 제가 차버린 걸 어쩌겠는가?

그래도 기왕 후회할 거면 해보고 후회하는 게 나으니까, 잘했어. 이제 다시는 '메갈'을 사회화시키겠다는 생각 같은 건 안 할 거다. 이런 깨달음을 얻은 것만으로도 제법 큰 소득이 아니겠는가?

"아, 안녕하세요."

아무튼, 맞선녀를 만난 것은 광화문역 근처에서였다. 사진을 안 보고 만나는 건 처음이라 제대로 찾을까 싶었는데 '전 까만 코트 입고 있고요' 하면서 더듬더듬 서로를 찾는 것도 나름 재미있었다.

외모에 대한 기대를 아예 안 하고 나갔더니 오히려 생각보다 예쁘다는 생각이 들었다. 사실 머리를 길게 기르고 메이크업을 하고 치마를 입은 모습만으로도 고맙다는 생각이 절로 들었다. 이런 게 그녀와 사귄 몇 달이 나에게 남긴 그나마의 의미일까?

미리 예약한 식당을 찾아가는 동안 나란히 걸으면서 어색하게 대화를 주고받았다. 맞선녀는 나보다 세 살 어린 회사원이었다.

"부모님이 소개해 주는 만남이라 그런지 좀 어색하네요."

"그러게요. 그래도 그게 서로 안전하고 확실해서 전 좋은 것 같아요."

맞선녀가 당차게 대답했다.

'안전'이라니, 자라 보고 놀란 가슴 솥뚜껑 보고 놀란다고, 그녀도 혹시 '미친놈들'에게 당한 기억이 많은 건가 싶어서 갑자기 호흡이 가빠졌다.

"저는 결혼 전제로 교제하고 싶거든요. 진지하게 만나고 싶어요."

다행히 이어지는 말이 나를 편안하게 해주었다. 그래, 이거지. 이런 게 원래 내가 있던 세상이라고.

연말에 주말이 겹친 광화문 주변은 너무 붐빌 것 같아서 서대문 쪽으로 조금 걸어가야 있는 이탈리안 레스토랑을 골랐는데, 음식도 맛있고 분위기도 좋아서 아주 만족스러웠다. 꼼꼼히 후기들을 확인한 보람이 있었다.

이야기를 나누어보니 맞선녀는 아주 여성스러운 점이 많은 사람이었다. 취미가 요리해서 주변 사람 먹이는 거라고 했다. 내가 농담을 하면 입을 가리면서 웃었다. 경제관념도 있고 생활력도 강해 보였다. 지적이고 섹시한 매력은 덜했지만 귀엽고 편안했다.

이런 사람이랑 결혼을 해서 사는 미래를 그려보자니 모든 것이 자연스러웠다. 억지스럽고 힘들 것이 하나도 없었다. 그녀와 했던 연애의 모든 스텝이 어려웠던 것과 비교하면 천지 차이였다.

대체로 대화가 잘 통했던 식사를 마치고, 당연하게 내가 계산을 하는데 맞선녀가 공손히 잘 먹었다고 인사를 하며 말했다.

"커피는 제가 쏠게요. 근처에 자주 가는 카페가 있는데 괜찮으시면…."

"네, 감사합니다. 그럼 얻어먹어야죠."

상대도 제법 내가 마음에 든 것 같았으므로, 나는 편안하게 여자의 뒤를 따라 걸었다. 조금 마른 뒷모습을 보며 섹스를 할 때는 어떨까 생각했다. 특별히 의식하고 한 생각도 아니었다. 그냥 자연스러운 무의식의 흐름이랄까.

그때 저 앞쪽에서 뭔가 큰 소리가 났다. 고개를 쭉 빼고 바라보니 통제되고 있는 도로 위로 걸어오는 일군의 사람들이 보였다.

"오늘 무슨 시위가 있나보네요?"

"아, 그러네요."

혹시나 했는데 오늘도 시위라니. 듣기만 해도 정말 지긋지긋했다. 태극기 집회 아니면 낙태든지 몰카든지 그런 거겠지. 진짜 할일들도 더럽게 없다니까. 속으로 생각하는데 여자들이 외치는 목소리가 들렸다.

"가해자는 감옥으로 피해자는 일상으로!"

"뭐죠?"

"어, 며칠 전에 그 정치인 미투… 무죄 나온 것 때문인 것 같아요."

그러고 보니 포털사이트에서 제목을 본 기억이 났다. 하지만 자세히 읽지는 않았다. 이번 주는 일이 바빴던데다가, 예전처럼 이럴 때마다 꼬박꼬박 나한테 설명해 주는 사람도 없었으니까.

"사람 되게 많네요…."

마침 맞은편에서 오던 그들이 우리 바로 옆을 스쳐 지나갔다. 나는 맞선녀의 말에 적당히 맞장구를 치며 시위대를 바라봤다.

키 큰 여자, 키 작은 여자, 얼굴이 큰 여자, 작은 여자, 머리를 묶은 여자, 푼 여자, 나이가 많은 여자, 어린 여자, 정말 많은 여자들이 그 무리 속에 있었다. 그녀들이 일제히 커다란 목소리로 연이어 구호를 외쳤다.

"성범죄자 비호하는 사법부도 공범이다!"

"더 이상은 못 참겠다. 박살내자!"

그리고 그 순간, 발견했다. 무리 속에서 걸으며 소리치는 그녀를.

너무 많은 사람이 있었고, 너무 빨리 지나갔지만, 그래서 백퍼센트 확실하냐고 묻는다면 솔직히 자신은 없었지만, 그럼에도 나는 확신했다. 그녀가 저기에 있었다.

뭐 캐릭터상 이런 일에 빠질 사람도 아니고, 있는 게 당연하지, 그래, 그게 뭐 대수로운 일이라고. 하지만 그런 생각과는 달리 미친 듯이 가슴이 뛰었다.

나도 모르게 우두커니 그 자리에 서자, 저 앞에서 맞선녀가 높은 톤의 목소리로 말했다.

"어 여기, 카페 다 왔는데요."

"아…."

"들어가실까요?"

이유도 모른 채로 발이 떨어지지 않아서, 입도 떨어지지 않아서, 나는 잠시 멍하니 그녀의 얼굴을 바라보았다. 유행하는 립스틱을 바르고, 눈 화장부터 볼터치까지 최선을 다해서 그린 예쁜 화장을 바라보았다.

"왜 그러세요?"

의아하다는 표정으로 맞선녀가 물었다.

잠시 후 나는 맞선녀를 따라 카페에 들어갔다. 밖에서 무슨 일이 벌어지든, 여자들이, 그녀가 무슨 시위를 하든지 말든지 신경 쓰지 않을 거라 마음먹었다. 애초에 나하고는 상관없는 일이었으니까. 상관없으니까.

눈빛이 멍해진 나에게 맞선녀가 물었다.

"친구분들은 결혼 많이 하셨겠네요?"

"네, 친한 고등학교 동창들은 저 빼고 다했어요."

사실 지난번 기현의 결혼식 이후로 친구들이 죄다 부부싸움을 했고, 그 일의 발단이 된 것이 아무래도 나였기 때문에 단톡방 분위기는 제법 냉랭했다. '씹선비'에 이어 '메갈 남친'이라는 불명예스러운 새 별명까지 얻었다.

내가 '이제 헤어졌으니 좀 봐달라'고 몇 번 읍소를 한 뒤에야 놈들의 기분이 좀 풀어진 듯했지만, 들려오는 얘기들이 심상치 않은 것은 사실이었다. 동연의 와이프가 아기 가지는 걸 다시 생각해 보자고 했다질 않나, 민혁의 와이프가 다음 명절 때는 친정엘 먼저 가고 싶다고 했다질 않나, 태우 와이프도 가사 분담을 다시 확실히 하자고 했대고.

'이래서 메갈이니 페미니 하는 것들하고는 가까이 하면 안

되는 거라고!'

거의 울부짖음에 가까운 태우의 말에 다들 공감하는 분위기였다.

'도대체 무슨 일이 있었던 거야?'

여전히 아무것도 모르는 기현이 상황 파악 못 하고 헛소리하는 모습을 보는 건 제법 웃겼지만 말이다.

"나중에 신혼여행은 어디로 가고 싶으세요?"

눈앞의 맞선에 집중해야 하는데 자꾸 딴생각이 들었다. 이번에도 맞선녀 쪽에서 먼저 물었다.

"어, 저는 하와이요. 혜영 씨는?"

"하와이 좋죠! 저는 동남아도 좋고, 아님 유럽?"

"근데 신혼여행 유럽으로 가는 건 진짜 체력적으로 힘들대요."

"하긴, 결혼 준비 때문에 앞뒤로 힘들 텐데 그냥 풀 빌라 같은 데서 쉬는 게 더 좋기도 하겠네요."

하하하, 호호호. 사이좋게 웃고 난 뒤에도 이상하게 마음속이 허전했다.

시위는 계속되고 있을까? 이제 끝났을까? 그녀는 집에 갔을까?

신경 쓰지 않으려고 해도, 생각하지 않으려고 해도, 내가 원했던 것들을 내세고 다 갖춘 맞선녀를 앞에 두고도 계속 다른 생각이 들어서 미칠 것 같았다. 그러니까 맞선 장소로 광화문은 진짜 아니라니까. 다시 오나 봐라, 광화문.

"저, 화장실 좀 다녀올게요."

그때 맞선녀가 자리를 떴다. 내가 자꾸 딴생각하는 게 티가 나진 않았을까. 부모님들까지 걸고 나온 자린데. 정신 차려, 김승준.

그런 생각을 하며 나는 습관적으로 휴대폰을 꺼내 확인해 보았다. 포털사이트에 인기검색어로 '광화문 시위'가 1위에 올라 있었다. 무슨 일인가 싶어 클릭을 해보니 '시위에 참가했던 여성들이 거리를 지나가던 남성들과 시비가 붙어 폭행이 있었다'는 속보였다.

폭행? 폭행이라고?

가슴이 철렁해서 나도 모르게 자리에서 일어났다.

누가 뭐라고 해도 따박따박 받아치는 그녀 아닌가. 할 소리는 아니지만, 얻어맞기 딱 좋은 성격이다. 에이 설마, 그래도 설마 그녀는 아니겠지…. 그러니까 내가 그런 것 좀 적당히 하라고 할 때 그만 했어야지. 아니지, 이젠 나랑 상관없는 사람인데. 아니지, 그래도….

갑자기 너무 혼란스러웠다. 얼굴이 하얗게 질린 채로 액정화면을 보면서 다시 앉지도 못하고 그렇다고 일어나지도 못하고 엉거주춤하고 있는데 맞선녀가 돌아왔다.

"이제 일어나시게요?"

"아, 네…."

사실 아무 생각 없었지만 마치 그럴 생각이었던 것처럼 나는 자연스럽게 일어났다.

"근데, 혹시 무슨 안 좋은 일 있으세요?"

맞선녀가 조심스럽게 물었다. 아마 그녀로서는 그것이 최대한 예의바른 질문이었을 것이다.

"아, 사실은 친구가 지금 좀 안 좋은 상황이라 제가 도와주러 가봐야 할 것 같아요. 죄송해요."

나는 무슨 말을 하는지도 모른 채 횡설수설했다.

"아, 네에. 그럼…."

"네, 연락드리겠습니다."

카페 앞에서 공손하게 인사를 하고서 맞선녀와 헤어지자마자 나는 무작정 그녀에게 전화를 걸면서 아까 시위대가 걸어가던 방향으로 뛰어갔다.

띠로리리 하는 전화 신호음이 열댓 번, 스무 번 반복될 동안 그녀는 전화를 받지 않았다. 한참을 뛰어갔는데 뉴스 때문에 해산 명령이 내려진 것인지 거리의 끝에는 아무도 없었다. 철수하고 있는 경찰들뿐이었다. 싸우는 사람도, 얻어터진 여자도 없었다. 결국 내 도움을 필요로 할지도 모를, 내가 보호해

줘야 하는 그녀는 어디에도 없었다.

정신을 차리고 보니 받지도 않는 사람에게, 그것도 두 번이나 헤어진 여자친구에게 다섯 통이나 전화를 건 뒤였다. 내가 무슨 짓을 한 건가 싶었다.

숨이 차서 무릎을 짚고 잠시 숨을 골랐다. 괜히 허튼짓했네. 그냥 집에나 가야겠다고 생각했다. 이제 와서 맞선녀가 자기 부모님한테 뭐라고 할지가 조금 걱정됐다.

그때, 휴대폰이 울리더니 메시지 한 통이 왔다.

무슨 일이야?

그녀였다.

나는 갈등했다.

답을 해야 하나? 뭐라고 해야 하나…? 두 눈을 질끈 감고 고민하다, 키패드를 눌렀다.

너 지금 어디야?

니가 알아서 뭐하게?

어디 다친 건 아니지?

뉴스 보고 걱정 돼서.

난 무사해.

그래.

순식간이라고 할 만큼 짧은 시간에 몇 마디의 대화가 오갔고, 그걸로 용건도 끝이었다. 그녀가 무사하다니 다행이었고, 이젠 정말로 내가 신경 쓸 일도 아니었다. 내가 정말 주제넘은 걱정을 한 모양이었다. 이렇게 뜻하지 못했던 일로 우리 사이가 정말 끝났다는 것만 다시 확인하게 될 줄이야. 하지만….

백만 원 안 필요해?

망설이다 결국 그렇게 메시지를 보냈다. 누가 보면 무진장 부자인 줄 알겠네.

계좌번호 알려줘?

그녀다운 답이 왔다. 그럴 상황이 아닌데도 웃음이 나왔다.

직거래만 가능인데.

나도 장난기가 돌아서 밑져야 본전이라는 생각으로 슬쩍 메시지를 보내봤다.

그럼 그냥 너 가져라.

그러나 돌아오는 답은 역시 철벽이었다.

그래, 그럼 잘 지내. 뭐 그따위의 말로 마무리를 지어야 할 것이었다. 뭐라고 써야 하나 고민하고 고민하다가, 나는 결국 이렇게 썼다.

이렇게 끝인 거야?

역시 우리 사이에서 질척거리는 역할은 다 내가 하네. 근데 뭐 처음부터 그랬잖아. 이제 와서 새삼스럽게 쪽팔릴 게 뭐 있겠어.

예상했던 일이잖아.

마지막으로 맥주 한 잔만 하자. 너 지금 광화문 근처지?

....

그때 그 치킨집 기억나지? 주소 보낼 테니까 와. 너한테 사과하고 싶어서 그래.

그렇게 일방적으로 메시지를 보내놓고서, 나는 혼자 그 치킨집으로 갔다. 가는 길에 속이 답답해서 담배도 샀다. 너무 오랜만에 사는 바람에 뭘 사야 될지 몰라서 평소에 그녀가 피우던 걸로 달라고 했다. 그녀 성격상 절대 안 오지 않을까. 이거야말로 정말 괜한 짓 아닐까.

"두 사람이구요, 일단 맥주 하나랑 치킨 한 마리 주세요."

긴장이 되는 건지 배가 고픈 건지 나는 자리에 앉자마자 서빙된 맥주를 입속에 들이부었다. 몇 달 전, 여름에 그녀와 이곳에 처음 왔던 날이 떠올랐다. 따져보면 얼마 안 됐는데, 무척 오래된 일처럼 느껴졌다. 맥주 한 잔을 원샷하다시피 하고는 쌍쌍이, 그룹끼리 와서 앉아 있는 사람들을 둘러보며 잠시 생각에 잠겼다.

"주문하신 치킨 나왔습니다."

그런데 생각보다 훨씬 빨리 치킨이 나와버렸다. 아, 이러다 정말 혼자 치백하고 집에 가겠는걸. 그 와중에도 김이 모락모

락 나는 치킨은 정말 먹음직스러워 보였다. 냄새도 예술이었다. 나는 천천히 닭다리를 향해 손을 뻗었다.

그때, 거짓말처럼 그녀가 내 앞에 나타났다.

박시한 집업 후드에 바지, 운동화 차림으로, 언제나처럼 무표정한 얼굴로.

그녀의 얼굴을 다시 보자 심장이 미친 듯이 뛰었다. 반가움과 놀라움에 눈을 동그랗게 떴는데, 그녀가 말했다.

"사과해."

하여간 성격도 급하긴.

"어, 왔어?"

일단 그 말을 모른 척하며 나는 손짓으로 그녀를 맞은편에 앉혔다. 그리고 말했다.

"미안해. 그때, 내가 그런 말은 하지 말았어야 되는데."

종업원이 포크를 세팅해 주러 왔고, 그녀가 맥주 한 잔을 더 시켰다. 그러더니 정말 떼인 돈 받으러 온 사람처럼 엉덩이를 앞으로 쭉 빼더니 건들거리는 자세로 앉으면서 말했다.

"그래, 백만 원은?"

"할부되냐?"

"왜 말이 달라져?"

그녀의 쏘아보는 눈빛이 무서우면서도 귀여워서 나도 모르게 웃었다.

"일단 치킨 먹고 생각해 봐."

임기응변으로 내가 집으려던 닭다리를 그녀에게 건넸다.

마침 맥주도 왔겠다, 그녀는 쯧쯧 혀를 차더니 맥주를 한 잔 들이켠 다음 치킨을 한입 뜯었다. 그 얼굴을 물끄러미 보다가 문득 궁금증이 들었다.

"근데 진짜 백만 원은 왜 달라고 한 거야?"

"나도 몰라. 그냥 핑계가 필요했어."

"핑계?"

그녀가 나를 흘겨보다가 말했다.

"그럼 할부로, 몰카 피해자 지원하는 후원 계좌 알려줄 테니까 십만 원씩 열 달 동안 후원해. 알았어? 아니다, 하는 김에 일 년 채우자."

"으응?"

"꼭이야. 약속했어?"

"아, 알았어. 이 와중에도 참 너도 너다…."

피식 하고 그녀가 웃는데 그때 맥주잔을 든 팔의 소매가 흘러내리면서 이상한 멍자국이 드러났다.

"이건 뭐야?"

순간 그녀의 표정이 굳더니 팔을 내려 소매를 끌어내렸다.

"어? 뭔데."

대충 얼버무리고 싶어하는 얼굴이라, 일부러 더 진지한 표정을 지으며 시선을 맞췄다. 원래 그녀는 거짓말 같은 거 못하는 성격이니까.

결국 그녀가 입을 열었다.

"아까 거짓말했어. 그 남자들 말리다가 나도 맞았거든."

너무나 태연한 목소리라 지금 내가 듣고 있는 것이 그 뜻이 맞는지 헷갈렸다.

"여기는 아까 잡힌 거고, 머리도 한 대 맞았어. 다행히 경찰들이 빨리 와서 말렸어. 나보다 더 심하게 맞은 사람도 있어. 그 새끼들, 다 잡혀갔는데 어떻게 될지 모르겠네. 보나마나 훈방이겠지. 아씨, 열 받아."

놀란 나머지 나는 잠시 입을 벌리고 아무 말도 하지 못했다. 당장 자리에서 일어나 그녀를 안아주고 싶었지만 차마 그러지 못하고, 대신 그녀의 손목을 붙잡아 보며 상처 부위를 다시 확인했다. 그녀 말대로 세게 쥐고 비틀린 상처인 것 같았다.

"안 무서웠어?"

"무서웠지. 욕도 엄청 먹었어! 무슨 년, 무슨 년, 니가 좋아하는 말, 메갈 소리도 듣고."

"……."

"그래서 바로 집에 가려니까 기분이 괜히 좀 그렇더라고. 그래서 왔잖아, 너 꼴도 보기 싫은데."

그녀가 눈을 내리깔고 말했다. 그 모습을 보는데 분노일지,

답답함일지, 아무튼 뭐라 설명할 수 없는 감정이 확 올라왔다.

"야, 근데 왜 아까는 멀쩡한 척했어?"

"안 그럼 어쩔 건데. 다 내가 감당해야 되는 일인데."

정말 대수롭지 않은 일처럼 말하면서 그녀는 맥주를 크게 한 모금 꿀꺽 삼켰다. 그 얼굴이 처음으로 낯설었다. 뭐랄까, 놀랍다는 생각이 들었다.

"뭐 이제 내가 상관할 일은 아닐지 모르지만, 나는 니가 몸 좀 사렸으면 좋겠어. 다치고 상처받고, 안 그랬음 좋겠어."

"그래, 넌 계속 그렇게 말했지. 근데 가만히 있는다고 상처가 저절로 낫는 게 아니더라."

그러더니 그녀가 자기 휴대폰을 켜서 몇 번 만지작거리고는 내 눈앞에 들이밀었다.

메모장에 빼곡하게 글자들이 적혀 있었다.

2017년 1월 8일, 강남, 뒤풀이, 2차 강요

2017년 2월 27일, 일산, 뒤풀이 강요, 얼굴 몸매 품평

2017년 3월 11일, 신촌, 뒤풀이와 노래방 강요, 어깨와 머리 만짐

2017년 5월 20일, 홍대, 뒤풀이 강요, 손 만짐, 원나잇 얘기

2017년 7월 ...

...

"뭐야 이게?"

"그냥 한번 적어본 거야."

그녀가 고개를 숙이고 손을 만지작댔다. 그 모습을 멍하니 보다 뒤늦게 깨달음이 왔다. 설마 그때 그 작가 새끼한테 당한 거?

"이걸 적어서 어쩌게?"

"그러게."

그녀의 씁쓸한 미소를 보면서 나는 다시 그 꼼꼼한 리스트를 읽어봤다. 한참 지난 일인데 자세하게도 기억하고 있었다. 그만큼 상처였다는 뜻일까, 잊고 싶어도 잊히지 않았던 걸까.

"사실 지난번에 퇴사한 선배들이랑 이 얘기 했어. 근데 다 비슷한 일 겪었더라고. 그 후에도 너무 힘들었다고, 나한테 말 못 해주고 나가서 미안하다고 우는 선배도 있었고."

"헐! 상습범이네, 이 개새끼."

"그렇게 얘기하다 보니까 한 선배가 그냥 넘어갈 수 있겠냐고 하더라. 우리 이거 밝혀야 되지 않겠냐고."

"그래서, 공개하려고? 감당할 수 있겠어?"

"솔직히 아직 잘 모르겠어."

"알잖아, 그 새끼. 그리고 너네 출판사. 전후사정 모르는 사람들은 또 뭐라고 하겠어."

"무섭긴 하지."

“꼭 너도 같이 해야 돼? 선배들이 한다면 굳이 너까지?”

내가 간절한 표정으로 물었지만, 그녀는 말없이 빙긋 웃기만 했다. 그 미소에서, 나는 어렴풋이 그녀의 대답을 들은 것 같았다. 내가 그녀와 사귈 때 가장 두려워했던 일이 결국 이렇게 벌어지려 하는 중이었다. 자기가 이상한 거면 어떻게 하냐고 묻더니, 그렇게 괴로워하면서 울더니.

“너 정말 옛날엔 그냥 평범한 여자애였는데. 책이랑 영화 좋아하고, 연극 좋아하고, 세상 물정 잘 모르는 그런 애였잖아.”

“나도 내가 계속 그럴 줄 알았어.”

“정말 도대체 무슨 일이 있었던 거야?”

그녀는 헛웃음을 짓더니 어깨를 으쓱했다.

“아직도 그걸 모르겠어? 내가 좋아하는 문장이 하나 생각나네. 설명해 주지 않으면 모른다는 건, 설명해 줘도 모르는 거야.”

그걸로 끝이었다.

그녀한테는 이렇게 당연한 것이, 우리 남자들은 왜 이렇게 알기가 어려울까? 그게 이 모든 문제의 비극인 것 같았다. 근데 사실 알고 싶어했던 적도 없었다. 그보다는 주로 이런 생각을 했었다.

“정말 남자들이 더 힘든 게 많다고 생각했는데. 힘쓰는 일은 우리가 다 하고.”

그러자 그녀가 말했다.

"응, 그냥, 오늘은 좀 닥쳐."

나는 조신하게 입을 가리는 제스처를 했다. 그 모습에 그녀가 씁쓸하게 웃으며 맥주를 들이켰다.

"나 많이 미웠어?"

내가 물었다.

"답답하긴 했지. 그게 다 니 잘못만은 아니겠지만. 그냥 별 생각 없이 잘 적응하고 자라왔을 뿐이겠지… 그 생각으로 버텼다, 진짜."

"정말 내가 좋아서 만난 거구나?"

"안 그러면 너처럼 빻은 애를 내가 왜 만나냐?"

"아, 네에. 제가 좀 빻았죠."

이렇게 된 마당에 자존심 세워 뭐하겠냐 싶어서 나는 그녀의 말에 장단을 맞췄다.

"이젠 남자를 만나면 한남인지 아닌지만 신경 쓰게 되고, 결국 그런 면들이 보여서 정이 떨어지더라. 근데 너는 그런 생각하기 전에 좋아했던 사람이라 그런지…. 감정이라는 게 진짜 웃겨."

"그랬구나."

"나도 모르겠다. 아무튼 널 좋아한 건 진심이었어. 다시 사귄 게 잘한 짓인지는 솔직히 아직도 모르겠지만."

"난 좋았어."

사실 오늘 점심때까지는 전혀 다른 생각을 하고 있었는데, 내 입에서는 그런 말이 튀어나왔다. 좋았나? 속없는 놈처럼 또 뭐가 좋다고. 아니, 좋은 순간들도 많았다. 그녀와 다시 만난 것. 없어진 줄 알았던 감정을 다시 느낀 것. 감정만으로 되지 않는 것도 있다는 걸, 내가 아는 게 어쩌면 다가 아닐지도 모른다는 걸 배운 것….

"사실 나, 내년 초에 외국 가."

그녀가 대수롭지 않다는 듯이 툭 내뱉었다.

"뭐? 어디?"

"아일랜드."

"갑자기?"

"친구가 지금 거기서 공부하는데, 얼마 전에 아일랜드에서 임신중단 합법화됐단 말이야. 어떤 사람들이 어떻게 애썼는지, 그게 그 나라 이삼십 대 여성들한테 어떤 의민지 그런 내용 취재해서 책으로 써보려고. 잘될지는 모르겠지만."

그 얘기를 하는 그녀의 눈이 반짝거렸다.

"왜 전에 계획 있다고 했던 거, 이거였어."

이전에 까페에서, 나는 책을 읽고 그녀는 일을 하던 날에 나눴던 대화가 뒤늦게 떠올랐다. 얼마 되지 않은 일인데 엄청 옛날 일처럼 느껴졌다. 이런 계획이 있는 줄도 모르고 나는 여행

가자고 조르기나 했었구나. 우린 그때부터 이렇게 서로 다른 곳을 보고 있었는데.

"우와, 대단하네. 멋있다."

"엄청 힘들 거야. 생각처럼 잘 안 될 수도 있고. 퇴직금 몰빵해서 가는 거라 뒤는 어떻게 될지 몰라. 나중엔 누구 말처럼 독거노인으로 죽을지도 모르고."

그녀의 말에 마음 한구석이 쿡 찔리면서도 그나마 농담이라도 돼서 다행이라고 생각했다. 흐흐, 겸연쩍게 웃다가 내가 말했다.

"근데 정말 솔직히 그런 생각하면 무섭지 않아? 나중에 남편도 없고 애도 없으면 외롭지 않을까?"

"그 대신 내가 있겠지. 잘은 모르겠지만."

내가 있을 거라고…. 그녀의 말에 마음이 복잡해졌다.

"갑자기 뜬금없는 얘긴데, 나 진짜 어떻게 살아야 되지? 하도 집에서 결혼 때문에 압박 주니까, 친구들한테 너네는 결혼을 왜 했냐고 물어본 적 있거든? 근데 결론이 뭐였는줄 알아? 그거 말곤 달리 할 일도 없어서였대. 가끔 진짜 내가 왜 사나 싶다."

"그럼 한 번 차근차근 생각해 봐야지. 니가 진짜 원하는 게 뭔지. 남들이 원하는 거 말고 니가 원하는 거."

"근데 그게 또 쉽게 할 수 있는 건 아니잖아."

"그치. 힘든 일이지."

굳은 표정으로 고개를 끄덕이는 그녀의 얼굴을 보며, 우리가 헤어지게 된 것이 아쉽다는 것을 인정해야만 했다. 그녀는 이렇게 멋진 사람인데, 나는 그녀와 함께 있는 내내 머리가 긴지 짧은지, 화장을 했는지 안 했는지에만 신경을 쓰고 있었다. 하지만 이제 와 깨달았다고 한들, 내가 앞으로 그걸 포기할 수 있을까?

"우리가 계속 사귀는 사이였더라도, 내가 가지 말라고 해도, 뭔 말을 해도 넌 갔을 거야. 그치?"

"당연하지. 니가 미국에 갔던 것처럼, 나도 가는 거지."

그녀가 시원하게 대답했다.

"그럼 내가 헤어지자고 하고?"

"뭐, 그야 원하시는 대로."

이게 웃을 일인지 모르겠다고 생각하면서도 우리는 나란히 웃었다.

좀처럼 치킨은 줄지 않았고, 그 대신 빈 맥주잔 네 개가 우리 앞에 놓였다.

"이만 가야겠다."

그녀가 말했다. 나는 고개를 끄덕이고 자리에서 일어나 계산을 했다.

밖으로 나왔더니 그녀가 언제나처럼 담배를 피우고 있었다.

아마 이 모습을 보는 것도 마지막이겠지 생각하니까 기분이 묘했다.

"이제 와서 하는 말인데 너 혹시 사 년 전에 나 미국 갈 때, 공항에 왔었어?"

"어? 아니?"

"그치? 사실 이거 물어볼까 말까 고민했어."

"왜?"

"그날, 공항에서 너인 것 같은 사람을 봤는데, 아니 사실 아닌 것 같긴 했어…. 그래, 아닌 것 같았는데… 한편으론 계속 미스터리로 남겨두고 싶었거든. 결국 알게 됐네."

그녀가 피식 웃더니 말했다.

"나 많이 보고 싶었나보다?"

"그랬지."

"근데, 그거 나 아냐. 누구였는지 모르겠지만, 니가 그렇게 보고 싶었던 것뿐인 거지."

그녀가 담배를 다 피우고 발로 비벼 껐다.

"잘 지내."

"응, 너도 아일랜드 잘 다녀오고. 다 잘됐으면 좋겠다. 어디 가서 맞지 말고 다치지 말고, 응?"

"걱정도 팔자다. 너나 잘해."

그 말을 남기고, 그녀는 성큼성큼 밤의 어둠 속으로 걸어서 사라졌다.

집에 와서 맞선녀에게 '조심히 잘 들어가셨냐'고 연락했더니 '네, 덕분에 즐거웠고 밥도 잘 먹었습니다. 좋은 밤 되세요'라는 모범 답안 같은 답이 왔다.

며칠 뒤 아버지를 통해서 '지에게는 과분한 분이셔서, 더 좋은 분을 만나셨으면 좋겠다'고 연락이 왔다는 얘기를 전해 들었다. '어떻게 처신했기에 일이 그렇게 됐냐'고 타박 한 마디 듣고 끝난 것은, 최근에 재검사한 아버지의 혈압과 콜레스테롤 수치가 많이 좋아진 덕분이었다.

그렇게 나는 또다시 혼자가 됐고, 크리스마스도, 연말에도 별다른 일 없이 새해를 맞이했다.

그녀와 옛 동료들이 발표한 공동고발문은 작가의 유명세 때문인지 나름 파문을 일으켰다. 작가 쪽에서는 사실 무근이다, 법적 대응하겠다, 명예 훼손으로 고소하겠다 등의 뻔한 소리들을 늘어놓으며 야단법석을 떠는 중이었고, 언제나 그렇듯 사람들의 의견도 반으로 갈렸다.

'꽃뱀', '짝사랑', '무고', '주작' 운운하는 댓글을 볼 때면 뒷골이 뻐근했지만, 간혹 이런 내용들도 있었다.

— 나 대형서점 직원인데, 이 작가 원래 이런 쪽으로 유명했다.

— 작가와의 만남 갔었는데 끝나고 사인 부탁했더니 대놓고 추파 날려서 깜짝 놀랐다.

— 사석에서 본 적 있다. 자기가 되게 멋있고 누구든 꼬실 수 있다고 착각하는 거 같던데. 꿈 깨세요, 아재.

어찌나 꼬시고 속이 시원하던지. 마세라티 몰면 다냐?

그런 댓글들을 더 많은 사람들이 볼 수 있도록 열심히 공감을 눌렀는데, 항상 '양쪽 얘기를 다 들어봐야 한다, 객관적인 결과 나올 때까지는 비난하지 말자' 따위의 내용에 '베플'을 빼앗기고 말았다.

어쨌거나 이런 논란이 생겼기 때문에 방송 출연과 강연은 싹 끊긴 모양이었다. 당연히 출간하기로 했던 책도 일정이 무기한 연기됐단다. 정말 소송까지 가게 되면 피곤하고 힘든 일도 많겠지만, 이것도 나름의 성과 아닌가 싶어서 그녀에게 축하의 말이라도 전하고 싶었다. 하지만 내내 '무서운 게 아니라 더러운 거니 피하자'고 했던 구 남친이 그러는 것도 우스운 일이라는 생각이 들어서 참았다.

그런 와중에 친구들 단톡방에서는 이런 말들이 나왔다.

야, 그 기사 봤어? 나 그 작가 완전 팬인데.

그렇게 똑똑하고 돈도 많은 사람이 뭐하러 못생긴 출판사 여자들한테 집적거렸을까?

하, 이 새끼들 진짜 아무것도 모르면서. 홧김에 '야, 잘 모르면 그냥 좀 닥치고 있어'라고 썼는데, 마지막에 엄지손가락이 멈칫했다. 가뜩이나 '씹선비'에 '메갈 남친' 소리까지 듣고 있어서 좀 피곤하다는 생각이 들었던 것이다. 이 자식들한테 그런 말을 해봤자 무슨 소용이 있겠는가? 들어 처먹을 놈들이 아닌데, 나만 또 욕먹고 끝나겠지. 게다가 괜히 흥분해서 그녀도 연관된 일이란 걸 티내버릴지도 모르고, 그러면 또 이 자식들이….

결국 나는 단톡방을 끄고 부질없이 그녀의 메신저 프로필이나 눌러봤다. 뭐 새로 올라온 사진은 없는지, 바뀐 상태 메시지는 없는지. 구질구질한 건 알지만, 뭐 어쩌겠는가.

그런데 마침 메시지가 바뀌어 있었다.

'아일랜드 출국, D-7'

정말 가는구나. 한국에 있으면 당분간 이래저래 골치 아픈 일이 많을 텐데, 차라리 잘됐다 싶었다. 그런데 무심결에 달력을 보니, 하필이면 그 날짜가 부모님이 부부 동반 패키지 여행에서 돌아오는 바로 그날이 아닌가?

이게 무슨 운명의 장난인가. 기왕 이렇게 된 거 그 장단에 맞춰야 하나 말아야 하나 생각하다가 평소 같으면 편하게 공항 리무진 버스 타고 오시라고 했을 것을, 갑자기 효자 모드가 돼서 차로 모시러 가겠다고 선언을 해버렸다.

그리고 문제의 그날, 나는 부모님의 도착 예정시간보다 한참 넉넉하게 공항에 도착했다. 보는 사람도 없을 텐데 괜히 주위를 의식하면서 건들건들 출발 층으로 가서 빽빽하게 나열된 디지털 출발 시간표 앞에서 서성였다.

근데 인천에서 아일랜드로 가는 직항 비행기가 있던가? 그제야 인터넷으로 검색을 해봤더니 아무래도 없는 모양이었다. 그러면 그녀는 인천에서 어딘가 다른 나라의 공항으로 간 다음에 환승을 할 거고, 결국 몇 시에 뭘 탈지는 영영 알 수가 없다는 뜻이었다. 하긴, 알아서 뭘 어쩌겠냐만.

사실 공항에서 그녀를 진짜로 마주친다면 그것도 문제였다. 그녀 입장에서는 얼마나 소름끼치는 스토커 같겠는가. 오늘 때마침 우리 부모님이 귀국하셔서, 정말 그것 때문에 온 거라고 말해봤자 되지도 않는 변명으로밖에 안 들릴 거다.

나는 일찌감치 부산스러운 마음을 정리하고, 카페에 앉아 집에서 가져온 책을 읽으면서 부모님이 올 때까지 시간을 보내기로 마음을 먹었다.

내가 가져온 책은, 일전에 그녀가 편집했다면서 강제로 읽게 했던 그 외모 강박에 관한 책이었다.

그녀와의 마지막 만남 이후 아주 조금이라도 심경의 변화가 생겼다고 하는 건, 사실 거짓말일 것이다. 다만 어쨌거나 책을 읽는 것이 오랜만이었기 때문에 기왕 시작한 이 책 한 권만큼은 끝까지 읽어보자는 생각이 들어서 주말에 종종 꺼내 들고 외출하는 것뿐이다. 이 정도 속도로, 생각날 때만 대충 읽는 것이 읽는 거라고 할 수 있는지는 모르겠지만 말이다.

하지만 좀체 안 읽던 책이 갑자기 술술 읽히는 것도 아니었고, 안 그래도 산만한 나는 괜히 초조한 마음까지 겹쳐서 휴대폰 한 번 봤다가, 지나가는 사람 한 번 봤다가 하면서 끊임없이 딴짓을 했다. 게다가 이곳은 평소에는 좀처럼 올 일이 없는 곳, 공항이 아닌가. 가장 눈에 띄는 건 역시 유니폼을 갖춰 입은 승무원들이었고, 금발의 외국 여자들, 여행의 기쁨에 들뜬 여자들, 머리가 짧은 여자, 긴 여자, 점퍼를 입은 여자, 코트를 입은 여자, 모자 쓴 여자… 정말 많은 여자들이 내 주위를 스치며 오고 갔다.

하지만 그 누구도 그녀는 아니었다.

그게 너무나 당연한 일인데도, 그럴 줄 알았으면서도 갑자기 속절없이 서러워졌다. 대책도 없이, 무작정 그녀가 그리웠다. 영점영영일 퍼센트라도 그녀와 마주칠 가능성이 있는 장소에 와 있다는 자각 때문이었을까. 그나마 내가 아는 시구를 응용하자면 모든 여자들이 그녀였다가, 그녀일 것이었다가,

다른 여자의 모습으로 사라지는 일의 반복이었다.

역시 공항은 너무 이상한 곳이다. BGM처럼 흐르는 안내방송에 귀를 기울이면서 다른 생각을 해보려고 했지만 도저히 그녀 생각을 멈출 수가 없었다. 나는 결국 양손으로 얼굴을 감싸며 도망치듯 눈을 감았다.

햇수로 오 년 전, 우리가 헤어지기 전날 밤에 내 손을 잡고 울던 천진한 그녀의 얼굴이 떠올랐다. 이내, 종로 한복판에서 검은 마스크를 하고 마주쳤던 몇 달 전 그날의 얼굴도 떠올랐다. 나란히 놓고 보아도 참 많이 다른 두 개의 얼굴을 생각하다가, 나는 처음으로 그 사이의 시간에 대한 상상을 하기 시작했다.

대체 왜 그렇게 변한 거냐고 타박하고 묻기만 했던 시간, 그저 없던 것으로 만들고 싶던 시간. 영원히 이해할 수 없을지도 모르는 그 시간, 사 년에 대해. 눈앞은 온통 까맣기만 했다. 아무것도 보이지 않았다. 주말의 집회에서 그녀와 여자들이 입었던 옷 색깔처럼.

언젠가 갑자기 영문 모를 울음을 길게 터뜨리던 그녀 앞에서 어쩔 줄 모르고 무력했던 그 새벽이 떠올랐다. 그때의 그녀 마음이 뭐였는지, 여전히 나는 알지 못한다. 사실 알려고도 하지 않았다. 그저 놀라고 당혹스러웠을 뿐이고, 빨리 그 시간이 지나가길 바라기만 했었다.

남은 걱정이라곤 아들 녀석을 장가보내는 일밖에 없는 부모님은 비행기를 타고 돌아오고, 결혼 대신 자기 삶을 선택했다는 그녀는 비행기를 타고 떠나는 공항에서, 나는 막막한 마음으로 그 새까만 색을 물끄러미 들여다보고 있었다.

그 암흑 속에서 무언가를 찾듯이, 기다리듯이.

하지만 나는 언제든 싫증을 느끼고 다시 눈을 뜰 수도 있다.

그렇게 일 초, 또 일 초, 시간이, 흘렀다.

작가의 말

30대 페미니스트의 연애는 거의 '워킹데드'야.

얼마 전, 친구들과 수다를 떨다가 무심코 내뱉었다. 갓 서른이 됐을 때만 해도 '정글' 정도라고 생각했는데, 그 사이에 많이 악화된 셈이다.

'워킹데드' 시리즈는 온통 좀비들이 득실거리는 세상에서 살아남은 사람들의 고군분투를 그린 좀비 아포칼립스 장르의 대표작이다. 만화와 드라마가 나와 있는데, 나는 드라마 시즌 1밖에 보지 않았지만, 어쨌든 그때의 내가 말하고자 하는 건 이런 거였다.

— 더럽게 힘들고 쓸쓸한 세상에 혼자 살아남아 있다.

— 나 말고 다른 사람을 찾으려면 일단 나가야 하는데, 밖에는 좀비들이 득시글거리고 있다.

— 좀비한테 물리면 나도 좀비가 될 거고, 나 말고 다른 사람들이 살아 있다는 증거는 희박하다. 그러니까, 나와 똑같이 피가 흐르고 말이 통하는 사람이 있을 확률은 낮고, 그 사람을 찾아 나섰다가 좀비한테 쫓겨 죽거나 물릴 확률은 겁나게 높은 상황.

— 결국, 여러모로 그냥 여기 혼자 있는 게 차라리 낫다는 결론.

그게, 정확하게 나의, 우리의 연애 상황을 반영한다고 느꼈다.

친구들은 웃었지만, 나는 속으로 피눈물이 났다.

어떤 날은 비혼, 비연애, 비섹스, 비출산의 구호를 되뇌며 지금의 이 공고한 가부장제에 절대로 편입되지 않겠다는 강한 이성이 나를 지배하지만, 또 어떤 날은 너무나 쓸쓸해서 함께 인생을 나눌 누군가가 없다면 이 고되고 힘든 삶에 아무런 의미도 부여되지 않을 것만 같은 치명적인 고독에 사로잡힌다.

솔직히, 진짜로 믿고 사랑할 수 있는 누군가와 삶을 함께할 수 있으면 좋겠다.

적어도 나는 그렇다.

이게 어디가 잘못됐거나 특별히 미친 생각은 아니지 않은가?

하지만 매일같이 단톡방 음담패설, 일반인 몰카와 웹하드 카르텔, 세계 6위 규모에다 카페 산업의 몇 배라는 성매매 산업, 여성을 대상으로 한 폭력과 살인 등에 관한 뉴스가 업데이트되는 사회에서, 정말 심각한 디지털 성범죄를 논하면서도 '이런 걸 범죄라고 하면 한국 남자의 대다수가 잡혀 들어가야 된다'는 말이 공공연하게 나오는 이 판국에, '이 남자만은 믿고 사랑할 수 있다'고 생각하는 것이 가능하다고 믿는 것은, 아무래도 좀 미친 생각처럼 느껴지는 것이다.

아무리 사랑이 비이성적인 거라고는 하지만, 정말이지 이성을 내려놓지 않으면 도무지 사랑이 불가능해 보일 정도로 현실은 참담하다. 거칠게 말하자면, 섣불리 사랑을 찾아 나섰다가는 겉은 사람처럼 보이지만, 속은 좀비인 것들에게 물릴 가능성이 매우 높다. 이 글을 쓰기 불과 몇 주 전에도 우리는 아주 돈이 많고 얼굴도 잘생긴 유명인들이 사실은 약물 강간을 즐기는 몰카범들이었다는 사실을 확인했다. (그리고 계속해서 확인 중이다.)

'워킹데드'가 아무리 살벌하다 한들 드라마일 텐데, 슬프게도 2019년 한국의 이 상황은 진짜다.

이러니, 나의 삶을 안전하게 지키며 나답게 살고 싶다는 욕구와 누군가와 함께하고 싶다는 욕구가 정면충돌할 수밖에 없다. 특히 여성들의 경우엔 더더욱.

여기서 억울한 남성분들이 계실 거다. 남자도 연애하기 힘들다고. 연애를 하면, 결혼을 하면 자유도 못 누리고 돈이 많이 들고…. 그래, 다 알겠다.

하지만 파트너가 데이트 폭력을 저지를지도 모른다는 두려움을, 이별을 말했을 때 나와 우리 가족을 죽일지도 모른다는 두려움을, 나 몰래 성매수를 하고 다니면서 성병을 옮길지도 모른다는 두려움을, 원하지 않는 임신이라도 되면 나 혼자 모든 위험을 떠안고 불법 시술을 받아야 할 거라는 두려움을, 내 앞에선 다정하게 웃는 이 남자가 단톡방에서는 다른 여자들의 몰카를 돌려보며 낄낄댈지도 모른다는 두려움을, 혹시나 나의 몰카를 찍었을지도 모른다는 두려움을 느끼는가? 가부장제와 성적대상화의 잣대로 매일같이 후려쳐지는가? 가슴과 성기뿐 아니라 뇌도 있는 인간이라는 사실을 종종 부정당하는가? 지금 이 각도는 혹시 팔뚝이 두꺼워 보이는 건 아닌지, 뱃살이 있어 보이는 건 아닌지 하는 강박에 문득문득

시달리는가? 나의 쾌락에는 관심도 없는 일방적인 섹스 후에 어디서부터 어떻게 말해야 할지 몰라 갑갑함을 느끼는가? 정말로? 솔직하게?

너무 과장하는 거 아니냐고? 주변의 여성들에게 물어봐라.

그럼에도 불구하고 비 오는 봄밤에 버팔로떼처럼 몰려오는 외로움이나 '독거노인으로 쓸쓸히 늙어 죽을지도 모른다'는 세상의 협박 역시 현실이기 때문에, 이런 디스토피아적인 현실에서 나는 자주 정신분열을 느낀다. 아아, 어쩌란 말이냐, 트위스트 추면서. 그런 현실적인 고민과 방황들을 최대한 있는 그대로 그려보고자 한 것이 바로 이 소설이다.

물론 소설 속의 그녀는 '선택'을 한다.

하지만 밖으로 나가면 좀비에게 물릴 것이 뻔해 보이는 상황에서, 혼자 남는 것을 선택한 것이 진정한 선택이라고 할 수 있을까? 다른 선택이 가능할 때여야만 그 선택이 의미 있는 것 아닐까? 지금으로선 이건 그저, 살기 위한 차선책에 불과하다.

세상이 바뀌지 않는다면, 그러니까 밖을 가득 채운 좀비들의 위협이 사라지지 않는다면, 여자들은 이제 선불리 밖으로 나오지 않을 거다. 예전처럼 기꺼이 목을 내어주지 않을 거라는 말이다. 그러니까 세상이 바뀌어야 한다. 그리고 사실, 세상은 이미 바뀌고 있다. 2019년 4월 11일, 낙태죄가 헌법 불합치 판결을 받으며 드디어 과거의 것이 된 것처럼 말이다. 이 소설에 등장하는 모든 이야기들이, 그리 머지않은 미래에 모조리 과거의 것이 되기를 진심으로 바란다. '2018년엔 이런 일도 있었답니다'라고 얼마든지 비웃어도 좋으니까.

2019년 현재, '워킹데드' 시리즈는 아직도 계속되고 있기 때문에 그 세계의 결말이 어떻게 될지는 아직 모른다. 하지만 모든 할리우드 이야기들이 그렇듯, 결국 인간들이 승리하고 평화가 찾아오지 않겠는가? 그렇지 않으면 곤란할 거다. 말 그대로 인류가 종말을 맞이하게 될 테니까. '워킹데드'만의 이야기가 아니다. 어쨌든 아직까지 현실은 참혹할 뿐이지만 선천적으로 긍정적인 인류의 딸들답게, 클리셰에 기댄 막연한 희망이라도 가슴에 품은 채로 우리는 죽지 않고 살아남아 여전히 소리치고 설치고 나대며 싸우고 있다.

'해피 엔딩'으로 가기 위한 이 지난한 싸움에서, 이 소설이 우리가 반드시 나누어야 할 수많은 이야기들을 끌어내는 작은 총성이 될 수 있다면 더 바랄 것이 없겠다.

다 알겠는데, 나는 좀비가 아니라고?

아니, 아니고 싶다고?

근데 좀비가 정확하게 뭘 말하는 거냐고?

그럼, 이제부터 이야기를 시작해 보자.

2019년 5월

민지형

나의 미친 페미니스트 여자친구

초판 1쇄 펴냄 2019년 5월 24일
초판 7쇄 펴냄 2022년 10월 31일

지은이 민지형
펴낸이 이영은
편집인 김현경
디자인 여상우
홍보마케팅 김소망
제작 제이오

펴낸곳 나비클럽
출판등록 2017. 7. 4. 제25100-2017-0000054호
주소 서울특별시 마포구 동교로22길 49 2층
전화 070-7722-3751 팩스 02-6008-3745
메일 nabiclub17@gmail.com
홈페이지 www.nabiclub.net
페이스북 @nabiclub
인스타그램 @nabiclub

ISBN 979-11-962216-7-6 03810

이 도서의 국립중앙도서관 출판예정도서목록(CIP)은 서지정보유통지원시스템
홈페이지(http://seoji.nl.go.kr)와 국가자료공동목록시스템(http://www.nl.go.kr/kolisnet)에서
이용하실 수 있습니다.(CIP제어번호 : 2019017732)